講談社文庫

霊獣紀

獲麟《かくりん》の書（上）

篠原悠希

講談社

◎目次

第一章　炎駒《えんく》　008
第二章　負勒《ベイラ》　025
第三章　洛陽　052
第四章　一角　073
第五章　陸吾　102
第六章　瑞兆《ずいちょう》　130
第七章　再会　156
第八章　逃散　183
第九章　隷属　218
第十章　挙兵　252
第十一章　世龍　284

一角《いっかく》／一角麒（炎駒《えんく》）

赤麒麟《あかきりん》の幼体。
百歳にして十歳の少年の姿に
変化《へんげ》できるようになり、
山を降りて人界に行く。
人間に変化しても赤髪・金瞳はそのまま。
身軽で俊足。動植物が傷ついたり、
死んだりするのを見ることが
耐えられない。

朱厭《しゅえん》

猿に似た妖獣で
山神の使い。
人界における一角の
案内役。

英招君《えいしょうくん》

槐江山《かいこうさん》の神。
一角の師父・育ての親。

主な登場人物

ベイラ／世龍《せりゅう》
河北の并州《へいしゅう》に住む匈奴《きょうど》の少数部族、羯《けつ》族の若者。小胡部の小帥《しょうすい》（首長）を父とし、その跡を継ぐが飢饉のためにその地から逃れる。

イラスト・斎賀時人

ババル
ベイラの甥。

ジュチ、ルェン
ベイラの族弟。

郭敬《かくけい》（季子）
太原の漢人。
ベイラの友人で支援者。

汲桑《きゅうそう》
茌平《しへい》の牧場主。
八王の乱に乗じて、
ベイラとともに挙兵する。

劉淵《りゅうえん》（元海）
并州に自立する
匈奴の有力王族。

4世紀初頭の華北

(西暦 300 年前後)

霊獣紀

獲《かく》麟《りん》の書

上

第一章　炎駒《えんく》

「おい、一角麒《いっかくき》。何を熱心に見ているんだ」

名を呼ばれ、問いを投げつけられて、一角麒は勢いよく顔を上げた。深くうつむいて、木の根元に顔を近づけていた一角麒の、頭頂から長い首へと流れる赤金色《あかがね》の鬣《たてがみ》が、夏の木漏れ日を反射してキラキラと輝く。

頭上の枝から、猿に似た大きな獣が一角麒を見下ろしていた。その白い首と赤い足の毛並みを認めた一角麒は、目を細めて応じた。

――朱厭《しゅえん》。久しぶり。鈐山《けんざん》の神々のお使い？――

枝に豹《ひょう》のごとき尾を巻き付かせ、長い四肢で幹を抱えた朱厭は、牙を剝《む》き出《だ》して一角麒に笑いかけた。

「おまえの百歳祭のお招きに与《あずか》ったのさ。しばらく見ないうちに立派になったな。額の角も伸びて、霊獣らしくなってきた。祭のあとは、この俺さまもおまえに道を譲らなきゃならなくなる」

笑いながら冷やかしてくる朱厭に、一角麒は頭をぶるぶると左右に振った。

——たかだか百歳では、霊獣とは呼ばれないし、朱厭に道を譲られるほど威張れないよ。変化《へんげ》の術も不安定だから、百歳祭も先延ばしになると思っていたけど、そうか、英招君《えいしょうくん》は五山の神々を召喚しておしまいになったのか。では祭から逃げることもかなわない——

憂鬱な空気を醸《かも》しつつ嘆く一角麒を、朱厭は軽い驚きを込めて見下ろす。

「まだ変化を習得していないのか。それは難儀だぞ。西王母《せいおうぼ》へのご挨拶に玉山《ぎょくざん》へ詣でるには、空を飛ぶか、地を駆けるしかない。百歳ではまだ空を飛べまいから、行程の半分は人の地を通らねばなるまいが、その姿で行くと必ず人間どもに見つかって狩られてしまう」

朱厭はするすると幹を伝い降りてきて、赤銅《しゃくどう》色の鱗《うろこ》に覆われた一角麒の背にひらりと飛び乗った。艶《つや》やかな一角麒の鬣を恭しくすくい上げて、毛繕いを始める。概して猿の眷属《けんぞく》は毛繕いが好きだ。人間たちには神々の使いとも、あるいは邪《よこしま》な妖獣とも見做《みな》されている朱厭もまた、例外ではない。

一角麒と顔を合わせるたびに、朱厭とその眷属はかれらの長く器用な指を使って、鬣を丁寧に梳《す》いてゴミや虫を取り除いてくれる。そうするとくすんだ赤銹《あかさび》色の鬣に艶が出て、陽光を跳ね返すほどの明るい赤金色になる。朱厭たちはさらに、長い鬣を房に分けて、いくつもの三つ編みを垂らしてみたり、花鬘《はなかずら》を編み込んでくれたりもする。

この百歳祭でも、一角麒を華やかに装わせるために、英招君が朱厭を手配してくれたのだろう。一角麒は朱厭の仕える神の名を知らないが、それは鈐《けん》山の神々は名を秘している上に、幾たりもいるせいであった。朱厭は名も知らぬ神々に仕えていることに、特にこだわりはないらしい。

「別に名を知らなくても、困らぬからな」

どの神と来たのかと一角麒に訊《たず》ねられて、朱厭はボリボリと首を掻《か》いた。爪で捕らえたシラミを口に含んで嚙《か》みつぶし、ペッと吐き出す。

「神々は神々で勝手にやっている。俺さまは呼ばれたときだけ飛んでいって、言われたことを片付けるだけさ。鈐山の神々は、見た目も似たり寄ったりだから、いちいち見分けるのも面倒だ。その点、おまえは英招君だけに仕えればいいから、気楽なもんだ」

一角麒は朱厭の言葉を否定しない。一角麒の棲《す》む槐江山《かいこうさん》の神は英招君だけだが、周りの山々にも神々は宿る。神々はどの獣が自分の眷属であり、そして使いなのか、あまり頓着しないため、ぼんやりしていると通りすがりの見知らぬ神にまで、些末《さまつ》な用事を押しつけられることも珍しくない。

ただ、一角麒は非常に珍しい霊獣の幼体であるため、神々はうかつなことを言いつけることは滅多にない。朱厭よりは楽をしていると一角麒は思う。

「それに、おまえは使い獣というよりは、英招君の養い仔《ご》だからな。いずれは天界へ上がるのだろう？」

朱厭は一角麒の鬣を梳《くしけず》る手を止めて、うらやましげに訊ねた。

――千年を生きることができればね。あるいは西王母さまのくださる天命を果たして、ひととびに霊格を上げることができれば、五百歳には天まで飛べるかも――

「ふうむ。三百年で瑞獣《ずいじゅう》、五百年で神獣、八百年で仙獣、千年で霊獣だっけ」

長い指で器用に鬣を編み込みながら、朱厭は一角麒の未来をそらんじる。

一角麒は朱厭を振り落とさないよう注意しつつ、ぽっくりぽっくりと歩き始めた。

朱厭が捜しにきたということは、すでに五山の神々が英招君の窟殿《いわやでん》に集まっているということだ。遅れると客神に失礼であるし、英招君に恥をかかせることにもなる。

朱厭は手の届くところにある花を摘み、編み上げた一角麒の鬣に差し込んで訊ねた。

「天命って、どういうことをさせられるんだろうな」

——知らない。朱厭に訊《き》こうと思っていた。わたしより長く生きているんだろう？

——

朱厭は鋭い牙と前歯をむき出して笑う。

「ほんの二百年ばかりな。麒麟《きりん》の眷属に会ったのは、おまえが始めてさ、一角麒」

——そっか——

一角麒は落胆のため息をそっと吐く。天命について英招君に訊ねても、何も知らないと言う。自分以外の麒麟に出会ったこともないので、誰にも訊けないまま、あっという間に百歳になった。

何をすれば一足飛びに神獣となって自在に空を駆けることができるのか、仙獣へ昇格し、天界と行き来できるのか。いつかは死をも超越した霊獣となれるのか。一角麒はとても不安であった。何しろ、人界に降りるのもこれが初めてで、ちゃんと西王母のいる玉山に無事にゆきつけるかどうかもわからない。

「ところで、さっきは何を熱心に見ていたんだ？」

背後を振り返った朱厭は、一角麒がさきほど鼻を押しつけるようにして見ていた地面へと視線を投げた。とくに変わったところも、珍しいものもない。

——百歳祭のことを考えて鬱々と歩いていたら、蟻《あり》の巣穴を踏んでしまったんだ。それで、ひどく壊してないかと確かめていたんだよ。わたしの不注意のために蟻たちが不要に死んでしまったり、生き埋めになったりしていたら、気の毒で何日も眠れなくなる——

朱厭は一角麒の背にあぐらをかき、天を仰いで笑い声を上げた。甲高い鳴き声に、鳥たちが驚いて飛び立つ。

「相変わらずだな。足下でうごめいている連中の運命など、いちいち気にしていたらきりがない。天部が雹《ひょう》を降らし、雷を落とすとき、地上の俺たちがどこで何をしているか、配慮してくれるか？　逃げることのできない樹木にだって雷は落ちる。踏まれたら、踏まれたまでが天命だ。それにな、蟻は生き埋めになっても自力で地面まで掘り進んで生き延びられる。草も木も蟻も、おまえが心配したり気に病んだりするほどやわではない」

——そうだといいんだけど——

納得しかねるふうで、一角麒は首を揺らした。

——でも、ありがとう。ただ、蹄《ひづめ》を下ろすたびに、何かを踏んでしまうことに、どうしても慣れない。踏まれたら痛いだろうし、わたしの不注意で潰されて死んでしまった生き物を見てしまったときは、つらくて悲しくて、どうにも気が晴れな——

「損な性分だなぁ」

朱厭は心から同情した風情で、慨嘆《がいたん》の声を上げた。

「それならなおさら、玉山へ行くのに人の多いところは通らないようにしなければならない。いま人界は飢饉《ききん》だ戦乱だと、道のあるところ人の屍《しかばね》だらけだ。一角麒は、自分が踏み殺したわけでもない、通りすがりの虫の屍を見ても同情しちまうけど、いちいち立ち止まって嘆いていたら、追い剝ぎや盗賊に捕まって、売り飛ばされてしまう。正体がばれたら皮を剝がれるぞ。一角麒の赤金色の毛並みも鱗も、珍しくて美しいからな」

朱厭の言葉に、一角麒はぶるりと長くふさふさした尾を震わせた。

——戦乱は終わったんじゃないか。少し前、魏《ぎ》の皇帝が呉《ご》を征服して中原《ちゅうげん》を統一したって聞いたけど——

朱厭は喉の奥が見えるほど口を開け、歯と牙をむき出しにして笑い声を上げた。草むらに隠れていた小さな動物が、朱厭の笑い声を咆哮《ほうこう》と取り違え、驚いて逃げ去る音がする。

「魏じゃなくて、晋《しん》の初代皇帝だ。禅譲《ぜんじょう》がなされたのは十五年も前のことだぞ」

――あ、そうだったね。少し前に、魏の暦数が尽きて、王朝は晋に変わったって英招君がおっしゃったけど、あれから十五年が過ぎていたのか――

十年以上も前のことがらでも、昨年と変わらぬ『少し前』に感じられる一角麒は、それが王朝の命《めい》が革《あらた》まったという大事件であろうと、まったく気にも留めないといった口調で応じる。

――じゃあ、人界は平和になったんだ――

「ところがだな、人界では、国同士の戦が終わったら、お次は内輪もめが始まるんだ。知らないのか」

一角麒は長い首をかしげた。

――そうか、人界は大変だね。でも、とりあえず戦乱はおさまったのだから、玉山への旅もそんなに危険ではないのだろうね。だから英招君はいま出発することにしたんじゃないかな。その、たくさん人が死んでいる道というのは、避けた方がいいだろうね――

「おまえは暢気《のんき》だなぁ」

朱厭は歯茎まで剝きだして笑い転げる。

動物や昆虫、そして植物にいたるまで、生き物の死を前にすると痛ましさのあまり気分が悪くなって動けなくなってしまう一角麒だが、見えていなければ問題はない。ただ、人が争ったり、飢饉で多くの人間が一度に餓死したりすると、その血臭や腐敗臭は何里にもおよび、山の動物たちの鋭敏な嗅覚を刺激する。

一角麒はまだそのような経験がないために、『屍体《したい》の山』なるものが想像もできずにいるのだ。朱厭はやれやれと思った。

「これじゃ道案内は大変そうだ」

ふたりが窟殿に着いたときには、すでにあたりの山神と槐江《かいこう》山の獣たちが集まっていた。

かれらはざわざわと声を上げて、一角麒を取り囲む。一本の腕に杖《つえ》を持つ人面獣身の山神たちは飛獣神でもあり、数百里を軽々と飛んでゆく。胴と四本の足は馬であったり、牛であったり、あるいは羊、虎、野猪《やちょ》とさまざまだ。

「一角麒、どこをうろついていたのだ。もうみなが見送りに来てくれているというのに」

人の顔を持ち、馬身には虎に似た文様と猛禽《もうきん》の翼を持つ槐江の神、英招君が厳しく叱りつける。

──すみません。今日が出立だとは思わなかったので──

一角麒は頭を低く下げて遅参を詫《わ》びる。

「夏至の日に発《た》つと、ずいぶん前から言ってあったろう。節気を感じることができぬのなら、日数を数える習慣を身につけよと何度言えば」

苛立《いらだ》ちまぎれに蹄で土を蹴る英招君に手厳しく叱られて、一角麒は鼻先が地面に着くまで頭を下げた。英招君の蹄が掘り起こした地面から、ねぐらを追い出された虫たちがわらわらと逃げ出す。一角麒は胸がぎゅっと苦しくなって（ごめんよ、ごめんよ）と虫たちに詫びた。

──数えても、忘れてしまうのです──

一角麒は釈然としないまま言い訳した。

英招君にしても、常に一日一日を数えているわけではない。しかし、いつも正確に夏至や春分の日を言い当てる。そして、今日で一角麒が百歳を迎えるというこの日を、どう数えて知ったのか、それをどのようにして覚えていることができるのか、一角麒には謎であった。

「何も百日、三百日と数えて覚えていろとは言っておらぬ。空を毎晩見上げ、月の移ろいを見ていれば、新月より十五日、満月より十五日、とだけ覚えられるだろうに」

そう言われても、一角麒は前夜の月の形を覚えていることも難しかった。何しろ月は、毎晩違う時間に空に昇ってくるのだ。夜ではなく、昼間の空に白く浮かんでいるときもある。まだ昼間だけ一定の軌道に沿って移動する太陽の方が、朝と昼の区別がついて数えやすい。ただ、太陽は十五日ずつの区切りがないので、延々と数え続けなくてはならず、その日が夏至から数えて何日目だったかなど、どこかでわからなくなってしまうのだ。

英招君は翼をばさっと垂らして、失望の意を表した。一角麒は頭《こうべ》を垂れて謝る。

――すみません――

「すべての山のものは、誰に言われなくても節気の二至二分は感じ取る。そなたは百年も生きておるのに、なぜ今日がそなたにもっとも大事な百度目の夏至であることがわからぬ？」

一角麒は季節が過ぎていくのをいちいち数えたりはしない。時がくれば角が生え替わり、鱗の色が変わり、変化の力もついて自在に他の生き物の姿をとることができるようになる。その間に二百年、五百年と流れていく時を『かれら』は意識しない。

巡る夏至の数を数えているのは英招君で、山のものたちは英招君が行う夏至の祀《まつり》を見て、またひとつ年が過ぎたことを知るのだ。

一角麒は槐江山の眷属ではなく預かり仔なので、地上の節気が感じ取れないのはかれのせいではない。もう数百年生きれば、地上に生きる知恵と習慣として身につくかもしれないが。

「まあまあ、英招君。一角麒のめでたい門出にまで説教せずとも」

人面馬身の神のひとりが間に入ってなだめた。

キキキっと甲高い鳴き声を上げて、一匹の獣が一角麒の背に飛び乗った。朱厭は牙を剝きだしてその獣を脅し、追い払おうとする。見た目は猿に似ているが、前脚と後脚には縞々《しましま》の模様と豹のごとき長い尾をゆらゆらさせている。

「挙父《きょほ》よ、変化もできぬおまえはついてゆけぬ。麒麟の供など、百年早い」

朱厭は横柄に挙父の後ろ首をつまんで、一番近い木の上に放り上げた。

「せめて人語が話せるようになってから出直せ」

挙父は枝の上で地団駄を踏み、頭の上の枝に両手でぶら下がると、体を前後に振って抗議の叫びを上げる。

一角麒には見分けのつかない人面牛身の山神のひとりが前に進み、黒い玉《ぎょく》を捧《ささ》げ持ち、百歳の祝いと天命の成就を祈ってくれる。

「まずは、昆侖《こんろん》の神に目通りが叶《かな》い、天界における霊名を授からんことを」

そして、人面馬身の山神が白い果実を手に進み出て、祝福と加護を告げる。

「次に、九徳神長 乗《ちょうじょう》に目通りが叶い、天の気を吹き込まれんことを」

さらに、人面牛身の山神が赤い木の実を掲げて、旅立ちの目的を告げた。

「ついには西王母の玉山を見いだし、天命を果たして瑞獣の誉れを得んことを」

人の顔と獣の体を持つ山の神々は次々に進み出て、黄色い花を一角麒の鬣に挿し、赤や緑の玉を一筋の鬣に通して飾り、命をつなぐ木の実や疲れを治す野草、水に溺れぬ果実を口に入れてくれる。

山神たちは餞別《せんべつ》を渡し終えると、その場で飛び立って自分の山へと帰って行く。やがて、槐江山の窟屋《いわや》の前に残ったのは、英招君と一角麒、朱厭だけになった。

「出発前にお腹《なか》がいっぱいになってしまったんですが」

一角麒は膨れてしまった腹を庇《かば》うように、重たげに歩き出す。

「よい。あれだけの仙果と仙草を詰め込めば、昆侖までの四百里は何も食べる必要がなくなる。人界を通るときは、なるべく人間の食べ物は避けた方がよいからな」

言い終えるなり、英招君はふんっといきんで人間の形を取った。齢《よわい》百歳は超えていそうな、髪も髭《ひげ》も真っ白なしわしわ爺《じい》さんだ。英招君が人に変じた姿を見るたびに、一角麒は南極老人みたいだと思うのだが、その感想はまだ口にしたことはない。

「おまえも、変化しなさい。人の姿では歩幅が違うので、慣れるのに時間がかかる。下山の道のりは人の形に慣れるよい機会だ」

「はい」

一角麒はぎゅっと目を瞑《つぶ》って息を詰め、「ふんっ」と吐き出した。

先ほどまで赤い麒麟の立っていた場所に、十歳くらいの男児が立っていた。朱厭はひらりと地面に飛び降りる。

「角が出たままだぞ」

英招君に指摘され、一角麒は両手で角の先端を押さえて、ぐいぐいと額へと押し込んだ。

「その髪の色は黒くできないのか。赤く輝く髪では、人間をおどろかせてしまう」

一角麒は両手を上げて、指で髪を梳いてみた。山神たちが髪に挿したり通したりした玉や花が指に引っかかる。何度か撫《な》でて、英招君と朱厭の顔を見比べた。

「少し暗い赤か。さっきよりはましだが。ううむ」

朱厭が一角麒の額を指さして、英招君の注意を引いた。英招君は一角麒の額を撫で、失望のため息をついて、かぶりを振った。

「角がまだ額に残り、みっともないたんこぶになっておる。髪も黒に変えられないのならば、頭巾で隠すしかない。角のある人間も、髪の赤い人間もいないから、見られたら大騒ぎになってしまう」

一角麒は少年の顔でがっくりとうつむく。

——すみません——

「話すときは声を出せ」

「はい」

かすれた声が一角麒の細い喉からこぼれた。うまく音が出せない。人間の姿や声は、ときどき木の実や漆を取りに山に入ってくる少年の姿を真似《まね》たものだ。ちゃんと人間に見えているかどうか、正直なところ自信はない。

一角麒の不安を見透かしたらしく、英招君がしわがれた声で励ます。

「大丈夫だ。その姿はもう二十年は練習してきた。寝ている間でも形を保てるようになったからこそ、西王母にまみえる時と判断した」

「はい」

一角麒は返事をはっきりと声に出して、英招君が用意した布包みを肩にかける。

「じゃあ、行こうか」

朱厭は一角麒の手を引いて、山を降りる道へと導く。そのあとを、英招君がゆったりとついて歩いた。

「あ、ちょっと待って。木の根が」

獣の姿では問題のない山歩きだが、人の姿では道がないと難儀する。ましてや十やそこらの少年では足が短い上に、獣のときよりも視界が狭く視点も低いので、先が見通せないのだ。朱厭の背丈は一角麒よりも低いのだが、ぴょんぴょんと跳躍しながら移動するので、見通しも足下が危なくても問題がない。英招君は悠然としていて、地面に足をつけていないのではと思えるほど、滑らかな動きであった。

「人間の形は不便だよな」

「朱厭は、人の姿をとらないの？」

「必要がなければとらないさ。俺は寝ている間は形が戻ってしまうからな。町や城に入るときだけ人間に化けてやるさ」

「そっか」

「その言い方、人語で聞くとイラッとするんだが」

ガサガサと草をかき分けて進むと、ふっと視界が開けた。崖の下は谷になっていて、河の流れる音が遠くに聞こえる。天気は良く、太陽が中天にかかっていた。英招君は手にした杖で、南を指した。立ち昇る気の明るさは、見誤ることはない。

「西南へ四百里ゆけば、昆侖の丘。九天の野を司《つかさど》る陸吾《りくご》の神が、おまえに玉山への道を示してくれる」

「はい」

一角麒は両膝をついて両手を組み、目の前まで上げて頭を下げた。

「では、行って参ります」

「気をつけていけ。帰りは、空を駆けてこい」

一角麒はにこりと笑って「はい」と応えた。

第二章　訇勒《ベイラ》

「おーい、ベイラ」

名前を呼ばれて、まだ十四、五と見える少年は飼い葉を寄せていた手を休めた。こめかみから顎へと流れ落ちる汗を袖で拭う。

「なんだ」

不機嫌に応えると、手にしていた鋤《すき》を地面に突き立てる。乾いた藁《わら》くずと土埃《つちぼこり》が腰まで舞い上がった。ベイラが牧人たちと働く牧草地まで走ってきたのは、族弟の少年ジュチだ。右手を帽子に当ててちょっとだけ膝を曲げ、仕事の邪魔をした詫びをする。

「ベイラんちに出入りしてる漢人が、小帥《しょうすい》を訪ねてきたから、おかみさんがベイラを呼び戻せって」

「親父《おやじ》さまに、漢人の相手なんかできはしない。ここはおまえがやってくれ」

ベイラは鋤を牧童に渡して、急いで家に戻った。

ただでさえ野良仕事を怠けてベイラに押しつけがちな親父さまが、このところ酒に溺れるようになったのは、あの漢人どものせいだ。酒なんぞ持ってくるなと言うのに、親父さまを言いなりにさせるために、手土産だと言って毎回持ってくる。親父さまは酒に酔うと罵声を上げて、周囲に当たり散らす。漢人どもがまた酒を持ってきたのなら、こんどこそ酒瓶ごと床にたたきつけて彼らを追い返してやるのだ。

勢い込んで家に駆けつければ、案の定ベイラの父親は漢人どもにおだてられて、ご機嫌になっている。親父さまひとりをほんのいっときご機嫌にするだけの酒よりも、みなが必要とする茶を持ってくればいいのに、とベイラはいっそう腹が立った。

「親父さま、昼間っから酒ですか」

「なんだと、誰が酒を飲んでいる」

空気中に酒の臭いはしない。珍しく茶の香りが漂っていた。ベイラは早合点《はやがてん》したことに気づいて『しまった』と思った。親父さまは素面《しらふ》のときも、酒に酔っているときと同じくらい危険なのだ。反射的に床に上体を投げ出して平伏するベイラの頭上を、欠けた茶碗《ちゃわん》が飛んでいった。壁に当たって粉々になる。どうせ欠けていたのだから、欠けた茶碗だったとは思えない。家にはもう客に出せるまともな茶碗もないのだから、欠けた茶碗だって貴重な道具だった。

「若君、今日は商談ですよ。若君は洛陽《らくよう》に行ってみたくはありませんか」

ベイラは客の顔を見て、思わず姿勢を正した。漢人流に両手を組んで前に出し、礼をする。

「郭《かく》殿、お久しぶりです」

郭敬《けい》は両手を組んで鷹揚に礼を返した。

十四歳の少年に対するには、いささか丁寧な対応であった。

二十歳にもならぬのに、鷹揚《おうよう》で落ち着きのある郭敬は、酒で父を手なずけ、つつましい羯胡部《けつこぶ》の財産を掠《かす》め取《と》ってゆく漢人ではない。

ふだんからベイラに目をかけて、ときどき声をかけに立ち寄る富裕の漢人だ。太原《たいげん》を拠点とする郭一族は官吏も将軍も出しているとかで、并州《へいしゅう》一帯では顔役を務めることもある。

ベイラの父親は匈奴《きょうど》の少数部族、羯族《けつぞく》の小胡部《しょうこぶ》を統率する小帥であったが、暮らし向きは楽ではない。羯族はそれほど遠くない過去に、匈奴に征服され、帰順した羌渠《きょうきょ》種《しゅ》の末裔《まつえい》であった。かれらは周囲の同族とされている匈奴の遊牧民たちとは容貌が異なるため、部族間の諍《いさか》いが起きたり、不作の年が続くと孤立しやすい立場にあった。

そのような異民族のベイラを郭敬は気に入ってくれていて、なにかと仕事を都合してくれる。父がこのあたりの小帥としての体面を保っていられるのは、郭敬の口利きもあってのことではと、ベイラは推察していた。

ベイラの父親は、茶碗を投げたときの癇癪《かんしゃく》をすでにひっこめて、満足そうにうなずいた。

「郭大人《たいじん》は洛陽に商いに赴かれる途中で寄ってくださった。我が胡部に、都で商いたい品があれば、おまえを同行させてもよいとおっしゃっている」

ベイラは父親の口調にほっとした。ちょうど酒もきらし、素面でまっとうに商売をする気分のところへ、郭敬は訪れてくれたらしい。

「若君にも、見聞を広げるよい機会でありましょう」

ベイラは思わず面を伏せた。父親が口にした『洛陽』という都の名が、耳に残って何度も反響する。

「晋の都、洛陽ですか」

ベイラはうわずった声で郭敬に確かめる。

「都で商談もあるから、滞在を最低十日として、半月。商談の行方や往復中の天候によっては、さらに数日は足止めということもある。ひと月はご自宅を空けることになるだろう。ベイラの弓の腕があれば、道中の護衛が増えて安心だ」

ベイラの顔は期待に輝き、しかしすぐに不安で瞳を曇らせ、父親の顔色を窺《うかが》う。

「どうした。せっかく郭公子が、おまえみたいな若造をものの役に立ててやろうと、機会をくださっているのだぞ」

父親は郭敬が差し出した荷の預かり金に上機嫌だ。ただ、その金が数日のうちに、酒に変じてはしまわないかとベイラは気がかりだった。すぐにでも、羊や穀類に換えるべきではないだろうか。地方では銀よりも備蓄可能な穀物と、布と肉をその身で作り出してくれる家畜の数にこそ価値がある。

ベイラの父は気が短く、人々の話に耳を傾ける忍耐力もないため、もめ事を調停すべき小帥の仕事をまともにこなす器量に欠けていた。父の調停や裁きは、公正さに欠けると、少年のベイラの目にも明らかなのだ。血統と暴力に頼って傲慢に振る舞っていたら、そのうち傘下の部民に背かれてしまうだろう。

とはいえ、毎日畑や牧草地で働くベイラにも、都への憧れはある。

父と母を残してひと月も家を空けていいのかと迷うベイラを、奥から客人に食事を出しにきた母親が後押しをした。

「ベイラはまだ子どもですが、馬を扱うことはおとなの騎手と変わりません。よろしくお願いします」

と膝の上に手をそろえて客人に礼を尽くした。

「ベイラ、見聞を広めてきなさい」

母に背を押されて、ベイラは決心した。父はともかく、母は家業をおろそかにはしない。留守を任せても大丈夫だろう。

「ありがとうございます。行って参ります」

ベイラは片膝立ちになり右手を胸にあてて、両親へ謝意を示した。


南へ下るほど風景の緑は濃く深くなり、黄河《こうが》を渡ると風土も植生もがらりと変わる。牧草地や麦畑よりも水田の占める割合が高くなり、そのためか大気も湿って感じられた。

洛陽の都を囲む城壁は、ベイラがこれまで見てきたどの城市の門より高く厚く、壮大であった。そして城門の上に聳《そび》える楼閣は、王の住む宮殿そのもののように華麗に彩られ、赤や黄色の塗料に剝げたところは一筋もなく、瓦の釉薬《うわぐすり》は艶やかに陽光を跳ね返していた。

出入りする人間の数も膨大で、馬車が何台もすれ違えるほど幅の広い大通りでさえ、人にぶつからずに歩くのは難しい。

　それもそのはず、洛陽は現王朝の首都であるというだけではない。周《しゅう》の時代に東遷して以来の、千年続く古い都である。数多《あまた》の王朝が興っては滅び、為政者の権威が移ろい過ぎようとも、この洛陽の都は黄河の中流にあって洛水《らくすい》、そして渭水《いすい》の水運により、あたかも車輪の輻《や》を中央に集め軸をつなぐ、轂《こしき》のような役割を果たしてきた。そしてさらに、黄河と洛水に挟まれた肥沃な土地は、連綿と続いてきた河南《かなん》の歴史を支え続けた一大穀倉地帯でもあった。

　洛陽はそのために、古くから兵家必争の要地でもあり続けた。

　司馬《しば》氏が魏の最後の皇帝より禅譲を受けて晋王朝を開いてから、二十三年が経《た》ったこのときも、洛陽の都では、人と物資が大量に行き交い、富が蓄積されていく。

　だが、十四歳の異民族の少年には、人伝いに聞かされた予備知識にも実感が湧かない。ただ、人々の喧噪《けんそう》とやりとりされる多彩な言語、上流階級の美々しい馬車から、襤褸《ぼろ》をまとった物乞いの親子まで、人の世界のありとあらゆる富と芥《あくた》を詰め込んだ別世界と映った。

　商人宿に着いたベイラは、家から連れてきたふたりの従者に、馬と荷物を見ておくように言い含めた。ベイラ自身は一休みもそこそこに、革の小物入れに詰め込まれた五銖銭《ごしゆせん》の重さを量りながら、ひとりで繁華街へと繰り出す。

母から託された胡部の産物を、どう売りさばけばいいのか。

武郷《ぶきょう》近辺の邑《ゆう》や城で商われる市しか知らないベイラは、漠然とした不安を覚える。洛陽でも、ただ人の集まるところに露店を出せばよいのか、場所代は市の元締めだけに払えばいいのかと不安になり、都へ向かう途中で郭敬に訊ねてあった。

洛陽のような大きな都では、仲買の商人に預ければ早く確実に売り尽くせるが、手数料がかかる。良心的でない仲買商では、売主の取り分が半分以下になってしまうこともあると、郭敬は答えた。

また、自分の売り荷に相応《ふさわ》しい客層を抱える仲買商を見つけるのも最初は難しい。例えば、金持ちを相手に家具や調度の商売をしている仲買商は、庶民の生活雑貨を預けられても困るであろう。

「私の知っている仲買商で適任な者を探して紹介してもよいが、ベイラは自分の才覚で、市での交渉から自分でやってみたいと思っているのではないか」

図星を指されて、ベイラは決まり悪げな笑みを浮かべる。

「城外の農民が青物の露店を出す、城壁寄りの朝市であれば、雑貨や鋳物修理の店も並び、それほど細かい決まりはない。その市の統括者に場所代を払えば、誰でも店を出すことはできる。売り荷の量がそれほど多いのでなければ、そちらの方が損がなくてよいかもしれん。何事も経験だ。その上で困ったことがあれば、相談に乗ろう」

郭敬の助言を何度も思い返し、洛陽に着いてその繁栄ぶりを目の当たりにしたベイラは、仲買商とやらは貧しい胡人《こじん》の作った生活雑貨や、粗野な工芸品などに興味を示さないだろうと考えた。とくに、今年から機織りや絨毯《じゅうたん》づくりを始めた娘たちの反物や敷物《しきもの》は、お世辞にも良い出来《い》ではない。家や村で使うにも限界があり、この年に収穫した羊毛を一斤でも無駄にせず穀類や銭に換えるとしたら、都会の下町に住む庶民に売るのが妥当であった。

都市であればなおさら、懐はさほど豊かではなくても、新しい布を欲しがる人々はいる。かれらの払える値段で、こちらも利益を出したければ、仲介の手数料は上乗せできない。

とはいえ、洛陽は初めてでもあり、地方の城市と違って朝市の開かれる広場はひとつふたつではない。どの区郭の市場の、どのあたりで店を出せばいいのかわからなかったので、まずは偵察というわけであった。

だが、すでに朝市の時間は引けており、広場は大道芸や、午後の軽食を売る屋台の方が多くなっていた。広場の管理人が詰めているであろう建物を探しているうちに、外にまで講談師の声が漏れてくる講堂の前を通りかかった。入り口に立ち、語られる三国時代の講談に聞き耳を立てる。人気があるのは人情味のある『桃園《とうえん》の誓い』や、逆転劇とされる『赤壁《せきへき》』の攻防だが、ベイラは曹操《そうそう》が頭角を現してきた『黄巾《こうきん》の乱』や、かれを戦国の梟雄《きょうゆう》たらしめた『官渡《かんと》の戦い』あたりが聞きたかった。この講談師は劉備《りゅうび》びいきらしく、『赤壁』を熱く語るのに夢中であった。

呉が晋に平定され、中原が司馬氏の晋によって統一されてから、先の王朝であった魏の太祖を賞賛するような歴史講談は憚《はばか》られるのだろうか。だが、先祖の血統で自分の正統性を主張した劉備や、父と兄の敷いた路線に乗って皇帝の座を手にした孫権《そんけん》よりも、家柄はむしろ卑しく、地位もほぼ末端から自力でのし上がっていった曹操の生き様について、ベイラはより詳しく知りたかった。

「洛陽に来れば、もっといろんな講談が聴けると思ったのにな」

ベイラはがっかりした。地方の講談師は手持ちの物語はあまり多くなく、しかも内容は古典に偏っていた。旅の講談師が回ってくるときはたいてい気候のいい時季であり、ベイラは野良仕事や放牧で野にでかけているため、いつも聞き逃していた。

小腹が空いてきたので、屋台に寄って饅頭《マントウ》をひとつ買う。人通りを避け、防火桶《おけ》の横に座れそうな隙間を見つけた。積まれてあるべき桶は一列に並べられて、板を渡してある。近所の老人たちが囲碁を打つために勝手にそうしたのだろう。いつもは農作業をしながら、あるいは移動しながら食べることを厭《いと》わないベイラだが、洛陽の饅頭の味を心ゆくまで味わいたかったので、ここは座って食べることにした。

ふっくらと蒸し上がった饅頭の香りからして、中に包まれた餡《あん》にはベイラの知らない調味料と香草が使われている。ぱっくりと割った饅頭の中から顔を出したのは、青菜の酢漬けを刻んで豚肉に練り込んだ餡のようだ。豚は羊や馬のように広い放牧地を必要とせず、人間の残飯を好むので、都市の内側でも育てることができる。

ぱくり、とひと口で饅頭の四分の一を頬張り、家では味わえない都会の風味を堪能《たんのう》する。屋台の数ほど餡の種類があるというが、いったい何種類の饅頭があるのだろう。毎日ひとつずつ食べるとして、家族に土産を買うお金が残るだろうか。

銭の計算は難しい。

ふた口めを頬張ったとき、膝に鋭い痛みが走り、饐《す》えた悪臭が鼻を突いた。膝を見れば、ベイラの膝を摑《つか》んでこちらを見上げている物乞いの子どもと目が合った。とても痩せこけていて、顔も服も汚い。弟がこのくらいの年頃のときは、頰はもっとふっくらとして、外出時はいつもつないでいた手の指は柔らかかった。自分の膝を握りしめる物乞いの手指が、鶏の足のように骨と皮だけであるのに、ベイラはぞっとした。

しかし、その痩せ細った手の力の強いこと！　摑まれたところが痣《あざ》になるのではと思うほど痛い。食い込んだ黒い爪は長く、脚衣を通して皮膚を破っているのではないだろうか。

ベイラが残った半分の饅頭を子どもの目の前まで下ろすと、痩せ細った手がぱっと膝を放して饅頭を握りしめた。餡がこぼれそうになり、子どもは慌ててかぶりつく。

ベイラはその隙に立ち上がってその場を逃れた。

それまで雑踏と物陰に身を寄せ、姿を見せなかった他の物乞いの視線がいっせいに集まった気がしたからだ。それは子どもも同じで、誰にも奪われないようにたちまち口に押し込むのが、後ろ姿からも想像できた。

喉に詰まらせなければいいが、と心配するのも馬鹿馬鹿しいと気づき、ベイラは急いで別の通りに入った。饅頭の半分を失ったのは痛手だが、宿を出てくる前に振る舞いに出された食事は済ませていたので、そこまで空腹ではなかった。あと半分の饅頭のために飢えた子どもを蹴り飛ばすなど、後味が悪かろう。雑踏の片隅で買い食いなどするものではない、という教訓を饅頭半分で得たと思えばいいのだ。饅頭の美味《うま》そうな匂いに誘われることなく、外出の目的を先に果たして、宿に戻る前に饅頭を買うべきであった。

反省しているうちに、道に迷った。城市というのはだいたい碁盤の目状に街区が作られているので、方角さえ失わずに道を尋ねていけば、元の場所へ戻れるはずである。とりあえず、最寄りの城門へと向かう。額に手をかざして門の額を見上げても、ベイラは漢字が読めない。通りすがりの男に訊けば、そこは東門であるという。

「北門から入って来たのだから、知らないうちにけっこうな距離を歩いてしまった」

そういえば、洛陽に来てからほとんど休んでいない。この広大な都に滞在する時間は限られているし、やることはたくさんある。初めて訪れた大都会を、しっかり見物しておきたかったというのに、迷子になってしまうとは。

とはいえ、ベイラはまったく心配していなかった。かれの方向感覚はとても鋭かったし、記憶力も悪くない。通ってきた街並みも、目印になる店や大門、区郭ごとに異なる防火桶の色もよく覚えている。店の看板も、たいていは文字が読めない客のために、売り物や商売の内容がわかるように絵が添えられているので、問題ない。

それに、いざというときのために、滞在先の住所と地図も持たされている。

日没までは、また二刻はありそうだ。もう少し探険してから帰ることにした。

この東門のあたりもまた、人通りが多かった。人々の身なりは悪くなく、兵士の部隊も出たり入ったりしているが、訓練や見回りの交代であるのだろう、顔や兵装に汚れや綻《ほころ》びはなく、表情も固くはない。

晋の初代皇帝は、若かったころはその英邁《えいまい》さを讃《たた》えられ、即位後には数々の善政を敷いたというが、呉を滅ぼして中原を統一してから、国政を顧みなくなったと巷間《こうかん》ではささやかれていた。ここ数年は天災が続き、天象は凶兆を示し、朝廷は外戚が専横を極めていると、遠い幷州にまで聞こえている。しかし、商人たちは交易に励み、洛陽は繁栄を続けているところを見ると、輿論《よろん》は大げさに物事を言い立てているだけなのだろうと思えてくる。

先ほどの痩せこけた物乞いの子どもや、物陰に見え隠れする窮民の姿が脳裏をよぎるが、ああいった階層はいつの時代にも、どの都市にもいるものだ。

城門の外では、入門の順番を待つ人々を客とする饅頭売りや大道芸が賑《にぎ》やかだ。ベイラは城外で露店を出せば場所代も節約できるのだろうかと、ちらとのぞいてみる気になった。

郭敬から預かった腰牌《ようはい》を見えるように帯に下げて、なくさないように固く結ぶ。これを見せれば城門の出入りにいちいち検問されずにすむ。ベイラのようにひと目で異民族と知れる容貌をしていると、門兵の気を引きやすいのだが、それはそれでかえって覚えてもらいやすい。門兵に知り合いを作っておくなら早いうちが良かった。

門外では、芸や食べ物を売る露店は見られたが、小物や日用品を売っている者はいない。そういう決まりでもあるのかと、城門まで引き返したベイラは、先ほど自分を通してくれた門兵に訊ねた。

「そりゃ、売れないからさ。都に入るときは、自分が売る荷でいっぱいだし、出て行くときは都の内側で購《あがな》った物でいっぱいだ。豎子《こぞう》も小銭を稼ぎたかったら、物でなくて芸でも見せるんだな」

小馬鹿にした口調ではあったが、嘲笑《あざわら》うというほどの悪意は感じられなかった。邪険に追い払うつもりもなく、ベイラの相手をしているのだから、からかって暇を潰しているだけなのだろう。

「芸なんかないよ」

門兵は少し背をかがめて、ベイラの顔をのぞき込んだ。

「面《つら》は悪くないし、漢語の発音も悪くない。その顔で詩吟でも唸《うな》れば、珍しさに客が集まって、今夜の飯代くらいは稼げるだろうさ」

食事は宿で出されるのだから、稼ぐ必要はないが、明日の饅頭代が元手なしに稼げるのならば、悪い話ではない。自由になる小遣いは限られているのだ。

「ここで、歌っていいのかな」

興を覚えたらしき門兵が、にやりと笑った。

「あっちの芸人は気が荒いから、邪魔をしたと言いがかりをつけてくるかもしれん。まずはおれが聞いてやるから、そこで歌ってみろ」

やはり、退屈していたのだろう。暇つぶしに付き合って、門兵に顔が利くようになるなら、一石二鳥だ。

都までの道のりで、郭敬に新しく教えてもらった流行の詩歌《しいか》を口ずさむ。

ベイラの声はよく通る。町の講談師の話は細部まで覚えていて、家族や友人が集まって炉を囲む夜には、繰り返し語り聞かせてやることも頻繁だから、人前で話したり詩歌を吟じたりするのに、気後れすることはない。声の強弱や、抑揚の付け方も堂に入っている。

通り過ぎる人々は立ち止まり、しばし耳を傾けては、地面に置いたベイラの帽子に一枚、二枚と銅銭を放り込んでゆく。

ひとつ歌い終えて帽子を見れば、すでに饅頭一個分の銭が集まっていた。続きを聴こうと期待のこもった眼差《まなざ》しで待っている者も、両手の指の数より多い。門兵の表情を横目にうかがえば、にやりと笑みを返された。

しかし、次の詩歌を吟じていくらもしないうちに、いきなり誰かに肘を取られ、邪魔をされた。

「兄さん、こんなところにいたの。早く帰らないと、母さんに叱られるよ」

見れば彼の肩にも届かない子どもである。頭をすっぽりと胡人風の頭巾で覆った十歳くらいの少年は、ベイラの肘をぐいと引っ張った。ベイラが人違いだと抵抗するまえに、少年は帽子をすくいあげるように拾い上げ、ベイラの懐に押し込んだ。

「急いで、こっち」

見知らぬ少年の口調は、兄を慕う弟のものではなく、危険を察知した獣のように低い。ベイラは少年の腕を振り払う気も削《そ》がれて、引っ張られるままについていった。

いくつかの交差路を曲がり、別の区郭へと出て、少年はようやく足を止めた。

「兄さん、危なかったね。ただでさえ目立つ風貌をしているんだから、あんまり注目を集めない方がいいよ」

ベイラは少年の馴《な》れ馴《な》れしさにあっけにとられ、すぐには言葉が出てこなかったが、ようやく息を吸い込んで詰問する。

「おまえは誰だ？　天下の洛陽の門前で、危ないことなどあるか！　おれの風貌がどうだろうと放っておけ！」

しかし少年はへらっと笑って、ベイラの言葉にひとつひとつ応える。

「ぼくの名は一角。洛陽の門前だろうと宮殿だろうと、危なくない場所なんかないよ。兄さんの風貌はすごく目立つし、あんな調子で詩歌を吟じていたら、心がけの良くないおとなに目をつけられて、数刻も経たずに行方知れずになってしまう。兄さんのようすをじっと目をこらして見ていた大人《たいじん》がいたの、気がつかなかった？」

ベイラは腕を組み、警戒に目を細めて一角と名乗る少年を見下ろした。

毎日戸外で働くベイラは体格もよく、力も強い。馬を扱わせれば、近隣の胡部を含めてもおそらく一番の技量だ。長男として、父親の代理で胡部の小帥としての仕事もこなす。背丈はほぼおとなと変わらず、並の漢人よりも大きいくらいだ。そんなベイラを拐《かどわ》かそうという大人がいるとは思えなかった。

「このおれに危害を働こうという者がいたら、返り討ちにしてやるぞ」

ベイラは帯に挟んだ短剣を左手で叩《たた》いた。この短剣は焼いた羊の肉を削いだり、薪にする枝を削ったりなど、刃物を必要とするあらゆる場面に使うための道具であり、戦闘用ではない。とはいえ、片刃ではなく両刃の剣は、いつでも護身用として活躍するだろう。

「そうすることがまずい大人に目をつけられたから、あそこから逃げ出したんだ」

ベイラは一角の言う意味を考えて、眉をくいと上げた。胡人の少年をひとり拐かしても、追及もされず罪にも問われない『大人』。そうした人物を返り討ちにして怪我《けが》でもさせたら、罰を受けるのはこちらの方だ。

ベイラは改めて少年を注意深く観察した。頭をすっぽりと灰茶色の布で包んでいるのは異国風であるが、衣服は都の庶人の子どもと変わらない。脚衣と膝上の短袍《たんぽう》は着古した藍で、靴ではなく素足に鞋《かい》を履いているところを見れば、家は貧しいと思われる。かわいらしいが扁平《へんぺい》な顔立ちは漢人の子としか見えなかったが、目は二重まぶたで丸っこく、その瞳は磨いた銅を思わせる明るい黄土色だ。ベイラは一度も目にしたことはないが、話に聞く琥珀《こはく》とか黄玉とかいう名の宝石は、このような色合いではないかと想像した。耳のうしろに少しばかりはみ出た髪は、赤茶けた色をしている。

「おまえ、胡人か」

髪を隠しているのはそういうことかと推察して、ベイラは訊ねた。漢人のような、黒髪直毛に象牙色の肌、濃い茶から黒に近い瞳を持たぬ人々は、顔立ちの彫りが浅かろうと、おしなべて胡人と呼ばれていた。

「うーん。違う。漢人でもないけど」

少年は謎めいた笑みを浮かべて、立ち話もなんだから、という風情でベイラの袖を引いた。ベイラは促されるままに歩き出す。すでに宿へ帰る時刻ではあったが、本当に危ないところを助けられたのなら、一角と名乗る少年に礼もせずに別れるのも気が咎《とが》めたからだ。

「それで、わざわざおれを助けた理由は何だ。洛陽には今日着いたばかりであまり持ち合わせがない。さっき稼いだ小銭でよければ受け取ってくれ」

一角はふふん、と鼻を鳴らす。

「別に礼なんかいらない。ぼくはお金には用がない。今朝、北の空に白い光輝が近づいてくるのが見えたから、街を歩いて光輝のもとを探していたんだ。そしたら、君が物乞いの子に饅頭を恵んでやっているのを見かけて、ああ、いい人だなぁと思ったから、不運から助けたいと思ったんだよ」

「別に、恵んだわけではない」

ベイラは強《こわ》ばった口調で言い返す。どちらかといえば奪われたようなものであるし、物乞いの子に憐《あわ》れみをかけたわけでもない。ベイラが蹴り飛ばせば、あの子どもの蹴られた腕と肋骨《ろっこつ》、地に打ち付けた尻や背中の骨が砕かれるだろう。そのような残虐なことをすれば、饅頭の味を台無しにしてしまう。それになにより、すでに人の心や感覚も失い、餓《う》えた獣の目つきとなっていたあの子どもから、手っ取り早く逃れたかっただけだ。

「一角、と言ったな。胡人の若い者を拐かしても許される大人ていうのは、誰だ」

「兄さんの詩吟を聴いていた群衆の中に、ひときわ身なりの整った姿の麗しい壮年の漢人がいたの、気がついていた？」

ベイラはいい気分で歌っていたので、周囲にはさほど注意を払っていなかった。ただ、従者を連れた身分の高そうな人物は、うっすらと覚えている。

「うーん。いたかな。偉い人物なのか」

一角は片手を口元に添えて、低い声で答える。

「黄門侍郎《こうもんじろう》の王衍卿《おうえんきょう》」

ベイラは腰が抜けるほど驚いた。黄門侍郎といえば、皇帝の側近である。

「それだったら、おまえはおれの出世を阻んだことになるぞ」

皇帝の側近に近づいて、馬の口取りにでもなれば、ベイラは末は将軍にでもなれるかもしれない。

「でも、あのひとはやめておいた方がいい。雲気がよくない」

一角は自信たっぷりに断言した。ベイラは眉間に皺《しわ》を寄せた。

「おまえ、人相見か何かか」

一角は肩越しに振り返り、片手を振って応える。

「違う。ぼくにわかるのは、良い人か、悪い人か。邪気があるか、ないか。敵意があるか、ないか。憎しみがあるか、ないか。気が相克《そうこく》するか、相和するか。その人間の雲気が見えるか、見えないか」

「雲気とは、なんだ」

一角は先ほど振った手を拳にして唇に当てた。どう説明していいのか、本人にもわからないらしい。

「えっと。なんだろう。器とか、可能性？」

ベイラはぎゅっと胸を摑まれた気がした。口の中が乾いていくのを感じつつ、一角の小さな肩を摑んで、体ごとこちらに振り向かせる。

「じゃあ、おれの雲気を見立ててくれ」

急に力尽くで体を半転させられた一角は、それほど気分を害したようすもなく、ベイラの顔をじっと見上げた。その視線はベイラの眉間から額、そしてその真上へと移動する。顎がぐっと上がり、一角は中天を見つめる。

「一本の白い光が、天まで届いている」

ベイラは思わず唾を飲み込んだ。

「どういう、意味だ」

「知らない」

一角のあっさりとした応えに、ベイラはあっけにとられる。

「知らないって、どういう意味だ。予言とか運勢とか、そういうのなら、何かあるだろう」

ベイラの剣幕に圧《お》され、一角は当惑顔で首を振った。

「こういう雲気というか、光輝は他に見たことがないから、どういうことなのかわからない。天から降りてきた気なのか、兄さんの頭から昇っている光なのかも、わからない」

ベイラはそこで初めて、もっと早く感じるべきであった疑問が思い浮かんだ。

「おまえ、何者だ？」

一角は困ってしまった表情で、ベイラを見上げた。それから、口元だけに微笑を張り付かせて応える。

「雑技一座の曲芸師だよ」

一角はきれいなとんぼを一回切ってみせた。それからベイラの袖をぐいぐいと引いて、歩き始める。

「あのお偉いさんの毒牙から守ってあげた礼は、うちの曲芸小屋に見に来てくれたらそれで相殺だ。小屋代は詩吟の歌代でもおつりが来る。本当はさ、客引きを口実に外出を許してもらったんだけど、兄さんを助けたから客引きできなかった」

かの琥珀色の瞳で請われれば、断ることは難し過ぎた。ベイラは一角の雑技一座が天幕を張っている区郭まで引きずり込まれた。

「なんだい！　連れてきた客がそれだけか」

化粧の濃い女が怒声を上げる。地方ではなかなか見ることのない、けばけばしさだ。

「え〜。やっぱりわたしみたいな子どもでは、どうも相手にされません」

一角は急に言葉遣いも態度も変えて、一座の女将《おかみ》に許しを請う。

「おまえなんか、舞台の上でしか役に立たないんだから、下手なことに手を出さずに、曲芸技だけを磨いていりゃいいんだよ」

女将は唾と罵倒を一緒に吐き捨てて、ベイラをじろりと睨《にら》んだ。

「あんたは客なんだろ？　だったらさっさとおあしを払って、天幕の入り口から入りな！　うちの雑技員になりたいってんなら、宙返りでも見せておくれ！」

馬の背でどんな姿勢もとれるベイラだが、さすがにいきなり宙返りはできない。出番に備えて姿を消した一角を捜すのもあきらめ、ベイラは興行主が入場料を集めてい

演技者の粗《あら》が見えなくていい、というのもあるのだろう。

外はまだ日が高いが、小屋の中は薄暗い。あまり明るくない方が、演技者の粗が見えなくていい、というのもあるのだろう。


そんなことは知らないベイラであったが、初めて見る曲芸師らの演技には魅了された。両手を真上に伸ばした人間の上体が、ゆっくりと後ろへと倒れて足首を掴めるなど、ベイラは見たことも想像したこともなかった。両脚が左右や前後に一文字に広がるところも初めて見た。人間が積み重なって城を作り、二階の高さから少年たちが飛び降りるさまは、崖を舞う山羊《やぎ》のようだ。

人間にそういうことが可能であると、ベイラは思いもしなかった。

一角の演技はその中でも群を抜いていた。赤と黄色の舞台衣装に着替え、花綱を編み込んだ赤銅色の髪をなびかせて、舞台の端から端までひと飛びしてしまう一角の跳躍力は、おそろしく人間離れしていた。それまでの他の演技者たちの芸も素晴らしかったので、そういうことも可能かと思ってしまったのだが、あとから考えれば考えるほど、あり得ないという気がしてくる。何の仕掛けもなく自身の身長の三倍は跳び、三十尺の幅を一息に飛べる人間がいるものだろうか。

特筆すべきは、かれらの動きの速さと調和であった。高い場所から飛び降りるときの、あるいは人の城を作るときの、相互の信頼であった。

馬術の上達のために、日々の努力を欠かさないベイラにはわかる。

互いの技量を信頼できるのは、それぞれが日々の鍛錬を欠かさないからだ。自分とあまり変わらない年頃の少年と少女らが、この演技をかろやかに成し得るのも、日頃の血の滲《にじ》むような鍛錬の賜《たまもの》であろうと。

だが——

一角に対しては、ベイラは密《ひそ》かな違和感を覚えていた。

それは、十代の年上の少年少女たちが、十歳かそこらの一角の指図で動いていたから、というのでもない。一角がどの演技者よりも優れていたからでもない。

幅の広い額帯で乱れる髪を押さえた一角が宙を舞う一瞬、薄暗くて見えぬはずの客席にいるベイラと目を合わせて、にこりと微笑《ほほえ》むその視力が、人間離れした体技を見せる雑技員の誰よりも、現実離れした驚異を感じさせたのだ。

宿に戻ったベイラは、夢見心地で夕食を終え、寝床に入った。

雑技一座については、その演技の素晴らしさはともかく、なんの憧れもない。

あの子どもたちはもちろん、一座で働くおとなたちもみな、どこからか売られてきた奴隷だからだ。幼いうちから厳しい訓練を重ね、人間離れした体技を獲得し、それを披露することで口を糊《のり》している。怪我をして故障し、演技ができなくなれば、下働きのまま終わるのはまだしも、追い出されて路上をさまよい、午後に見かけた物乞いに成り果てる。

ただ、あの身軽さを身につけることができれば、とは思う。祭の競馬で難易度の高い技を披露することができそうだ。牧人の少年たちの間では、危険な技をいかにしていとも簡単にこなしてみせることができるか、というのが順位付けの基準にもなっている。疾走する馬の背に立ち上がったり、後ろ向きに騎乗して弓を射るくらいでは誰も驚いたりしない。

だがしかし、とベイラは寝返りを打った。ベイラも来年には十五だ。そうした子どもじみた遊びとは、もうすぐ無縁になる。馬の背でとんぼ返りなんぞしたら、ベイラの体重に耐えかねた馬に振り落とされるのが落ちだ。

「あの一角なら、馬の背でとんぼを切ったり、片手で逆立ちもできそうだな」

そう思ったあたりで、ベイラは眠りに落ちた。

第三章　洛陽

翌朝、朝食の席に郭敬が顔を出した。初めての都で、ベイラがどう過ごしているのか気になったらしい。都を案内しようかともちかけてきた。

「でも、郭殿もお忙しいのでは」

太原ではそれなりの名士である郭敬は、洛陽にも知人が多い。あちこちに顔が利くこともあり、洛陽に出てくれば、地元の商人と都の知人との間に便宜を図る忙しさもあるはずだ。

郭敬のように、異民族の、それも成人前の少年に親切にしてくれる漢人は珍しい。

時の宰相は、この半世紀あまり南下してくる北方の異民族に手を焼き、増え続けるかれらを長城《ちょうじょう》の外へ追い返すべきと、何度も皇帝に進言を重ねてきた。つまりそれだけ北方民を厄介者扱いする漢人が多い中で、隣人として心を砕いてくれる郭敬は、とてもありがたい存在であった。

「ベイラには初めての洛陽であるから、今後のためにも知っておく場所や、会わせておきたい人物もいる」

「いつも、お気遣いありがとうございます」

そこまで世話をしてもらえるとは思っていなかったベイラは、驚きつつ礼を言った。

「会っておくべき人物とは、我が羯《けつ》胡部の売り荷を預けられる商人ですか」

できれば自分の露店を市に立て、自身の裁量で都人を相手にしてみたくて前日に外出したベイラではあったが、昨日は自分の田舎者ぶりを大いに自覚して終わった。都には都の掟《おきて》があるであろうし、ここは仲買商について、都における商いを学ぶ良い機会ではと結論した。

多少の費用を惜しんで新しい知人も作らずに帰宅すれば、ただの物見遊山と変わらない。郭敬の紹介する商人であれば、不当な手数料をふっかけてはこないだろう。

郭敬は鷹揚に微笑んで答える。

「将来、ベイラが商人になりたければ商人に会うがよかろうし、軍人として身を立てたいと思えば、そちらの人間と会うのがいい」

「選べるのですか」

驚きを顔に出すと、ベイラは考え込んだ。

後漢の末からこちら、互いに覇権を争う漢族の王侯は、匈奴や鮮卑《せんぴ》族の傭兵《ようへい》を取り込み、頼みにしてきた。ベイラの一族は曾祖父の代までは剽悍《ひょうかん》なる遊牧と騎馬の民であったが、現在は長城よりは洛陽に近い武郷に定住して、半農半牧によって生計を立てている。

ベイラもまた小胡部のひとつを統率する小帥の子として、大帥《だいすい》あるいは匈奴の単于《ぜんう》その人から召集があれば、すぐにでも応じることができるよう、乗馬も弓術も平素から鍛錬してきた。

とはいうものの、ベイラが生まれた時にはすでに、華北《かほく》は統一されて平和であったし、華南《かなん》に残る呉の勢力も、成人を迎える前に征服されてしまった。中原と華南は晋王朝のもとにひとつとなり、戦で名を上げる機会はもはや見込めない。いまは交易で財を成し、父の支配下にある小胡部を潤すことができればと思う。

すると郭敬は表情を曇らせた。

「晋の皇帝の偉業により、天下に太平が訪れたとはいえ――」

身をかがめて顔を近づけ、低い声でささやいた。

「帝室は安泰とは言えぬ」

短く言い終えた郭敬は、すっと背筋を伸ばし、自ら茶碗に注いだ茶で喉を潤す。

ベイラは話の続きを待ったが、郭敬はそれ以上話す気がないようで、開け放たれた窓の景色へと目を向けた。都の商館は、木々や草花をあしらった中庭があり、旅の疲れを癒やせる工夫がしてある。

郭敬がたった十四歳の、それも異民族の自分に、何を期待して洛陽まで連れてきたのか。さらにその上、庶民には関わりのなさそうな帝室云々《うんぬん》の話までするのか、ベイラは悩み、考えた。

「あの、郭大人は父とそのような話をなさるのですか」

訥々《とつとつ》とした口調で訊ねる少年に、郭敬はにこりと微笑む。

「周小帥《しゅう》はこうした話題には関心がないようである。が、ベイラは違うだろう？」

ベイラは廃れてしまった自分の部族を、もう一度強くしたいとは願っていた。かつては漢帝国を圧倒した匈奴であるが、この数百年の間に内紛を繰り返し、南北に分裂してしまった。北匈奴はすでに滅び、空白となった故地には鮮卑がのさばって覇を唱えており、中原に移った南匈奴の末裔には帰るべき草原もない。漢族の戦乱に巻き込まれて、あちらこちらの王侯に仕え、あるいは武将に雇われていくうちに、いまや細かく枝分かれし分断され、かつての勇猛な戦族の勢いは失われていった。

しかも、ベイラの属する羯族は、匈奴の枝葉においても毛色が異なる。彫りの深い顔立ちと濃い髭、縮れたり強くうねったりして頭巾に収まらない髪は、ときに黒ではない赤から薄茶の色調を帯びる。その外見から、はるか西方の部族、月氏《げっし》の末裔であるとも言われていた。

北方の民は、漢族と姿形がより似ていることから、中原において異質な容姿を継ぐ羯族は、大部分の匈奴や鮮卑よりも蔑視される傾向があった。

だから、何くれとなくベイラの羯胡部を訪れては声をかけ、ときに交易の融通を図ってくれたり、中原の歴史や漢人の流行を教えてくれる郭敬の親切はありがたく、そしてその真意はどこにあるのかと気になるのだ。

ベイラはおそるおそる、本心を打ち明けてみた。

「世に出る望み、というのは、あります」

郭敬はゆっくりとうなずいた。

「ベイラは世に出る器であると、私は見込んでいる」

ごくりと唾を飲み込んで、ベイラはかすれた声で訊ねた。

「それは、あの、村の人々の噂《うわさ》を信じてのことですか」

郭敬はくすりと笑った。

「私は人の噂は信じない。世情を推し量る情報としては、耳を傾けることはするが、基本的には自分の目で見たことを信じる。朝廷や帝室の現状は人々の噂以上のことはわからぬが、少なくとも太原まで届いたベイラの噂については、直接会って確かめることができたから、信じるに足ると考えている。でなければ、いまだ童子のベイラを洛陽に連れてきたり、この国の未来について話したいとは思わぬよ」

ベイラは「はあ」と曖昧に返答して、首筋をポリポリと掻いた。

噂とは、数年前に村を訪れた人相見がベイラの容貌を見て、非凡なる才と度量を備えた、高い志を持つ相であると評したことだ。ベイラはまだ十歳にもなっておらず、何を言われているのかさっぱり意味不明であった。ただ、父親が酒に酔っているのに上機嫌で笑っていたし、母親も嬉《うれ》しそうにしていたので、自分は親を喜ばせることができたのだと思った。

あとになって、姉から『人相見が親からいくばくかの謝礼を多く受け取るために、世辞を言ったのだ』と教えられたが、両親が喜んでいるのなら、それはそれで彼も嬉しかった。

ただ、『凡庸ではない』という人物評に関しては、ベイラ自身がそうあるべきと自分に言い聞かせて、自身の年齢に期待された以上の成果を挙げる励みとなった。弱小胡部の小帥として人望のない父親の失点を補い、部民の離散を防ぐためにも、ベイラは急いで有用な人物になる必要があったのだ。

郭敬に言われて思い出した過去の人相見の評は、昨日会った少年一角の口にした、雲気だの光輝だのという話を連想させる。

「あの、例えば、人間の頭から白い光輝が伸びて天を突くというのは、何か意味があるのですか」

ベイラの問いに、郭敬は茶碗を口に運ぼうとした手を止めて、顔を上げた。

「その白光は、太陽を貫いていたのか」

「いいえ。ただ空に向けて白い光が昇っている、という感じでしょうか」

郭敬の語調がひどく真剣味を帯びていたので、ベイラの語尾が曖昧になってしまうのは仕方がない。郭敬は周囲を見回し、誰も聞き耳を立てていないか確かめてから、低い声でささやいた。

「それは人相見というよりは天象のようだな。『白虹《はっこう》日を貫く』といえば、兵乱が起きて天子を害する凶兆だ。城下でそのような噂が流れていたのかね」

ベイラはますます焦って、しどろもどろになって答えた。

「白い虹ではなく、一本の光だそうです。なんにしても、人相見の言ったことではなく、曲芸師の童子が戯れに話していたことなので――」

郭敬は顎を擦《さす》りつつ思案したのち、ふうむと息を吐いた。

「誰の頭から白光が伸びていたのか、その童子は話したか」

ベイラは慌てた。自分のことだと言うのはなんだかおこがましい。

「いえ。その子は人の雲気が見えるのだとか。しかしそれが何を意味するかは本人にも説明できず――子どもの言うことですし、あまり詳しくは聞きませんでした」

「その子どもに会って話を聞いてみたい。どこで会えるのか」

ベイラはますます焦った。

「それが、道に迷っていたときだったので、その雑技一座が都のどこにあったのか、よくわからず。また、探してみます」

「そうしてくれ」

結局、郭敬が誰とベイラを会わせたかったのかは聞き出せなかったが、胡部の産物を処理する必要もあり、売り荷を預けられる商人を紹介してもらった。わずかな金銭的利益に固執するよりも、洛陽の都でなければ得られない、情報と人脈の方が大事であるという郭敬の示唆を、ベイラは理解したのだ。

午後はその商人について行き、地方の産物が都市でどのように売りさばかれるのかを見学することができた。郷里の市とは仕組みが違うのだろうとは予測していたのだが、軽率に自ら市に乗り込まなくて良かったと、郭敬の心配りに感謝する。仲買から商店と市の小売りまで、人の手から手を移るうちに手数料が嵩《かさ》んでいったのは予想通りで、期待したほどの儲《もう》けは出せなかったが、損もしていない。相場も知らずに露店を出していれば、揉《も》め事《ごと》を起こしていたかもしれなかった。

それに、都会では物品がどのように流通するのか、実際に自分たちの産物がどう扱われているのかを目にすることは、とてもよい学びとなったのだ。

早々に荷が捌《は》けて、残りの滞在は自由になった。家への土産と頼まれ物を買いそろえると、あとは郭敬らの一行が帰る日まですることはない。残りの日程は、いろいろな市を訪ねて、次に洛陽に来たときに知っておくべき決まりなどの情報を集めることにした。

ふたりの従者を連れて、街をぶらぶらとする。漢語がさほど得意ではない従者は、道を尋ねて邪険に訊き返されたり、人々にじろじろと無遠慮に見られたりするのを苦にして、見知らぬ都でも物怖《ものお》じしないベイラについて歩きたがる。

庶民が多く出歩く区郭で街並みや店を冷やかし、串焼きや焼餅を買い食いする。ベイラは講堂の入り口で聞き耳を立て、その日の講談が気に入れば壁際に腰をおろして聴き入った。従者は早口の講談が聞き取れないせいか、固い石畳にしゃがみ込んでいるにもかかわらず、すぐにうたた寝を始める。できれば席料と茶代を払って、好きな演目を堂内で聴きたいものだが、一銭でも節約して家に持ち帰らねばならない身の上だ。

それにしても、世の中にはいろんな仕事があるものだとベイラは考えた。講談師は一日数話の講談を語るだけで、活計《たつき》が成り立つものらしい。家族の集まる炉端で、ベイラがそのよく通る声で聴き覚えの講談を語れば、皆が聴き入ってくれる。東門で詩歌をひとつふたつ吟じただけでも、一食分の投げ銭が得られたのだ。労働や元手がなくても家族を養うのに、好きな物語を語るだけで充分な銭が稼げるのならば、それはそれで悪くない。

ベイラは自分にそのような暮らしができるとは夢にも思わなかったし、そうしたいとも考えない。ただ、そんな生き方もあるのだと、講談師の勢いのある弁を聞きながら考えたのだ。

ひとは、どのようにして生きていくものであるか。ベイラはここのところ、ずっとそのようなことを考えていた。

ベイラは馬の世話も乗馬も好きだし、野良仕事も苦にはならない。

家畜を養い、穀物を育てることが一番堅実であると思うのだが、それには広大な土地が必要だった。しかし、ベイラの家が所有する土地は、家族と眷属の暮らしを支えるには充分ではなかった。ここのところ天災が続き、飢饉に備えるべき穀物の蓄えもままならない。それにもかかわらず、乳も搾れず羊毛も採れず、手入れと調教に手間暇のかかる騎馬を育て、牧夫の数を維持しているのは、いつ単于の召集があっても即座に応じるためであった。そして何より、いまは土を耕してはいるが、草原の民としての矜持《きょうじ》を忘れないためでもあった。

——などと言いつつ、小帥の跡取りは漢人の物語を聴いて喜んでるんだからな。

自嘲の棘《とげ》が、ベイラの胸をちくりと刺す。いまや、長城の内側に住む多くの牧民が、父祖の言葉よりも漢語の方を流暢《りゅうちょう》にしゃべる。郭敬が胡部の小帥である父親よりも、ベイラを相手にすることを好むのも、世情云々というのは口実で、訛《なま》りが強く漢語の語彙を多くもたない父と話すよりは楽であったからかもしれない。

族弟のジュチが、がくりと首を前に倒して、はっと目を覚ました。口から垂れたよだれを袖で拭いて、慌てて「すみません」とベイラに謝る。

「用を足してきていいですか。あと、なんか食いもん買ってきましょうか」

「ジュチはさっき串焼きを食ったばかりだろうが」

「よく考えたら、羊肉の串焼きって、家でも食べられたんですよね。都に来てまで何を食ってんだろうなって夢の中で思ったんです」

「だから、寝ながらよだれを垂らしていたのか」

苦笑しつつも、ベイラは懐の革巾着を探る。ふたりの会話に年嵩《としかさ》の家僕ルェンも目を覚まし、少年が伸ばした手を押さえる。

「ジュチだと足下を見られますから、おれが買ってきます」

宿を出るときは気後れしていたというのに、人混みに慣れ、珍味を味わえる誘惑にずいぶんと気が大きくなっているようだ。ベイラが都行きの従者として選んだふたりだ。もともと内気な少年たちではない。ベイラは苦笑して、年上の家僕が差し出した手に小銭を落とす。

「饅頭なら、これで三つ買えるはずだ。豚肉の青菜漬け入りが美味い」

ふたりは「やった！」と喜びの声を上げ、駆け足で講堂の脇から立ち去った。ベイラが目を閉じて耳を澄ませても、講堂の中から講談師の声は聞こえず、堂内の人々の話し声がするだけだ。

講談は終わってしまったらしい。退屈して家僕たちの後を追おうと思ったベイラだが、ふと耳に入ってきた会話に動きを止める。

「皇帝の堕落ぶりは、とどまるところを知らんようだ」

「やっと戦国の世が終わったと思えば、呉から連れ帰った五千人の美女を入れるための宮殿造りのため税は上がるし。まったくやってられん」

「もともといた華北の美女五千人と合わせて一万人が入れる後宮だからな。動員された壮丁の数も半端じゃない。その一方で戦争はなくなって解雇された兵士らがあちこちで悪さをして、ひどいのは盗賊化しているから、——と——の方は危なくって荷を運べない」

聞き取れないのは、ベイラの知らない地名であろう。華南のどこかだろうか。

平和になれば軍隊は縮小される。兵士らは故郷に戻され帰農し、土地を持たぬ者は屯田の開拓を任され、耕した土地は所有を許されているはずだ。戦を生き延びた褒美に、土地をもらって自由農民になれるというのに、流れ者の盗賊になるなんてありえるのだろうか。

呉が滅ぼされたときは、ベイラはまだ六歳であったから、中華が南北に分かれていたときの荒廃については知るよしもない。古老の話では、ほんの十数年前まで男は戦にかり出され、女たちは働けど働けど荒れてゆく田畑をいかんともしがたく、都市は劫掠《ごうりゃく》されて人々は塗炭の苦しみを味わっていたという。兵に取られずとも、税が払えず逃散《ちょうさん》して帰らぬ農民を待つ耕作地は山羊も食べぬ草が生い茂り、わずかな食物を求める盗賊の襲撃を怖《おそ》れて、無人となった農村も少なくない。

という話ではあるのだが、それならば中原にはとうに住む人間がいなくなってしまったのでは、とベイラは思う。しかし、城市にはいつでもあふれるほどの漢人がいて、野にゆけばあらゆる種類の胡人が羊を追っている。ということは、昔はもっとたくさんの人間がいたのだろうか。いま羯胡部にいるだけの人口を養うのも大変なのに、いまの何倍もの口を養えと言われたら無理であろう。各部やそれぞれの郷が、土地と食糧を取り合って戦になるのも道理であると、ベイラには思われた。

それにしても、郭敬は帝室に垂れ込める暗雲について示唆したものの、詳しくは教えてくれなかった。

まだ年端のゆかない少年とはいえ、帝室や朝廷について批判めいたことを口にするのは、危険であるとベイラでも知っている。郭敬はあえてベイラの好奇心という蛇を突《つつ》いて、反応を見ているように思われた。

商人になるにしても、軍人になるにしても、世情を知っておくべきは大事であると郭敬は暗示したかったのだろう。だが、誰が出入りしているかわからない宿の片隅で、胡人の少年と政治談義をするのは安全とはいえない。ベイラは自力で街の噂を集めて現況を把握しなくてはならないというわけか。

講談師はまだ休憩から帰らない。今日の講談は終わったのかもしれない。堂内は食事や飲み物を注文する声と、それに応える給仕の声、講談の感想や近況を語り合う人々の話し声で充満し、まるで蜂の巣の近くにいるようにうるさい。

ベイラは堂客の会話をもっとよく聞き取ろうと、壁に耳を押し当てた。

晋が呉を平定してから八年、天下を統一した晋の皇帝が政治に興味を失い、女色に溺れるようになったという話は太原の向こうまで届いている。長城の内側では知らぬ者はいないし、もしかしたら長城の彼方《かなた》にも伝わっているのかもしれなかった。だが、そのために不幸になった民衆の不満と、盗賊に身を落とした兵士たちの末路は初耳であった。

「堕落した皇帝に、外戚の操り人形でしかない暗愚の皇太子。なにかもうすでに末期の様相をしめしていないか」

そんなことを、壁の外まで聞こえるような声でしゃべっていては、この連中の寿命はあまり長くないなとベイラは思う。お蔭《かげ》で田舎で農作業ばかりしていては、あまり知ることのない都の現状が把握できるのだが。これはもしかしたら昔話の講談よりも、ずっと面白く役に立つ話ではないだろうか。

「だけど、皇帝には優秀で人望のある弟の斉王《せいおう》がいただろう。民衆にも兵士にも人気があったから、暗愚の皇太子の補佐になれば、まつりごとはそれなりにまわるんじゃないか」

「おまえは都は七年ぶりだから知らないのか。斉王は五年も前に病死してる。讒言《ざんげん》にあって、病気なのに斉国への赴任を命じられ、無理がたたって命を縮めた。斉王を支持した派閥も粛清された」

七年前のベイラは羊を追い回したり、家僕と近所の子どもたちを率いて、鋤の柄《え》を槍《やり》に見立て、戦ごっこなどをやっていた。五年前は家の手伝いもそこそこに、ようやく自分の馬を手に入れて乗馬に明け暮れ、やはり家僕と近所の少年たちを引き連れて、弓技を鍛えつつ戦争ごっこをやっていた。

郭敬はこのころから、都より聞こえてくる帝室の噂に、注意を払っていたのだろうか。

郭敬の地位について、ベイラはよく知らない。太原の郭一族は商人もいれば役人もいて、下は兵士から上は都督《ととく》も出しているとは聞いている。だが、郭敬自身が何をしているかはあまり聞かない。文士を自称しているが、それが何をするものか、ベイラには不明であった。

「だが、皇太子が暗愚といっても、まだ十何人も皇子がいるのだ。中には優秀で朝廷を支える能力のある皇子はいないのか」

相手はチッと舌を打って警告の音を立てた。首をすくめて頭を左右に揺らす様子が目に浮かぶようだ。

「数ばっかりいてもな。誰ひとりとして、文武と人望が長兄よりも優れているとは、言い難《にく》いらしい」

郭敬が言外に「政情に興味を持て」と示唆していたことは察していたから、ベイラはこの壁越しの会話に聞き耳を立てたわけだが、帝室の内情を知ることが、自分の将来にどうかかわってくるというのだろう。皇帝が政治を顧みず、朝廷は外戚に牛耳られ、暗愚な皇太子がやがて玉座を継ぐ。新しい皇帝を支えるべき人材はなく、役に立たない皇子が何人もいる。

内乱でも起きるのだろうか。

少なくとも、郭敬は不安を感じているのだろう。この壁の向こうで旧交を温めつつ帝都と地方の情報を交換しているふたりにとっても、こんな公の場で世情を論じ合うほど、晋帝国の先行きは薄暗いものらしい。都人は生活が今より楽になることは予想していない。太平な現在さえ不順な天候で暮らし向きが楽にならないのに、皇族の諍いで世が乱れる日は遠くないかもしれない。武郷は洛陽からそう遠くはないため、まっさきに影響を受けるだろう。備えは必要であるとベイラは考えた。

あと数日だが、都での過ごし方がわかってきたとベイラは思った。今後も機会があればたびたび洛陽に出てきて、講堂や茶屋で噂話を拾ったり、知り合いを増やして都の事情に通じていれば、政情が大きく変わっても巻き込まれずにすむだろうし、逃れられない災厄に襲われても、心の準備はできるはずだ。

仲買料をケチって、羯胡部の産物が売り切れるまで今日も明日も市でぼんやりしていたら、得られない情報であったろう。

そろそろ尻が痛み出し、脚が強ばってきたのでベイラはゆっくりと立ち上がった。

「あいつら、どこまで饅頭を買いに行ったんだ」

ふたりが向かった方角へ足を向けていくらも進まないうちに、年嵩のルエンが駆け戻ってきた。左のこめかみから頰にかけて、青黒い痣《あざ》をつくっている。

「大変です。ジュチがさらわれてしまいました」

「なんだと」

ルエンは両手を膝について、荒い呼吸を繰り返す。ようやく息を整え、唾を飲み込み、状況を報告した。

「おれが饅頭を買っている間に、ジュチが他の屋台をのぞいていたんです。そしたら身なりの悪くないどっかの舎人《しゃじん》みたいな男が、ジュチを捕まえて屋台通りから引きずりだそうとしたんです。おれはすぐに追いかけて、そいつを止めたんですが、もうひとり出てきて殴り飛ばされてしまって」

ルェンは左側の青痣に手を当てた。

「目の中に火花がとんで、くらくらしてすぐには立ち上がれなくて、目がちゃんと見えるようになったときには、ジュチも男たちも、もうどこにもいませんでした」

「さらわれたとき周りにいた屋台主に訊けば、方向くらいはわかるだろう」

ベイラは帯に挟んだ手ぬぐいを引っ張り出し、近くの防火桶に浸して濡《ぬ》らし、固く絞ってルェンの痣に当ててやった。それから急ぎ足でジュチのさらわれた現場へと駆けつける。

屋台の主らは、災いを避けて見て見ぬ振りをしたものの、ベイラの詰問に知らぬ存ぜぬというわけにもいかず、ジュチの連れ去られた方角を教えてくれた。分かれ道のたびに、あたりの通行人に胡人の少年を連れた男たちの行方を訊ねて進んだが、いくらも行かないうちに足取りを失ってしまった。

「白昼堂々の人さらいがまかり通るのが、晋帝国の都洛陽ということか！」

ベイラは怒りに拳を震わせ、その拳で近くの壁を殴りつけた。壁の塗料が白い埃となって宙を舞う。

「すいません。ちゃんと見ていなくて」

ルエンが高い背を前のめりに曲げて謝罪する。

「いや、おれがついているべきだった。ジュチはうろちょろと落ち着きがない。見失うことはどのみちあり得たんだ」

ルエンもジュチも家僕であり、ベイラとは主従の関係ではあったが、ともに育った幼なじみであり、先祖代々ベイラの家に仕えてきた眷属でもある。ジュチにいたっては祖父が家婢《かひ》に産ませた娘の子であるから、血縁ではベイラとは従兄弟《いとこ》にあたり、心情的には弟に近い存在であった。

もはや屋台はなく、人通りも減って道を尋ねる相手もいない。

周囲を見回したベイラは、街並みに見覚えがある気がした。一昨日《おととい》、一角の雑技一座からの帰りに通った道だ。曲芸団の子どもたちは、たいていは人買いの手によって都へ連れてこられる。一角かその主人に訊けば、都の人さらいが子どもを取引する場を教えてくれるかもしれない。

「知り合いに相談してくる。ルエンはいったん帰って休んでいろ」

「大丈夫です。お供できます」

弟分のジュチが心配でたまらず、おとなしく宿に帰される気はなさそうだ。

「いや、休め。頭を殴られると、あとから動けなくなることもある。吐き気はしないか」

ルェンは自分の顔が見えないから、痣も見えないし、顔色がひどく悪くなっていることも気がつかない。ベイラはここまで一緒に追わせたことも、失敗ではなかったかと思い始めていた。まだ自分の足で歩けるうちに帰した方がいいと、ベイラは判断した。

「胸くそは悪いけど、吐き気はしません。左目が少し霞《かす》むだけです」

「無理をして目を悪くしたら、それこそ取り返しがつかない。おれが戻るまで、横になっていろ。水を飲むのを忘れるな」

断固とした命令口調に、ルェンはそれ以上は食い下がらなかった。

「わかりました」

踵《きびす》を返して、振り返りもせずに元来た道を戻って行くルェンの背中を見送り、ベイラは記憶をたどりつつ雑技一座へと急いだ。

第四章　一角

一座は前に来たときと劣らず盛況で、幕の内側からはひっきりなしに歓声やかけ声が響く。市場もそうであったが、こうした見世物通りも、郭敬や講堂の内側で会話していた二人組が抱えているような、国の未来への不安とは無縁のようであった。

入場料を払って中に入る。薄暗くしてある天幕の内側では、前に観《み》たのと同じ演技が繰り返されていた。まるで重力など存在しないかのように、一角が舞台に据えられた柱から柱へと飛び移り、華麗に宙返りを決めて、地上低く張られた綱の上に着地する。綱の上を走り回っていた、赤い脚衣をまとった大きな猿が、一角が降りた反動で高く跳ね上げられた。くるくると二回転を決めて、綱の上で両手を広げて待つ一角の肩にひらりと着地する。

拍手喝采だ。

「見えない翼でもあるみたいだな」

演技が一巡し、袖へと下がった一角を追って、ベイラは天幕の裏へと回った。

「おや、兄さん。また来てくれたの」

一角は裏で水を浴び終えたところだった。しっとりと濡れた赤い髪をくるくると巻き上げ、頭巾に包み込んでいる。ベイラは挨拶もそこそこに、咳《せ》き込《こ》むように訊ねた。

「おれの族弟が屋台通りでさらわれた。十二歳になったばかりで、見た目はおれと少し似ているが、背は拳ひとつ分低い。都の人さらいが子どもを連れて行って、売り買いする場を知っていたら、教えてくれ」

一角は琥珀色の瞳がぐるっと見えるほどに目を見開いて、ベイラのひどく焦った顔を見上げる。あまりにじっと見つめて何も言わない一角に、ベイラは焦《じ》れてきた。

「知らないのならば――」

いいのだ、とあきらめて去ろうとした矢先に、一角は首をかしげて上を見た。その視線はベイラの額から空へと移動する。

「都の雑踏のなかで、十二、三歳の子どもを好んでさらうような人買いはいないよ。兄さんよりちょっと低いくらいなら、体も大きい方だ。そのくらいの子どもは力もあって暴れるし、親もいるだろうから、捕まれば盗みより重い罰を受ける。そんな危険を冒さなくても、貧窮区にいけば子どもを売りたい貧しい親には事欠かないし、地方を回ればただ同然で小さな子が買える。子どもが小さいほど、食べさせる費用も少なくてすむ」

十歳という年齢にはそぐわないほど、一角は落ち着いて人身売買の現状について語った。

「おまえも、そうやって売られてきたのか」

一角は丸っこい目を驚きで見開き、それからにこりと笑った。

「ぼくは売られたんじゃなくて、さらわれたんだけどね。旅の途中で山賊に襲われて、そのまま奴隷市に連れて行かれた。そこで、ここの女将が買ってくれた」

話の内容とは裏腹に、一角の物言いはあっけらかんとしている。少しばかり湧き上がってきた同情の念の置き場に、ベイラは戸惑ってしまう。

「親はどうした。やはり奴隷として売られていったのか」

一角はくいっと唇の端を上げた。

「ぼくに親はいない」

ベイラは首をかしげた。あのように高度な芸を身につけるには、何年もかかるだろう。この曲芸団に買われたのは、少なくとも数年前になる。そんな幼いときに、一角は両親もなく、山賊の出没する地方へ旅をしていたというのだろうか。

「おまえを育てた者がいるだろう？」

「それは、もちろん」

一角は目を逸《そ》らし、言葉を濁した。

「それより、兄さんの族弟のさらわれ先だ。話を聞く限り、その人さらいの身なりはちゃんとした家の使用人だろう。そのくらいの年頃の子どもを好むお大尽も、都にはいるから、狙われたのかもしれないね。朱厭《しゆえん》！」

一角が一声叫ぶと、さきほど綱渡りで宙返りをしてみせた大猿が、のそりと姿を現した。まだ派手な曲芸用の衣装に身を包んでいるのかと思えば、白い首と赤い足は自前の毛並みであった。

「この人の族弟がさらわれたんだって。見つけ出せるかな」

朱厭と呼ばれた大猿は、長い腕を上げて鼻面を掻いた。それから両手をひらひらと動かし、うなり声を上げる。一角は「そっか」と応えて腰を上げた。

「その、人さらいを見失った場所まで行ってみよう」

一角はすたすたと歩き出し、朱厭もそのあとを跳ねるようにしてついていく。ベイラは困惑しながらも、少年と朱厭のあとを急ぎ足で追った。

人さらいの痕跡を失い、ルェンを帰した場所まで戻ると、朱厭は犬のようにあたりを嗅ぎ回った。地面の石を長い指でひっくり返して鼻先に近づけたり、ほとんど舐《な》めるようにして地べたに顔を伏せる。それからベイラの正面まできて、襟を握ってかれの体臭をしつこく嗅ぐ。ベイラが身を引きぎみにしてその奇行を見守っているうちに、朱厭は四つ足になって通りを進み出す。

ベイラと一角はそのあとをついて行く。

「狩猟で森に逃げ込んだ獲物を犬に追わせるのは普通だが、猿にも同じことができるとは知らなかったな」

「朱厭は猿ではないよ。あと、よく間違われるけど、猿猴《えんこう》でもない」

「では、なんだ？」

「朱厭は朱厭だ」

絶えず相手を煙《けむ》に巻くような一角の話し方に、ベイラは苛立ちを覚える。しかし、いまはそれどころではない。

いつしか街の雑踏から遠ざかり、左右に長い壁の続く区郭を歩いていた。人通りもほぼ途絶えている。

「これは、貴族の邸宅じゃないか」

「うん。そのようだね」

白い壁にうがたれた、小さな通用門の閉ざされた扉の前で朱厭が立ち止まり、扉のあたりの臭いを嗅いで一角の足下まで戻ってきた。

「ここに連れ込まれたようだよ」

「貴族の邸《やしき》にか？」

「そのようだね。正門は突き当たりの角を曲がればあるかもしれないけど、これが裏門なら一町は軽くありそうな塀の反対側かもしれない」

「ここから連れ込まれたんなら、正門に回り込む必要はないだろう。門番はいないようだし、忍び込んでジュチを捜せるかな」

「門番はいるだろうけど、中で昼寝でもしてるんだろうさ」

一角は通行人をやり過ごしてから朱厭に話しかけた。

「ちょっと中に入って、兄さんに似た感じの胡族の少年がどこかに囚《とら》われてないか、探ってくれるかい」

朱厭は軽快に跳躍すると、一角の肩を踏み切って塀の屋根に上がり、内側の庭木に飛び移って塀の向こうに消えた。

「あの朱厭は、人間の言葉がわかるのか」

ベイラが不思議そうに訊ねると、一角はにこりとうなずく。

「ぼくの言葉を兄さんがわかるのと同じくらい、理解しているよ」

朱厭はなかなか戻ってこなかった。怪しまれないよう、人が通りかかると何気なく進み、追い抜かれるとこっそりと元の場所に戻る。

日暮れ時も近づき、あたりが薄暗くなってきた。夜になっても宿に戻らなければ、ルエンが心配する。

「もしここにジュチがいたら、どうやって救いだせばいいんだ。正面から返してくれっていっても、しらを切られそうだ。だいたい、なんでジュチをさらったんだろう。召使いや奴婢《ぬひ》なら、いくらでもいるだろうに」

一角は眉を寄せて、頭痛をこらえるようにこめかみを揉んだ。仕草といい、話し方といい、十歳の子どもとは思えない。

「戯れに街の娘や少年をかどわかすのを、遊びにして楽しんでいる貴族もいるって聞いたことあるよ。いまは皇帝が民政を気にかけないし、皇太子は妃《きさき》の言いなりで、皇后は実家の親族を要職につけることしか考えていない。高官や貴族たちの綱紀は乱れまくって、役人たちは真面目に仕事をしないから、いかがわしい趣味も隠さずおおっぴらに振る舞う大尽は珍しくない」

言うことも子どもらしくない。ベイラは自分よりもずっと年上の少年を相手にしているような気分になってきた。

ふわり、とふたりの間に影が降りて、ベイラは思わず悲鳴を上げそうになった。左手で短剣の鞘《さや》を押さえ、右手で口を押さえて、ぐっと呼吸を止める。目の前に立つのは朱厭であった。いつの間にか肩に縄をかけて、賢そうな赤い目でベイラを見上げ、腰の鞘に視線を落とす。ベイラははっとして、短剣の鞘から手を離した。

朱厭は一角に向き直って、手振りと唸り声で何やら伝える。うんうんとうなずいていた一角は、朱厭の報告をいかにも自然に通訳した。

「ジュチは中にいる。ただ、思っていた場所には囚われていなくて、捜すのに手間取ったから、こんなに時間がかかったそうだ」

「おい、ちょっと待て。おまえ——一角は猿の言葉がわかるのか」

ベイラは胡乱《うろん》な目つきで一角を問い詰める。

「朱厭は猿じゃないってば」

一角はうんざりして言い返す。朱厭も大いに不満げに、両手を振って足を踏みならした。

「それから、朱厭には言葉がちゃんとあるから、ぼくには理解できる。そんなことより、兄さんはジュチを助けたいんだろ？」

「それは、もちろんそうだ」

深追いすると、協力が得られなくなりそうなので、ベイラは胸にわだかまる疑問を封じ込めた。一角は手招きして、通用門から離れて少し歩く。

「朱厭がいうには、こちら側に厩《うまや》と蔵があって、ジュチは馬具の倉庫に閉じ込められているらしい。思ったのと違う展開だって朱厭は言ってる」

「思ったのとは？」

「うーん。兄さんは知らない方がいい」

先へと走り出た朱厭が、六間《けん》ばかり進んで立ち止まる。一角が駆け寄ると、朱厭は待ちかねたように先ほどと同じ方法で地を蹴り、一角の肩から塀の屋根へと飛び移った。

「兄さん、壁に向かってそこに立ってよ。少し前屈《まえかが》みになって、両手を腿《もも》に置いてくれる？」

ベイラは言われた通りに腿に手をついて上体を前に倒した。軽い、鞠《まり》を背中に当てられたような感触に振り返ると、一角はどこにもいなかった。きょろきょろしていると上から一角の声がする。屋根の上から朱厭と一角が顔をのぞかせていた。

「え？　いつの間に」

「急いで、人が来る」

どこから出てきたのか、結び目のついた縄がするすると降りてきた。見れば、先ほど朱厭が肩にかけていたものだ。ベイラは縄にとりついて、壁を蹴りつつ、瓦に手をかけて慎重に屋根に登った。

通りを見下ろしたが、誰も歩いていない。一角に騙《だま》されたようだ。

「兄さんもけっこう身軽だね」

「疾走する野生馬を獲《と》るために、併走して投げ縄で捕らえ、自分の馬から野生馬へ飛び乗るくらいのことはできる」

「そりゃすごい。ぼくもやってみたいなぁ」

朱厭に小突かれて、一角は慌てて塀の内側に飛び降りた。

「なっ」

八尺あまりの高さから飛び降りるのは、さすがに躊躇《ちゅうちょ》する。しかし「見回りが来るよ、急いで」とささやかれ、朱厭の押し殺した唸り声にせかされて、ベイラは草の多い地面の柔らかそうなところを目指して「ままよ」と飛び降りた。着地の瞬間は膝を深く沈めて、落馬したときのように背中を丸めて二回転する。どこも怪我をせずに立ち上がるベイラに、一角は「すごい、すごい」と手を叩いた。

邸の使用人らしき男が、物音に気づいたらしくこちらへと近づいてきた。いつでも攻撃できるよう身構えるベイラの肩を、朱厭が両手でぐいと押さえつけた。見かけによらない朱厭の腕力に、ベイラは内心で恐怖を感じる。

一角の低く鋭い警告。

「動かないで」

男は三人が身を隠した植え込みのところまでは来ず、きょろきょろとあたりを見回しただけで、そのまま引き返した。一角はほっと息を吐いた。

「武器も持ってなかった。警戒心もないし、ただの庭師みたいだ」

「用心棒を邸じゅうに巡らせているような、後ろ暗い悪徳貴族ってわけではなさそうだな」

家屋は大きく広く、その家を取り囲むように枝葉の繁《しげ》った樹木が多い。どこか遠くから笛と琴の音が流れてくるが、全体的に閑として優雅だ。

「そうかもね。対価も払わずに子どもを拐《かどわ》かす貴族には、珍しい不用心さだけど」

「おまえ、やたらと詳しいな……それに、ずいぶん場慣れしている」

「あっちだ」

一角は二層の蔵を指さして、話を打ち切った。姿勢を低くして植え込みから植え込みへ、朱厭とともに建物の陰から蔵の陰へと移動する。微風《そよかぜ》に混ざって、ベイラには親しみ深い臭いが漂ってきた。

「厩舎《きゅうしゃ》か」

つぶやきつつ首を伸ばしてみると、かなり大きな厩舎であった。十頭は収容できそうだ。馬場や牧草地のない邸内に、何頭の馬を飼うことが可能なのか、ベイラには想像もできなかったが、馬の呼吸や足音などの気配だけで察する限り、このときに厩舎にいるのは五頭と推測できた。

朱厭は躊躇することなく、馬具の倉庫へとふたりを導いた。ベイラは壁に耳をつけて、中の気配を窺った。規則正しい呼吸音が聞こえる。扉は錠が下りていて、鍵がなければ開けられない。中で眠っている、あるいは眠らされているのがジュチかどうか確かめようにも、窓は天井近くに明かり取りがあるだけで、背伸びしても届きそうになかった。

「兄さんの肩を貸して」

ベイラは明かり取りの下に立ち、一角を肩の上に乗せた。

「うん。兄さんより少し小さい少年だ。着ている服も帽子も、兄さんのとそっくり。

ここからはよく見えないけど、鼻も高い」

中をのぞき込んだ一角が報告する。

「ジュチだ。どうやって倉庫から出せばいい」

興奮したベイラはあたりの地面を見回し、錠をたたき壊せそうな大石を探した。

「大きな音は立てない方法を考えて。どうやってこの邸からこっそり抜け出せるかもね。邸内の巡回はしていなくても、物音で私兵や腕利きの食客がどやどやと出てきたら、あっという間に囲まれて絶体絶命だ」

警備はかなりゆるいようであるが、門には門番がいるであろうし、三人と一匹が塀を跳び越えて逃げるには、もっと暗くなるのを待たなくてはならないだろう。

「馬具の倉庫なら、厩舎に鍵があるかもしれない」

ベイラは立ち上がって厩舎へと忍び込む。人の入ってきた気配に、馬が足搔《あが》いたり、ぶるると鼻を鳴らす音がした。ベイラはシューと低い音を立てながら、馬に近づいた。帯の物入れから、常に持ち歩いている飼料のサンザシと麦粉の練り焼きを取り出し、それぞれの馬の口に入れてやった。その間中、ベイラはずっとシューシューと馬をなだめる囁《ささや》きを続ける。馬は警戒を解いて、先ほどよりはおだやかな鼻息を立てて静かになった。

ベイラは壁に並ぶ鉤《かぎ》に、鍵が下がっていないかと、急いで見て回った。いくつかそれらしいものを手に取り、馬具倉庫へとって返す。

「桶の数を見れば、まだあと二頭は飼われているみたいだから、馬車で出かけている主人が、そのうち帰ってくるかもしれない。誰か来ないか、見ててくれ」

ベイラは音を立てないようにして、鍵を錠に試していった。三つめの鍵で錠が開いた。

ジュチが外の物音に目を覚ましたらしい。小柄な影が薄闇の向こうで起き上がり、尻をついたまま後ずさる気配がした。

「ジュチ。おれだ。助けにきた。いま出してやる」

「ベイラ！」

族兄の声に、ジュチは飼い主を待ちわびた仔犬《こいぬ》のように飛び起きた。

「ベイラ。来てくれたんだ。でも、どうしてここがわかったんだ？」

「静かに。知り合いに、助けてもらった。怪我はないか」

ジュチは首を横に振った。

「兄さん、早く出て、馬車の音が聞こえる。この家の馬車かどうかはわからないけど」

ベイラはジュチの肩を抱いて倉庫の外に出ると、早口で一角と朱厭を紹介した。ジュチはただびっくりして、自分よりも幼い少年と大きな猿を凝視している。

「馬を厩舎に戻しにきた連中が、ジュチが逃げ出したことに気づいたら、逃げきれないかもしれない」

「だったら、別のことに気を取らせればいいんだ。まだ中に馬はいるんだね」

一角は身を翻して、厩舎の中に入った。鞍《くら》もハミもつけない馬が五頭、外に出てきた。今日は運動をさせてもらえなかったのか、戸外の空気を吸い込んで、五頭は興奮気味に首を振り、蹄で土を蹴り、鼻息を立てた。ベイラを見つけると、先ほどのサンザシ入りの飼料を欲しがって、近づいてきた。

「さっき、枝振りのよい木が塀の近くにあったから、ぼくたちはそこから脱出しよう。この馬たちは、反対側の庭へ、散歩してもらうよ」

ぴゅっと高い音が空気を裂くと、ベイラに気を取られていた馬たちは、音を立てた一角へと首を向けた。

「さあ、いい子たちだ。あっちに、おいしい草があるよ」

一角が伸ばした手をゆらゆらさせると、馬も五つの頭をゆらゆらさせながら、示された方へと歩き始めた。

薄闇に消えていく馬の尻を眺めていたベイラは、唖然《あぜん》としてつぶやいた。

「おまえ、馬を操れるのか」

ベイラも、馬の心を知ることにかけては自負があったが、こちらの意思を伝えて従わせるにはまだまだ未熟であると認めている。

「蹄《ひづめ》のある生き物ならね」

謎めいた言葉を返して、一角はベイラたちのそばへ戻ってきた。

「兄さんも、五頭の馬を一度におとなしくさせたのはすごい。馬って警戒心が強いものでしょ。とにかく、ここを早く出よう。騒ぎが大きくなる前に」

木を登り、枝伝いに塀の屋根に乗り移るのは難しくはなかったが、どういうわけか日没後の通りは往来する人や駕籠《かご》、馬車が増えていた。塀から下りるところを通行人に見られては警備兵に通報されてしまう。

「貴族は夜になると動き出すのか」

日が高かったうちの静けさを思って、ベイラは苛立ちまぎれにつぶやいた。

「そういう傾向は、あるかな。もしかしたら、今日はどこかの大尽の邸で、集まりがあったのかもしれない」

そうこうしているうちに、邸内では馬の自主散歩による騒ぎが起きていた。厩舎とも、ベイラたちのいる塀とも遠く離れているので、ジュチの脱走に気づかれるのはしばらく先であろう。丁寧に錠をかけ戻し、鍵も元通りに鉤にかけておいたので、すべての馬を厩舎に戻すまでは、時間が稼げるはずだ。

「いまだ、人通りが切れた」

一角が縄を下ろし、朱厭が縄の端を握る。

「兄さんが先に下りて、ジュチが次」

ずっと年下の子どもに指図されても、ベイラは不快には受け取らず、即座にその通りにした。ベイラが先に下りれば、ジュチが手を滑らしても下で受け止められる。一角と朱厭はこのくらいの高さの塀は問題なく飛び降りられるであろう。

ベイラはほんのふた呼吸で縄を伝い下りた。縄を張って、ジュチが下りやすいようにしてやる。滑るようにして下りてきたジュチが着地したのを見て、一角は縄を放り投げ、朱厭と同時に飛び降りた。

ベイラは縄を拾って輪に巻き、三人と一匹は何食わぬ顔をして元来た道へと歩き始めた。

「あいつら、なんのためにジュチをさらったのか、理由を聞いたか」

ベイラの問いに、ジュチは自信なげに首を横に振った。

「早口であまり聞き取れなかったけど、人違いだったみたいだ。あいつらにこの邸まで連れてこられてから、最初は台所の近くの物置に閉じ込められてた。それから庭に連れ出されて、なんか偉そうな漢人が『この少年ではない』って言ったんだ。人さらいたちはここの人間みたいで、『主人の顔を見られたから、いまさら解放できない。どうせ胡人のガキだ、どこか遠くに売り飛ばすか、奴隷にしてしまえばいい』って、とりあえず馬具倉庫に放り込まれたんだ」

「奇っ怪な誘拐事件だな」

ベイラは困惑してかぶりを振った。その顔の下から一角がのぞきこむ。

「人違い、ってことは、本命の標的は別にいるってことだね。ここ数日で、ジュチによく似た年頃の胡人で、貴族らしき漢人に目をつけられた少年なら、ひとり心当たりがある」

ベイラは信じがたいという顔で一角を見つめる。

「あの貴族は、おれをさらおうとしていたっていうのか」

ベイラは、詩を吟じていたときに、彼に目をつけていた貴人がいたことを思い出した。問答無用でかどわかしていった上に、物置やら倉庫やらに閉じ込めたというのだから、ベイラの詩吟をもう一度聴きたいという理由ではなさそうだ。

「王衍《えん》とかいう貴族か。用があるなら、丁寧に招待すればいいものを、力尽くでさらって行ったってことは、動機はろくなものじゃないな。あとで必ず仕返ししてやる」

ベイラはいますぐに引き返し、邸に乗り込んで、ジュチをさらった貴族を締め上げてやりたい衝動を抑える。代わりに、息の下で歯ぎしりをしながら復讐《ふくしゅう》を誓った。

下町まで歩いて立ち止まる。宿のほうが近いのだが、ベイラは一角と朱厭を送っていくべきと考えてそう申し出た。

「ははっ。狙われている兄さんと追われているジュチを、ぼくたちが送っていった方がよくない？　都はぼくらの庭みたいなものだから、王宮の奴隷部屋に閉じ込められたって、抜け出してうちに帰れるよ。心配無用」

一角たちと別れたのち、宿に入る前、ジュチにはさらわれたが自力で逃げ出して、ずっと隠れていたことにするようにと、ベイラは言い含めた。

「どうして？」

「貴族の邸に侵入したり、馬を放して騒ぎを起こしたのとは無関係にした方がいい。相手が大物過ぎる。誘拐自体を否定されて、おれたちの方が悪者にされてしまうからな。隠れた場所から——そうだな、防火桶のうしろでもいい。道に迷って帰り道がわからず、隠れているうちに眠り込み、おれの知り合いが犬を使って捜し出すまで動けずにいたと」

「うん。わかった」

「閉じ込められたのに、ぐっすり眠っていたところは本当だからな。おまえはああいうとこ肝が太い」

ジュチはえへへと鼻をこすりつつ笑った。

「殺されないみたいだったし、我慢していればそのうち逃げられるかもと思ったら怖くなくなって、眠くなったんだよ。馬のにおいがしたから、なんかうちに帰ったみたいで」

ベイラは微笑してジュチの肩をポンポンと叩いた。

宿では、ルェンから話を聞いていた郭敬が心配して待っていた。

ベイラとジュチで示し合わせた話を聞いて、どちらもほっと胸を撫で下ろす。

「ルェンが一番ひどい目に遭ったな」

よほど強くぶたれたものらしく、青黒い痣は目の周りまで広がっていた。郭敬が医者を呼び、手当をさせたという。腫れに効く軟膏《なんこう》を塗られ、包帯を巻かれたルェンの左目が半分だけのぞいている。

「胡人の少年を誘拐することが、都ではまかり通っているんでしょうか」

自分が狙われていることが、いまだに半信半疑のベイラは郭敬に訊ねる。都に住んでいるわけでもない郭敬には、答えようのない問いである。

「数年前までは、後宮に入れる美女を求めて、うら若き女たちがかどわかされることはよくあったらしいが」

国中の美人を欲した皇帝に、もしも我が娘が寵愛《ちょうあい》を受ければ一族の繁栄と、少しでも見目良い女子を持つ親は、我が子を後宮へと送り込んだ。容姿の劣る娘の親や、娘のいない親は、人買いから美しい少女を買い求めて養女とし、後宮へ納めたほどであったという。そのような風潮はさらにひどくなり、美女狩りを避けて娘を隠している親のもとから盗み出してまで、売り飛ばすということさえあったという。

「だが、男子がさらわれた話は聞かぬな。いまのところ、皇族や貴族の間でも、断袖が流行《はや》っているという噂もない。もっとも、断袖はあまりおおっぴらには語られない嗜好《しこう》だから、絶対にないとは言えないが」

郭敬は居心地悪そうに、視線を泳がせながら解説し、話題を変えた。

「ルエンの打撲は、痛みと痣が引くまで三日はかかると医者は言っていた。こちらも、あと五日はいる予定であったから、ゆっくり養生させなさい。明日からは、外出するときは私に言ってくれ。必ず誰かを護衛につけさせよう」

「ありがとうございます」

家僕にまで気を遣ってくれる郭敬に、ベイラは心から感謝する。ただ、彼自身は護衛が必要であるとは考えていなかった。

翌日、ベイラは朝の早い時間にひとりで宿を出て、雑技一座へと急いだ。昨日は自分のことで精一杯であったが、午後から夜まで一座を抜け出したことで、一角が女将に叱られたり、折檻《せっかん》されたりしたのではと、心配になってきたからだ。

午前中はまだ興行が始まっておらず、天幕の裏では寝起きのためにかけられた小屋から炊煙が上がっていた。

米粥《こめがゆ》の香りがする。

「あれ、兄さん。おはよう」

何事もなかった平和な昨日に続く、爽やかな朝であるかのように、一角は満面の笑みでベイラを迎えた。周囲にはベイラと同年くらいの少年少女から、六、七歳くらいの子どもたちまで、粥の入った碗を抱えて啜《すす》り込んでいる。

「昨日は勝手に抜け出して、女将さんに叱られなかったか」

「うん。まあ、叱られたけど、それが女将の仕事だからね。この都は子どもがひとりでふらついていたら、すぐに見えなくなってしまうから、女将は一人でも座員が見えなくなると、心配で仕方がないんだよ」

ベイラがあたりを見回しても、大猿の姿はない。あの人語を理解し、異様な体毛に覆われた朱厭とは、本当にいたのかと思うほど、奇怪な獣であった。

ベイラの疑問を察して、一角が訊かれる前に答える。

「朱厭はまだ寝ているよ。朝が苦手なんだ」

「知り合ったばかりなのに、族弟を見つけてくれただけでなく、助けるのも手伝ってもらった。どう礼をしていいのかわからない」

ベイラは改めて感謝の言葉を述べた。

「ううん。別にいいよ。慣れているから」

「慣れているって、貴族の邸に忍び込むことがか」

昨夜の塀を跳び越えたり、敷地内《しきち》のようすを即座に把握して移動したり、馬を誘導したりといった手際を思い出して訊ねる。一角は座員たちから離れたところへベイラを招き寄せ、丸太に腰かけるように促した。ベイラが腰をおろすと、一角も隣に座る。

「うちの一座からも、ときどき子どもがいなくなる。かわいい子が多いし、ちょっとした曲技もできるだろ？　家内に芸人を抱えたい大尽から身請けの話もたまにあるけど、うちは座員を売ることはしないんだ。だから、ちょっと座を離れたところを連れて行かれてしまうことがある。そうすると女将がもう、我が子の数が足りないと知ったときの鬼子母神みたいに怒り狂うから、ぼくが捜しに行くんだ。連れて行かれた子が養い子として大事にされているんならいいけど、まあそんなことは滅多になくて。取り戻すのがぼくと朱厭の仕事」

「むしろ、一角が一番さらわれそうだけどな」

一角は面白い冗談を聞いたかのように、声を出して笑った。年相応の、少し高くて柔らかな笑い声だ。

「ぼくを捕まえてさらうのは無理。初めて山賊に襲われたときは、ただもうびっくりして、どうしていいのかわからなくて、まごまごしてたら捕まってしまったけど。女将の一座に来てからは、いろいろと学んだから。朱厭もいるし」

「貴族の邸に自在に忍び込めたのは、修練の賜《たまもの》か。それなら王宮の宝物殿にも忍び込んで、金銀財宝も盗り放題だ。曲芸師などよりよほど楽な暮らしができそうだが」

ベイラは笑いをこらえきれずに言った。しかし、一角は笑わなかったので、ベイラは下衆《げす》な冗談を言ってしまったと恥じ入り、耳を赤くした。一角は怒らずにあっさりと肯定する。

「王宮にも、盗みのために忍び込んだことはあるよ。宝物殿じゃなくて、書庫だけど。新しい史書が編纂されたから、大きな都に寄ることがあったら、手に入れて送ってくれって師父に頼まれてたんだけど、まだ写本は市中に出回ってなかった。王宮の書物殿にならあるかなと思って行ってみたんだけど」

目の前の少年が、史書に興味があるというのも驚きであったが、ベイラが気を取られたのは別のことだ。

「新しい史書？　漢書の次の史書ができあがったのか？　魏とか、蜀の？」

魏の太祖曹操や、蜀漢を開いた劉備の事績、そして当時の武将たちの列伝など、公式の記録が、すでにまとめられていたのかと、ベイラは興奮気味に身を乗り出した。

「うん。三国志とかいうやつ。書庫には一揃《ひとそろ》いしかなかったから、写本が出てからでいいかと思って盗ってこなかった」

「なんてこった」

ベイラは膝から崩れ落ちそうになった。凡人の忍び込めない王宮の書庫に入り込み、目当ての品を見つけて手ぶらで帰ってくるとは！

「ベイラも、読みたかったの？」

「そりゃ、もちろん」

現物が目の前にあってもベイラには読めないが、郭敬に見せれば、喜んで読み聞かせてくれるだろう。文字の読めない庶民が、太平以前の戦国の時代について知るには、古老の昔話と市井の講談がすべてであった。しかし、古老の話は断片的で、講談で聴けるのは、個別の合戦や都市の攻防戦、宮廷劇などばかりだ。漢末から三国時代の終わりまでを時の流れに沿って綴り上げ、活躍した人々の軌跡について秩序立って知ることは、一握りの知識階級だけに許された特権であった。

ベイラは、このまま一角に別れを告げるのが惜しく思われた。どのような来歴の持ち主であるのか、まったくもって謎に包まれているこの少年を、もっと知りたくなった。

ベイラは声を低くして訊ねる。

「一角はさ、ずっとこの一座で曲芸を続けるつもりか」

「そうだね。いまはまだ体が小さくて、人の多い場所を通るのに、あまり遠くに行けないってわかったから」

「そうか、昨日の馬の扱いが見事だったから、うちの牧場で働いてくれたらいいのにと思ったんだけど」

「兄さんが、ぼくを身請けするの？」

一角は冗談めかして言った。

「曲芸師の相場がわからないから、手持ち分では足りないかもしれない。もしうちに来てくれるんなら、時間がかかっても用意する。いますごくいい馬を育てているんだ。いい値で売れると思う」

一角の頬から笑みが引いて、寂しげな顔を見せる。

「人間って、人も馬も売ったり買ったりするんだよね」

「あ、いや。もちろん、一角には客として来てもらう。うちで働きたくなければ、好きにしていい。ただ、一角みたいな優秀な曲芸師を、座長は滅多なことでは手放さないだろうと思ったから」

一角は首を横に振った。

「ぼくは出て行きたいときに、ここを出て行ける。だから、誰にもぼくの自由に対価を払ってもらう必要はないんだ。でも、ありがとう」

一角は立ち上がり、ベイラに笑いかける。だが、その笑みには今朝までの屈託のない明るさは消えていた。

じゃあね、と踵を返す一角に、ベイラは思わず立ち上がり、声をかけた。

「あ、また曲芸を見に来ていいか」

族弟を救ってくれた恩返しに自由を買い取ろうという申し出の、何が一角の気に障ったのかわからず、ベイラはひどく焦った。

一角は肩越しに振り向く。

「もちろん。今度はジュチも連れておいでよ」

笑顔に差した影はそのままであったが、社交辞令よりは心のこもった声音に、ベイラは安心する。

「じゃあ、また、洛陽に来たら、必ず見に来る」

「やった、お得意さん!」

手を振りつつ歩き去る一角に、ベイラも手を振り返した。


一角という名の、十歳くらいと見える曲芸師の少年については、ベイラの知る興行師や都会についての知識と理解を超えていた。曲芸団だの、見世物興行だのといったものは、身寄りをなくした、あるいは戦乱で親も亡くした子どもたちが、奴隷として売り買いされ、無理に仕込まれた芸を披露して、日銭を稼がされるものだと思い込んでいた。

　しかし、座員の子どもたちに痩せこけたものはひとりもおらず、髪には艶があり、垢《あか》じみてもいない。衣服は質素だが、目や鼻につく汚れも臭いもなく身ぎれいにしている。曲芸を生業とするからには太ったものは見かけないものの、誰もが血色のよい滑らかな肌と、光の宿った瞳をしている。

　ベイラの前を通るときも、礼儀正しく会釈をしてゆく。少女は恥ずかしそうに顔を逸らしつつも、仲間同士で笑み交わし、さざめきながら行き過ぎる。地方へ回ってくる興行師と比べると、この雑技一座の者たちは、衣食住足りてなんの不満もなく働き、日々を送っているように見受けられた。

第五章　陸吾

太熙《たいき》元年（西暦二九〇年）夏、改元してそうそうに、晋の初代皇帝が崩御した。

客のいない天幕の内側では、雑技一座の小さな子どもたちから、座長の女将にいたるまでがぐるりと輪になって、朱厭《しゅえん》が退屈そうに柱から柱に渡した綱の上を走り回るのを、ぼんやりと眺めていた。

喪中の興行は禁じられている。一座の蓄えは限られているため、食事の量も減らされ、さらに暑さも加わって、ちょっとしたことで喧嘩《けんか》が起こりがちであった。

「ここにいても、場所代ばかりかかっちまうねぇ」

女将がもう何十回めかの愚痴をこぼすのに、一角が応えた。

「だったら、旅に出ようか。都で興行を張って十年。そろそろ飽きてきただろ」

一角の声に、子どもたちはわっと喜びの声を上げた。

「暑いから、北へ行こう！」

「黄河を渡ろう！」

「海が見たい！」

「船に乗って、東へ行こう！」

「山に登りたい！」

都の外については、漠然とした知識しか持たないにもかかわらず、それぞれの口からいろいろな意見が出る。

「ぼくは西に行きたいなぁ」

一角が良く通る声で提案した。皆は口を閉じて顔を見合わせる。西へ行くとしたら、船に乗ることはない。河は西から東へと流れる。天幕の建材を牽《ひ》いて陸を行くよりも、船に載せて川を下るほうが楽に思えるので、西よりは東へ行きたいと思うのも道理であった。また、北や西は河南よりも乾燥していて、水が豊かではないという話も聞く。それもあって、黄河の上流では米が食べられるのか、と不安げな声で隣の年長者に訊ねている少年もいた。

するすると柱を下りてきた朱厭が、一角の肩によじ登った。

「もともと西へ行くはずだったのが、なぜか東に流されてしまったんだからなぁ」

一角の耳にだけ届く人語で、朱厭がささやく。

「うん。すっかり方角を失って人界に引っ張り込まれてしまったから、とりあえず土地勘を養っているうちに、すぐに十年が経ってしまったね」

一角も小さな声で応じた。

十年前に槐江山《かいこう》を下りた一角は、百里も行かないうちに盗賊に囚われた。朱厭はとりあえず逃げて難を逃れたものの、一角はなにがなんだかわからないまま、あちこちの城市を引きずり回され、河を下り、洛陽の奴隷市に連れてこられた。

親のいない物乞いの子どもを拾ってきては、雑技を教え込んで城門外で演じさせ、その日その日の銭を稼いでいた女将は、どうしてわずかな懐銭を使い果たしてまで一角を買い取ったのか、おそらく本人もわかっていない。

ただ、一角は最初から人離れした跳躍力を備えていたので、曲芸や演舞を少し教えられただけで、あっという間に女将の一座は客を集めるようになった。一年も経たないうちに、人通りの多い場所を借りて天幕を張り、毎日興行できるほどの雑技団へと成長したのだ。

「西へ行くとしたら、みんなを連れて行くのかい?」

女将に訊ねられ、一角は張りのある声で答える。

「うん。その方が楽しそうだ」

一同はわっと声を上げた。どこへ行こうと、一角に置き去りにされることは誰も望んでいなかった。女将が心を決めて立ち上がり、天幕を解体して荷馬車を幌《ほろ》馬車に造り替えるように指図する。まるでずっと前からそう決めていたかのように、座員たちは素早く仕事に取りかかった。

みなが忙しく働くなか、荷物もまとめずにのんびり朱厭と遊んでいる一角に、女将が話しかける。

「あんたは、そろそろどこかへ行っちまうつもりなのかと思ったよ」

「この一座には、ぼくはもう必要ないでしょう」

「そんなことはない。客はあんたの芸を見に来ているんだし、座員たちもあんたが好きだからね」

「一座のみんなはともかく、都の人はぼくの体がふつうでないことを疑い始めているからね。いつまでも同じ言い訳を続けるのって、女将も大変だろう？」

「背が伸びない病は珍しくもないさ」

女将が奴隷市場で買ってきた赤髪の少年は、二年経っても三年経っても成長しなかった。最初のうちは、背の伸びない病であるかと思い、それならそれで見世物にできるくらいにしか考えていなかった。とはいえ、さすがに五年も経つと怪しみ始めた。

小人症は珍しい疾患ではなく、原因はわからないまでも、通常は背丈や手足が伸びないだけで、顔つきは成長を続け、肉体も老い始めるものだ。

だが、一角はいつまで経っても、十歳の子どものままなのだ。

「それも、いつまでも通らない。ぼくを買いたいって大尽からの引き合いが増えているのは、知ってるよ」

「ふん。うちで一番の曲芸師で大事な金ヅルだ。いくら金を積まれたって、売るもんかい」

女将は鼻を鳴らして口調も激しく吐き捨てた。大金をちらつかせて一角を欲しがる富豪は、曲芸師としての少年を求めているわけでないことは女将も察している。

一角はにこりと笑う。

「女将はぼくを売り飛ばしたりしないの、わかっているよ。不老長寿の練丹づくりのために血を抜かれたり、肉を削がれたりするのをわかっていて、金持ちや無法道士に売り渡したりしないって。だから、女将の一座から出て行こうとは思わなかったんだけど――」

一角の面から笑みが消える。とても残念だというように、ため息をついた。

女将もまた、肩を落として嘆息する。

「この国は、もうだめかね」

「そんなこと、ぼくにわかるわけないじゃないか。何度も言ってるだろ。予知はできないって」

苦笑とともに言い返す一角に、女将はすがるような目を向けた。

「でも、あんたの人相見が外れたことはない。この洛陽で頼っていい人間と、信じちゃいけない輩《やから》を見分けてくれたお蔭で、あたしは誰にも騙されることなく、女手ひとつで興行が続けられて、一座を大きくできたんだ」

それゆえに、女将もわかっているはずであった。信用できる人間は年々減っていき、地代は上がり続け、一座の興行は日々難しくなりつつあることを。そこへ、皇帝の喪のために、興行すら続けられなくなった。すでに一座の弱みにつけ込んで、一角に限らず、女将が育てた子どもたちを買い上げたいという引き合いが、何件も舞い込んでいる。

「このままだと、女将が危ないよ。治安は悪くなる一方だし、いつ難癖をつけられて一座が潰されるかわからない。子どもたちも、ぼくの兄弟と思われたら、捕まって練丹の材料にされてしまう。だから、みんなでいなくなるのが一番だと思う」

女将は顔をくしゃりとゆがめて、まぶたをこすった。

「一座を立ち上げたときは、こうなるなんて思いもしなかったけどねぇ。あんたのお蔭で飯には事欠かなくなったというのに、大きくなればなるほど、心配事は増える。所帯はでかくなって、養う口は増えて、名が売れてきたら権力ずくの強突張り《ごうつくば》りに狙われる」

一角を引き取って半年もしないうちに、どこからともなく一座に姿を現し、一角のそばに居着いた異形の大猿もまた、神秘というには生々しい妖しさを赤髪の少年に添えた。

女将はいつか『もしかして、あんたは不老不死の神仙なのかい？』と戯れに問い詰めたことがある。一角は苦笑して『神仙じゃない。ゆっくりだけど年も取るし、不死ではないよ』と答えた。いつかは天に昇る身ではあるものの、いまだ神仙の域に達していないという意味では、一角は嘘《うそ》をついたわけではなかった。

一角の額から髪の生え際にかけて盛り上がった大きな瘤《こぶ》が、かれの成長の遅さに何か関係あるのだろうかと女将は思うのだが、瘤のある人間が不老長寿であるという話は聞いたことがない。

他者の本質が善であるか、邪悪に根を張っているものかを見抜くことのできる一角が、奴隷商人の手から抜け出すために選んだ買い主が、この女将である。

「あんたはこの十年で三寸ほど背が伸びたから、不老じゃないとは思ってたさ」

女将は一角に一揃えの新しい衣を差し出した。

一角は他の子どもたちのように、お下がりの服を着回すということがなく、女将が毎年新しい服を縫ってくれるのを着ていた。新しい衣に袖を通した一角は、袖の端を引っ張りながら驚いてみせる。

「ぼくだって気がついていなかったのに」

この十年、衣を縫うたびに測っていた寸尺を女将が覚えていたのだとしたら、すばらしい記憶力だと一角は感心した。かれは一年前のことも、十年前のことも、あまり順序立てては覚えていられないのに。

「あたしは、あんたがおとなになるまで、生きてはいられないんだろうねぇ」

すでに孫がいてもおかしくない年齢に達している女将は、涙ぐんでつぶやく。

一角は女将にかける言葉を見つけられず、ただ口元にはかない微笑を湛《たた》えた。

人の百年は麒麟の十年に相当する。この女将があと五十年を生きることができれば、少年期を脱した青年姿の一角を見ることが叶うかもしれない。

そのためには、一角もまたこの五十年を生き延びる必要があった。

いまだ瑞獣にもならぬ身の幼体であれば、地上のあらゆる生き物と同じように、傷病によって命を失うことはある。

何もかも、不確実であった。

初めて山神の結界を出たとたん、いきなり放り込まれた人界で、己の庇護者《ひご》に女将を選んだことが、一角にとって正解であったかどうかなど、誰にわかろう。

路上に住む孤児を拾って芸を仕込み、大道芸で稼がせる元締めという生業は非道ではあるが、親のない餓えた子どもに食事と服を与え、芸を教えて我が身で金を稼ぐ技を身につけさせ、住まいを提供しているのは慈善といえないこともない。

女将自身が口を糊するのが精一杯の境遇で、幼い子どもを利用し金銭を得る道を選んだのが正であるか邪であるかは、女将に養われてきた子どもたちの瞳によって、判断することだろう。

「でも、どこでもやり直せる資金は、貯《た》まったよね」

そこはやり手の女将である。皇帝崩御を知ったときから、次の出方は模索していた。

「あんたが旅興行を言い出してくれて助かったよ。言い出しっぺがあんたなら、誰も文句を垂れたり、反対したりはしないからね。あたしも、都はそろそろ潮時だと思っていた。朝廷や帝室のいい噂は聞かないし、また乱世が来るようなら、いっそ人里離れた山奥に隠れて、荒れ地を耕すのもいいかもしれない」

「ああ、それもいいね」

一角は槐江山の奥懐、英招君の司る天帝の平圃《へいほ》で育った年月を思い返して、相槌《あいづち》を打った。

都じゅうが喪に服すなか、下町の片隅で雑技一座の天幕が畳まれ、空き地が残されたことを疑問に思う者はいなかった。いたとしても、悲しむべき天子の死に、下町の一隅で起きた些細《ささい》な事案など、取り沙汰することは憚られたのだ。

黄河に沿って、西へ西へと進む一座を咎める者はいない。やり手の女将は法規に則《のっと》って発行された通行証を持っていたし、天子の死に国中が悲嘆に暮れる中でも、それぞれの家庭には祝いごとがあり、ひっそりと行われる祭典の余興を、告発する者はいなかった。

黄河の難所とされる三門峡《さんもんきょう》を過ぎるとき、一角は土地の古老を招き、中原における太古の王朝『夏《か》』を拓《ひら》いた聖王の禹《う》についての伝説を語らせた。

禹王はその治世において、神斧《しんぷ》を用い、高山を切り開き、鬼石と神石を用いて黄河の流れを三つに分けたという。

一角が古老の話を遮り、「その神斧はいまどこにあるのか」と訊ねると、古老は「何千年も昔のことなので」と言葉を濁して、周囲の景観や函谷関《かんこくかん》へ至る道のりについて、おそらく何百回、何千回と繰り返してきたであろう物語と警告を終えた。

翌朝、一角は古老の話に出てきた、「砥柱山《しちゅうさん》」なる河中の岩柱を自分の目で見てくる、と言い出した。

都を出てから、一角は興行で演じることをやめていたので、二、三日くらいであれば一座をあけてもまったく問題はなかったのだ。

一角と朱厭は、ほんの近所を散歩でもしてくる、といった手ぶらの気安さで出て行く。その後ろ姿を見送った女将は、一角はもう一座には戻らないのではないかという気がした。

だから、函谷関の手前で一角たちが追いついてきたときは、女将はとてもびっくりした。そして、内心の喜びを顔に出さないようにするのが大変だった。

「道に難儀しなかったかい」

あたりは山がちで、黄河沿いには断崖も多い。盗賊なども隠れていそうな険しい山が続いているのだ。

「うん。山を歩くのは久しぶりだったけど、楽しかった」

ちょっと裏山を散策してきただけ、といったような、疲れても汚れてもいない笑顔で一角は答える。

「なんで、わざわざ河中の岩柱を見に行こうなんて思ったのかね」

「『中流砥柱《ちゆうりゆうのしちゆう》』って成句のもとになった岩を見てみたかったんだ。それだけ」

「なんだか、難しいことを言い出したね。どこで習ったんだろう」

都で過ごした十年で、一角が書を広げていたところなど、女将は見た覚えがない。

「昔、師父に習ったんだ。人の世は黄河の濁流のようなものだから、何千年も激流にさらされても流されずに屹立《きつりつ》している三門峡の砥柱山のように、困難に耐えて節を曲げることのないように、って。古老の話を聞いているうちに、師父のことが懐かしく思い出されて、見てみたくなった」

一角の口ぶりから、女将はその師父とやらは、ただの人間ではなかったのだろうと察した。学のある道士か法師で、幼い一角を育てていたところに仙化の時がきて、ついに神仙の列に加わったのだろう。それ以上は追及しなかった。

直角に川筋を変える黄河に別れを告げ、一行はさらに西へと渭水《いすい》に沿って進む。河の合流点では、それまで見慣れていた河水の黄土色が、渭水の深い青碧《せいへき》へと劇的に変化することに、一行は感歎《かんたん》の声を上げた。

一角はようやく生まれ育った山々の記憶を呼び起こす風景を目にして、槐江山の近くに帰ってきた安心感を朱厭に打ち明けた。

しかし、朱厭は「まだ、出発点に戻ったばかりだぞ」と笑い飛ばした。

そう、一角と朱厭は、ここから西へと進んで昆侖の丘を目指し、九天の野を司る神、陸吾《りくご》に会いにいくはずであった。

まさか、人里に下りた途端に盗賊に襲われて東方に売り飛ばされるとは、夢にも思ってはいなかった。

「英招君はご健在でいらっしゃるかなぁ」

華山《かざん》の山並みを仰ぎ見て、一角は朱厭に話しかけた。

「たった、十年だ。神獣にはひと瞬《また》きのことに過ぎない」

「では、ぼくの寄り道を叱責されることもないだろうね」

しかし、一角は槐江山には寄らず、一座が街道に沿って長安《ちょうあん》の都を目指すのに任せた。山神の結界は、招かれた者しか立ち入ることはできない。もしも英招君が一角を山に入れるつもりならば、自《おの》ずと道が開かれて使い獣が迎えにくるはずだ。最初の目的地である昆侖の丘にさえもたどり着けないでいる一角を、英招君が「よく帰ってきた」と歓迎してくれるはずもない。

当然ながら長安でも、天子の喪中につき華やかな興行など行えない。内輪の宴《うたげ》に曲芸師を呼びたい大尽の家を回って、これまでの移動にかけた経費を相殺する。

さらに西へ進み、かつての秦《しん》帝国の旧都、咸陽《かんよう》の都に至って、座員たちはこれ以上西へいくことを躊躇し始めた。

晋帝国の版図はさらに西へ伸び、祁連山《きれんざん》に至る河西《かせい》回廊をもその支配下におさめる。

だが、一般の庶民にとって渭水盆地より西は、方言というよりもむしろ異国の言葉が話され、文化も異なる異民族の土地であった。よほどの冒険心か、故郷を捨てて見知らぬ土地へ新境地を求めたいという事情がない限り、あり得ない進路ではあった。

「ここでお別れかね」

咸陽から少し離れた山間の邑《むら》に落ち着いた一座は、そこで皇帝の喪が明けるまで滞在し、邑の農作業を手伝うことで折り合いがついた。

「うん。いままでありがとう」

一角は感謝のみを笑顔にも言葉にも表して礼を言った。

「ありがたいのはこっちだよ。この十年、誰も飢えなくてすんだのは、あんたのお蔭だ」

「違うよ。女将がんばって、みんなを育てたからだ。ぼくも女将に育てられた」

一角の言葉に、女将はくしゃりと眉をゆがめた。

「ぼくは母を持たないし、知らない。だから、ぼくを育てた母は誰だと訊かれたら、女将のことを思い出すよ」

出立の朝、女将や座員たちが手渡そうとする餞別や食糧を、一角はすべて断った。

「ぼくは大丈夫。お金が必要なのはみんなのほうだから」

十年前よりは賢くなったつもりの一角だ。人間たちを警戒し、人界をできるだけ避けて、山神の結界に沿って天帝の平圃伝いに昆侖を目指せば、十年前の今頃には達成できていたはずの、陸吾神との対面は叶うはずであった。

人里を遠く離れ、本来の形に戻れば、人の衣服も食糧もいらない。

人間の姿で人界で暮らしていた当時でも、肉を食らうことはなく、手に入る穀物と堅果、季節の果実さえあればこの日まで生きることのできた一角は、人間がくれようとするものは何ひとつ必要ではなかったのだ。

十年ほど人界に暮らし、人間の生態と習俗を身につけた一角と朱厭は、こんどこそ慎重に街道を西へ向かった。

「前回は、不用意に人間を信じちゃったからね」

一角は恥ずかしそうに、当時を思い浮かべる。四十歳前後の男に変化して同行する朱厭が、ふんと鼻で笑って言い返す。

「人間がくれるものを、なんでも珍しがって口に入れるからだ」

「毒入り饅頭《マントウ》をもらうまでは、ふつうの饅頭とか果物だったから、ほとんどは親切な人たちばかりだったと思うよ。都にも、よくしてくれた人はたくさんいたし」

一角は『よくしてくれた人々』のために本心から弁護する。人の姿を長く保てない朱厭は、大猿の姿のときは一角につかず離れずついていった。一角がひとりで歩いていると、通りすがりの人間たちが同情して、自分たちの食糧をわけてくれることがよくあった。

最後に食べた饅頭に、いったいなんの毒が盛られていたのか、一角は未《いま》だにわからない。饅頭をひとつたいらげると、腹痛が起きた。どんどんひどくなって歩けなくなったところを、通りすがりの男に声をかけられ、街の医者に連れて行ってやると荷車に乗せられた。

腹を抱えたまま一眠りし、目が覚めたときには、大きな檻《おり》つきの荷車に移し替えられていた。そこには同じくらいの背格好の子どもたちが詰め込まれていた。そして、饅頭をくれた男が御者台に乗って、一角を助けてくれた男と談笑していたのだ。

一角は頭髪と瘤がちゃんと頭巾で隠れているか確かめ、近くにうずくまる子どもにことの成り行きを訊ねた。そのとき初めて、人界には子どもをさらって売り買いする仕事があると学んだのだ。

「しかも、毒入り饅頭で一角を眠らせた人攫《ひとさら》いが、盗賊に襲われて奴隷として売り飛ばされるというオチまでついてきた」

朱厭はまた鼻を鳴らして呵々《かか》と笑った。

来た道を引き返していく檻車の中で、そのうち朱厭が助けに来てくれるだろうと暢気に構えていた一角であったが、次の日の夜に人攫いは盗賊に襲われた。大勢の武装した恐ろしい形相の男たちに囲まれ、子どもたちは震え上がり、一角は朱厭が巻き添えになることを怖れて、助けに来ないことを祈った。

「あれは驚いたね。あの人攫いは、どこへ売られていったんだろう」

ふたりはこの十年の来し方を、ああだった、こうだったとしゃべりつつ進んでゆく。近隣の農夫や行商、旅人に兵士の一隊とすれ違うことがあっても、武装もせず、旅姿でもない壮年の男と少年のふたり連れは、特に誰の注意も引かない。

「少しでも早く遠くへ進めるようにと思って、朱厭がいないときもひとりで歩いたのは、あまりよい考えではなかったね」

「そのくらいの年頃の子どもが親もなく歩いていたら、人攫いでなくても気になるんだな」

「人間の子どもは、ひとりでは歩き回らないんだね」

「獣の仔も、親からあまり離れるものではないがな」

「生まれて十年経っても、親から離れない獣っていないから」

「確かにそうだ」

朱厭は笑い声を上げた。

「人間で百歳を超えたら、もう大変な年寄りだぞ。成人の姿には変化できないのか」

「やってみたけど、できないね。朱厭は変化したときに、見た目の年齢を変えられるの？」

「どうかなぁ。考えたことがなかった。百年前はもっと若かったが、変化するたびに、外見も年を取るようだ」

どうやら、自身の寿命に応じた年齢と相当する人の姿にしか、変化できないものらしい。

昼はひたすら街道を歩き、夜は山に入って元の姿に戻る。それぞれの食べ物は森の中にたくさんあるので、餓えることはない。安全そうな木の根元と枝の上で眠り、朝には街道に下りて西へ向かった。

「人間が考えて作った道って、すごいね。山の中を蹄で移動するより、二本の足でも速く目的地に行ける」

「飛べない神々や仙獣が、人間に化けて里に降りる理由だな」

一角と朱厭は、やみくもに西へ向かっていたわけではない。槐江山から西南に望んだ昆侖の丘には、光が煌々《こうこう》と映えて、気が炎々と立ち上っていた。

一角は、その光輝の源を探し求めて進んでいるのだ。

「まだ、近づかないのか」

朱厭が訊ねる。朱厭には昆侖の放つ気の光が見えない。

「近づいたり、遠ざかったりしている。でも、それは街道がいくつもの山を迂回《うかい》しているせいだからね。少しずつ近づいているから、この道でいいんだよ」

本来は山の獣である一角と朱厭が、わざわざ人界を通って昆侖に向かうのは、その方が安全だからである。数百年の寿命や変化の力を備えているとはいえ、並の猛獣よりも強いというわけではない。そして妖獣ともなれば、攻撃力においては朱厭に優《まさ》るものも少なくない。

かれらの縄張りに踏み込まずにすむのならば、人界における危険のほうがまだ対処が楽であったのだ。

「一角みたいに、自分を攻撃してくる相手にまで傷を負わせたくない、殺したくないって獣を守るのは、本当に難しいんだ」

朱厭は愚痴をこぼす。

「せめて、闘っているときは『殺さないで!』とか、『傷つけないで!』って叫ぶのを、やめてくれないか」

朱厭の要請に、一角は悄然《しょうぜん》として答える。

「努力はする」

「まあ、それが、霊獣の所以《ゆえん》たるところだけどな」

そして、その霊獣の血肉を求めて、飛翔《ひしょう》する力を持たない幼体を襲ってくる妖獣もまた、人間よりも恐ろしい天敵であるのだ。

いくつの昼と夜を数えたのか、一角と朱厭が暦も忘れたころ、ようやく求める光輝を放つ山を前にすることができた。

「ここが、陸吾神の治める昆侖の丘だよ」

感慨深げに一角がそう告げても、朱厭には他の山との区別はつかない。

「で、どうすれば結界を突破できるんだ。ただ山に入っても、堂々巡りするばかりだろ」

山神の使いで他の山を訪れても、結界から先に行けなかった苦い経験を思い出して、朱厭は毒づいた。

「山に入って歩き回っているうちに、迎えが来る」

一角と朱厭は街道を外れ、うっそうと木々の茂る山の中に入り込んだ。本来の姿に戻って、道のない深山へと進んでいく。

時折、羊にしては角の多すぎる獣が姿を見せるが、一角麒と朱厭を見ると、音も立てずに姿を消す。

「角が四つもあった。あれは妖獣か」

「使い獣だろうね。いまごろ、陸吾神にぼくたちのことを報告しているだろう。そのうち、道が開けると思うよ」

などと会話していると、それまで下生えに覆われていた地面に、唐突に一本の獣道が開かれた。

「ほら」

一角麒は自慢げに鼻先で獣道を示した。土のあらわなところには、偶蹄《ぐうてい》の跡が残っている。先ほどの四つ角の獣が残したものだろう。

一角麒と朱厭は、その道へと足を踏み入れた。何の障害も妨害もなく、どんどん進んでいくと、だんだんと傾斜がきつくなる。朱厭は一角麒の背に乗って鬣にしがみついた。一角麒は陸吾神に迎えられたことがわかったので、あとは飛ぶように地を蹴って、山の頂を目指す。

一角麒よりも長く生きてきた朱厭だが、このように自在に山々を疾走する獣の背から世界を眺めたことはない。赤銅色の鱗を煌《きら》めかせ、赤金の鬣をなびかせて樹間《じゅかん》を駆け抜けていく一角麒の姿を目にした者が、誰ひとりとしていないということが惜しまれる。

瞬く間に森が開け、なだらかな高地がふたりの前に広がる。目に沁《し》みる青い空、暖かな日差しの下を、百の草花、千の樹花が柔らかな風にそよぐ九天の野。

下界に置かれたという天帝の園が、ふたりの目の前に開けた。

「おおおう」

朱厭が感慨の声を響かせて、周囲を見回しているうちに、一角麒は立ち上る『気』の源へと駆け、そしてぴたりと止まった。一角麒が膝を折り、鼻先を垂れている方を朱厭が見れば、人面の虎が煌々とした光を背に、かれらをにらみ据えている。これが昆侖の神であるかと悟った朱厭は、一角麒の背を飛び降りて、すぐに膝をついた。一角麒の声が光の野へと流れてゆく。

「槐江山の一角麒が、昆侖の神、陸吾様にお目見えいたします」

人面虎身の陸吾は、九本の尾を立て、扇のように開いてゆらめかせる。そのさまは、「よく来た」とねぎらいの言葉をかけているようだ。

――槐江山の英招君より知らせがあってから、人界では十年が過ぎた。四百里あまりを進むのに、思いがけなく年月がかかったようだな。とにかく、無事に到着してなにより――

光の波動と同調した声が、一角麒と朱厭の頭蓋の中で響く。

陸吾神は人面を有しているのだから、音に出す人語を話すこともできるはずだが、この天の九野を司る昆侖では、天と同じように心語で言葉を交わすことが当たり前に行われるようであった。

心語を発することに慣れない朱厭は、自然に胸に湧き出る思いが言葉にならないよう、ひたすら心を固く持するのに必死だ。いっぽう一角麒は、泡のように浮かんでくる思いを水の流れのようにやり過ごして、思索のもととなる考えだけをすくい取り、心語として発する技を生まれながらに備えている。

——英招君のもとで、人間の遺《のこ》した思索の書や史書はほぼ読み終えましたが、人界の習俗や人間そのものについては勉強不足でした。十年でいくらか学びましたが、むしろ謎が深まるばかりです——

陸吾の虎身から光輝がゆらゆらと揺れる。人面の表情に変化はないが、笑っているようだ。

——わしも人間のことは未だによくわからぬ。経本に書かれていることと、生きている人間の在り方には、大きな隔《へだた》りがある。史書にあることも、そういう出来事があったのだな、と思うだけでなく、なぜそのようなことが起きたのか、と考えるのも良い時間潰しだ——

一角麒は、なるほどそうですか、と感心の念を心語にして応じた。

陸吾は人界に降りることなく数百年が過ぎたという。下界のことは、時に訪れる神仙や神獣から聞いて世の移り変わりを知る。一角麒の見てきた洛陽のようすも、興味深そうに耳を傾けた。

ただ淡々と過去と天地の在り方を語り合って、どれだけの時間が過ぎたことか。

陸吾はふと思い出したように、九つの尾を大きく揺らした。

――ただ漫然と千年を生きて、時が満ちれば天に昇ることも叶うが、そなたは天命を求めて玉山に登るつもりか――

一角麒は立派な角をふるりと震わせた。

――霊獣となって天界へ昇りたいのかと訊かれれば、正直よくわかりません。どんなところかまったく想像できないので。でも、あと四百年を待たずに空を駆けることができるのなら、時を経ずして神獣となりたいとは思います――

――麒麟はみな、同じことを言う。一日で千里を駆ける蹄を持ちながら、どうして翼まで欲しがるのだ――

人間の少なかった太古のころであればともかく、誰にも見つからず、捕らえられずに千里を駆けるのは難しい時代に一角麒は生まれてしまった。一度でも人間に見つかれば、あっという間に噂になって、地の果てまで追われて狩られてしまう。

しかし、そのような鬱屈よりも、一角麒は陸吾の言葉に注意を奪われた。

――ほかの麒麟と、話したことがおありですか――

自分以外の麒麟を見たことのない一角麒は、興奮して問い返す。

――最後に話したのは、五十年も前であったかな。同じことを言って、玉山への道のりを請いに来た。玉山の仙界は下界には開かれていないため、まずは蠃母山《らぼさん》へ行き長乗神《ちょうじょうしん》より天の息を授からねばならぬ――

――嬴母山の結界を抜けるためには、天界における名を授かる必要があり、まずはこの霊山昆侖を目指すようにと、英招君に聞かされました――

――正確には、授けるのは名ではない。新しき瑞獣が仙獣へと長じたときに、天の九部のいずれに属するかを判じるのがわしの仕事だ――

そばでぼんやりと陸吾神と一角麒の対話を聞いていた朱厭は、西王母に会うための手続きが面倒なことだな、と思った。こちらの山へ行き、あちらの神に会って授からねばならないことが多すぎる。

朱厭の内心の声を聞き取ったかのように、陸吾神は九尾を波打たせて笑った。朱厭へと顔を向けて、諭すように語りかける。

――もちろん、天界へ至る道は煩雑でなくてはならぬ。いつでも誰でも出入りできるようになっては、天界の安寧が保たれぬからな。真に求める者のみが、その道を見いだせるようになっているのだ――

霊山とは、空を映す地上の湖であると、陸吾神は語った。天界のありさまを映す、下界の鏡のようなものなのだと。そして、下界に生まれ落ちた者が、天界へ至る唯一の道であるとも。

英招君や山の獣たちの話でしか耳にしたことのなかった天界の存在を身近に感じ、一角麒は緊張してきた。

自分がなにものであるか、一角麒は長い間よくわからずに過ごしてきた。かれを育てた英招君が『おまえは麒麟だ』と言うので、そうなのかと思っていた。しかし、長ずるにつれて自分と同じ生き物と出会わないことに気がついた。そして、角が生えてきたところで、英招君は『おまえの名を一角麒としよう』と言い出した。

鹿や牛がそうであるように、自分と同じ姿形をした『麒麟』という生き物がどこかにたくさんいるらしい。

だが、出会ったことがないので、本当に自分は『麒麟』なのか、英招君の思い込みでは、などと不安になることもあった。他の山神や朱厭などの妖獣も自分を『麒麟』だというので、いつのまにか自分でもそう思うようになってはいったが。

おのれが本当に霊獣と呼ばれる存在であり、天地の精気が器となって魂を宿し、物象に触れて形を現した名を持たぬ異形ではないのだと、ようやく知ることができる。

そうした思いが、一角麒の胸に、言葉を成さずにあふれてきた。心語にならぬその思考と感情の間にある気持ちを、陸吾は感じ取った。

——霊獣の幼体は、みなそうした迷いを持つ。結局は、仙獣となるまで生き延びて初めて、真の正体を知るわけであるから、いまこのときに、どの天部に属すると判じても、その時がくるまでは迷いはなくならぬがな。ついてきなさい——

陸吾はひらりと岩座《いわくら》を飛び降りて、天子の御苑《ぎょえん》へとふたりを導いた。

第六章　瑞兆《ずいちょう》

「なあ、ベイラ。今年も不作かな。この冬は種籾《たねもみ》を食べることになるんじゃないか」

族弟のジュチが、刈り取った麦束から、ほとんど実の入っていない麦穂を千切り取り、指で潰しながらため息をついた。

ベイラは黙って麦束を積み上げ、脱穀所へ持って行く。麦が採れなくても、藁束は馬や羊の飼料となる。家畜さえ冬を生き延びれば、羊毛や肉を金に換えて穀物の種籾を買うことはできる。農業にだけ依存している漢人よりは、半農半牧の自分たちの方が、凶作をやり過ごせるはずだ、とベイラは考えていた。

少し離れたところで、弟も同じ作業をしている。

自分の意見をもたず、言われたことを黙々とやるだけで、馬術も弓術もベイラに叱《しっ》咤《た》されないと手をつけようとしない。農作業の手順すら、家僕の指示を頼りにしている。母を同じくする弟ではあるが、一族の現状と未来を話し合うには頼りにならなかった。

姉の残したババルは、活発で剛毅《ごうき》な気性をしている。早くに亡くなった両親の記憶はほとんどなく、親子ほど年が離れているためか、ベイラを父親のようなものだと思い込んでいる。ベイラも我が子がいればこのようなものかと可愛《かわい》がっているが、まだ六歳では弟よりも頼りにはできない。

父が他界したのち、ベイラを小帥《しょうすい》に推した年寄りどもは、昔話と現状への不満を繰り返すばかりで、建設的な意見はなにも生み出さない。本人たちは有益な知恵を絞っているつもりなのだろうが、本音では先祖伝統の放牧を尊び、農耕を軽んじているためだ。役に立つ案をひねり出したことがない。

なにもかもが、ベイラひとりの肩にかかっている。

「なあ」

ジュチがベイラのあとを追って、しつこく声をかける。

「おれたちの馬が元気なうちに、左賢王《さけんおう》の配下に仕官した方がいいんじゃないか。ベイラの弓の腕は、このあたりでは一番だから、きっとすぐに召し抱えられる」

左賢王の劉淵《りゅうえん》は、幷州で最も勢いのある匈奴の実力者だ。匈奴の王は単于《ぜんう》と称するが、その席は長らく空位であり、単于の次にあたるのが左賢王だ。このとき、晋から建威《けんい》将軍と五部大都督《ごぶだいととく》という位と役職を任じられた劉淵は、実質的に華北に居住する南匈奴の王に等しい地位にあった。

「匈奴といっても、別部扱いのおれたちが、相手にされると思うのか」

ベイラは苛立たしげに言い返す。無能な弟の次に、頼みにしている族弟のジュチが根拠の脆弱《ぜいじゃく》な楽観主義に過ぎるので、ますます現実の重みがベイラの肩に食い込んでくる。

そもそも、羯《けつ》胡部の一部を預かる小帥にすぎないベイラの地位では、配下全戸の青年と壮年を集めたところで、兵士になれそうなのは三十人にも満たない。羯胡部をすべて束ねる大帥ともなれば話は別かもしれないが、取るに足らない小部族の首長の地位ですら、ベイラにとっては雲の上の存在であった。

「でも、左賢王はすごく賢くて文武両道で、無欲で公正で、匈奴も漢人もみんな左賢王の人徳を慕って集まってくるっていうじゃないか」

「そういう噂だな」

ベイラは面倒くさそうに応じた。ジュチは胡部のおとなたちが噂することを、オウムのように繰り返しているだけだ。作業を進めようとしたベイラは、思い直してジュチへと向き直った。

「十年前に晋の新帝が立って、左賢王が北部都尉《とい》に任じられたときに、羯胡部の部大《ぶだい》が大人《たいじん》らを引き連れて祝いに駆けつけたが、目通りが叶ったのは部大だけだったそうだ。親父さまは、劉淵の影さえ拝めなかったんだ。それがいまや北部だけでなく、五部を治める左賢王になった劉淵の目に、おれたちごときが留まるものか。それに、仕官っていってもな。戦争もないのにそんなに簡単に兵士になれるものじゃない。不作なのは左賢王の本拠地の左部も同じだ。この土地を捨てて北へ行っても、食うものもなく放り出されたら、飢え死にするだけだぞ」

一息に説教して、作業に戻ろうとするベイラの横で、ジュチは口を尖《とが》らせる。

「だけど、このままこの畑を耕してたって、食べるものは生えてこないよ」

五年前に父が他界し、当時は二十歳そこそこながらも人望のあったベイラが、羯胡部の小帥の地位を継いだ。とはいうものの、苦しい暮らし向きが変わるわけではない。小さな枝葉の小帥では、一日も働かないですむ日はないのが現実だ。

「おれたちの先祖は、そもそも畑なんぞ耕さなくても生きていけたんだ。羊と馬さえあれば、天と地の境までいい草を求めて羊を追って――」

言いかけて口をつぐんだベイラは、長城の向こうに横たわる北の地平へと顔を向ける。

古老の話に聞く、長城の彼方に広がる草原での遊牧民の暮らしは、とても誇り高く、そして自由なものに聞こえる。

かつては漢帝国の始祖を跪《ひざまず》かせ、公主や毎年の貢ぎ物を納めさせた匈奴単于国は、二百年も前に南北に分裂してしまっていた。北匈奴は鮮卑《せんぴ》に追われて西へと消え去り、南匈奴は漢に服属し、魏によって分割されてしまい、いまとなっては華北の覇者たる面影もない。

左賢王からして、父祖の氏姓を捨て、漢族に倣って劉姓を名乗り、諱《いみな》を淵《えん》とし、字《あざな》を元海《げんかい》と称している。そして、晋の朝廷から将軍位を賜り、侯に封じられて五部の統治権を維持していた。

遊牧帝国の誇り高き戦士の子孫でありながら、その君主たる左賢王もまた、土地に縛られ漢人の顔色を窺いつつ、貧しい土を耕して生きなくてはならないのだ。

耕せば耕すほどに瘦せていく土地など放り出して、祖先が駆け抜けた漠北《ばくほく》の草原を良馬に乗って縦横無尽に駆け回れたら、どれだけいいだろう。

実際のところ、長城の外を知らないベイラは、先祖たちがどのようにして遊牧だけで食べていけたのか、まったく想像ができない。それに、かつて匈奴の領土であった蒙古《もうこ》高原は、いまとなっては匈奴の宿敵、同じく騎馬民族の鮮卑の領域であった。

ジュチがどう言おうと、小帥に過ぎないベイラひとりの判断で左賢王に帰順できるものでもない。十戸単位の小胡部を預かる小帥、十人の小帥をまとめ百戸以上の部民を治める大帥、千戸に号令する部大。百戸以上を治めていれば大人と尊称されるが、ベイラはその地位にさえ及ばない。

胡部全体の同意なく、一族を率いて左賢王に帰順するということは、大帥や部大に背くということだ。そして部大が弱小胡部のベイラの陳情に、耳を傾ける道理はなかった。

吹けば飛ぶような小さな部族に生まれてきた自分は、目の前の土地にしがみついて生きるしかないのだろうか。

ベイラは藁束をまとめ終えると、鍬《くわ》を拾い上げて荒れ地へと足を向けた。

「ベイラ、今日は騎射の練習はしないのか」

ジュチの不満そうな問いに、ベイラは片手を振ってついてくるなと示した。

ベイラが騎射の練習に野に出ると、胡部の若者たちが農作業を放りだして集まってくる。そのことで部民たちから責められることはないのだが、このときはひとりで考える時間が欲しかったのだ。

少しでも収穫量を上げたければ、耕地を増やすしかない。配下三十戸の部民が餓えずにすむ道を、ベイラは常に考え続けなくてはならなかった。

先帝が崩御した翌年、中央では政争があり、朝廷の全権を握っていた外戚の楊《よう》氏と先帝の叔父である汝南王《じょなんおう》が立て続けに殺害された。楊氏は劉淵を建威将軍と五部大都督に任じた重臣であったが、謀反の罪を問われて三族が皆殺しの憂き目に遭ったことから、劉淵を頼りにする五部の匈奴はかれの立場も悪くなるものと、不安な日々を送った。

この朝廷の混乱に乗じて劉淵が独立するつもりであれば、ベイラは弓を取って駆けつける覚悟であった。しかし、まだ十七かそこらにすぎず、父親も健在なベイラの一存で兵を起こすことなどできるものではなかった。そして、父や幷州南部の胡部大人たちは、静観を決め込み、結果的にそれは正しい判断だった。

汝南王を殺害したのは、今上帝の異母弟の楚王《そおう》であったが、たちまち謀反の罪に問われてあっさりと処刑された。そして朝廷は何事もなかったかのように平穏を取り戻し、劉淵は左賢王の位を賜った。

早まって親元を飛び出さなくて良かったのだ。むしろ、逃げ出した楚王配下の兵士たちが各地に潜伏し、略奪に走ったことから、近隣の警戒をいっそう厳しくしなければならなかった。

それから数年して、ベイラはふたたび洛陽へと上京した。

洛陽では、皇帝の叔父と異母弟、外戚と重臣が殺し合ったことなど、誰も覚えていないような顔で通りを行き交い、以前に訪れたときよりももっと繁栄していた。ただ、ジュチを救ってくれた赤毛の少年の雑技一座は、跡形もなくなっていた。先帝が崩御してまもなく、興行を畳んで都を出て行ったと、近隣の者から聞き出すことができた。地方を興行して回っているのならば、そのうち并《へい》州にも来るだろうかとベイラは思った。すっかり成長して、互いの顔も見分けがつかなくなっているだろうが、あの赤い髪を見誤ることはないだろう。しかし、何年経っても雑技一座は并州には回ってこなかった。

考えをまとめようとひとりで土を掘り返していたのに、とりとめのない記憶を掘り起こしている。ベイラは鍬を置いて嘆息した。地面が固く耕地に向かないと放置されていた一帯だ。土の表層が薄く、すぐに岩盤に達するようであればどうしようもない。だがせめて牧草を育てられないか。

ベイラは土の深そうなところへ鍬を振り下ろした。ギン、と鍬の柄に衝撃が走る。岩盤にしては、おかしな手応えだ。むしろ、剣を打ち合わせたような、そんな音と感触。

ベイラは鋤で土を削りとる。やがて、音の正体と思われる、赤みを帯びた金属が土の底からのぞく。ベイラは膝をついて、ていねいに土を取りのけた。鞘もなく地中に埋まっていたのは鉄の直刀であった。

「なんでこんなところに」

いつからそこにあったのかは謎だが、多少錆《さび》が浮いているだけで刃こぼれもしていない。乾燥した土の下では、それほど鉄の腐食は進まなかったと見える。柄頭《つかがしら》に輪のついた環首刀で、握りの部分の柄巻は革であったか糸であったかもわからぬほど腐り落ち、金属部分がむき出しになっていた。刀身には漢字で銘らしきものが打ってあるが、ベイラは文字を読めないため、前の持ち主が漢人であったことしかわからない。とにかく、珍しくて由緒の正しそうな物が自分の土地から出てきたのだから、なにかの吉兆であろうとベイラは思った。上着を脱いで直刀をくるみ、大事に抱えて持ち帰る。

家で機を織っていた母親に、こんなものが荒れ地から出てきたと報告して、刀を研ぎ始めた。きれいに研いで磨きあげたところ、刃の状態は悪くない。まだまだ使えそうだが、長く地中にあったものを実戦で使うことはためらわれる。

文字の読める漢人が村に立ち寄ったときに、直刀を出して銘の意味を訊ねてみた。

漢人は細いあごひげを撫でながら判じてみせた。

「隷書《れいしょ》の書体から見て、それほど古いものではありませんな。【石氏昌《せきししょう》】とありますので、もとの持ち主が石氏であることは間違いありません。【昌】は勢いがある、盛んになる、という意味がありますから、石氏の隆盛を祈念して作られた刀でしょう」

漢人は残念そうにそう言った。この刀が人手に渡っているということは、持ち主は隆盛しなかった、ということになるからだろう。零落して銭や食べ物に換えるために手放したのならまだしも、捕虜となったり、戦死したりなどで武具を鹵獲《ろかく》されたのであれば、刀を作らせた、あるいは作った者の願いは叶わなかったのだ。漢人はどこから手に入れたかとは訊かなかったので、ベイラは拾ったことは黙っていた。

古い武器が出回るのは、珍しいことではない。たまたま武器商から買い入れたものだと言っても、疑われることもないだろう。

銘文の意味を、ベイラは良い方に解釈することにした。

遥《はる》か西方に石国という名の国があるという。西胡の民は羯族と同じように彫りの深い容貌に、大柄な体つきをしているとも聞くので、あるいは同祖の民かもしれない。これより先に栄えるのが石氏であるのならば、左賢王劉氏の傘下ではなく、石氏のもとで身を立てるのがよいという天啓であると思える。

そもそも、部族名の羯《けつ》も、漢人が勝手につけたものだ。もともとの古名は匈奴の言葉に置き換えられ、漢人の地に移り住んでからは、居住地の名で呼ばれるようになった。

——自分たちは、何者であろうか——

そして、どこへ行き着くのであろうか、そんな疑問が、ベイラの胸をよぎった。

冬至の祀《まつり》を控えて、ベイラが供物の羊を選んでいると、都から急報が入った。急いで愛馬に飛び乗り、部大の家に駆けつける。胡部の長老や大人らは騒然として噂話を論じていた。

皇太子が謀反を企てたことが明らかになり、投獄されたという。

二代皇帝の暗愚さは庶民にも知れ渡っていた。統治能力に疑いが持たれていたが、皇太子は父親よりも祖父や曾祖父に似て優秀であったことと、行政を司る官僚が有能であったことから、これまで大過なく太平を保ってきた。

胡部の有力者たちは、表情は緊張させつつも、十年前と同じように政争はすぐに落ち着き、次の皇太子が決まるだろうと楽観的な見解を並べた。

これが帝室内の権力争いに過ぎず、内乱に発展しないのならば、それで問題はない。十年前の政争では、無能でありながら権臣として朝廷で専横に振る舞っていた外戚が誅殺《ちゅうさつ》され、その後朝政を引き継いだ帝室の長老が暗殺され、別の皇族がその責を問われて処刑された。それだけの大事件が起きたにもかかわらず、天下は何事も起きなかったかのように回り続けたのだ。きっと今回もそうなる。

それは予測というよりは、願望であった。不作続きで蓄えが底を突きかけているいま、内乱にでもなったら多くの餓死者がでる。そちらの未来から目を逸らして、昨日までの暮らしを続けることしか考えたくないのだ。

だが、もしも内乱が起こったら？

そう考えるのはベイラだけではなかったようだ。若年のために発言力の弱いベイラは、懇意にしている大人に、起こりうる最悪の事態について訊ねた。父よりも年嵩の大人は、額に皺を寄せ、腕を組んで考え込む。

「一介の皇族や、憎まれ者の権臣が殺された十年前の事件とは事情が違う。今上帝には皇太子のほかに男子がおらぬ。その皇太子が断罪されれば、世継ぎの座を狙って皇帝の弟たちが争うことになるだろう。それにしても、解《げ》せぬ。世継ぎを争う兄弟もおらず、賢明で知られ人望もあった皇太子が謀反などと」

大人は首をひねった。

田舎者には皇太子が謀反を起こした背景などはどうでもよかった。ただ、内乱が起きるのかどうか、起きるのならいつになるのか、都からそれほど遠くないこの村は戦に巻き込まれることになるのか、物資を徴用されることがあるのか、徴発があれば応じなくてはならないのか、帝室の内輪もめに巻き込まれたくなければ、いっそ逃げ出した方がよいのでは、といった疑問を矢継ぎ早に繰り出すベイラに、胡部のおとなたちはあきれ顔、迷惑顔、不安顔を並べて視線を交わす。

長老のひとりがコホンと咳払《せきばら》いをした。并州は都に近いとはいえ、朝廷に人脈を持たない片田舎では、充分な情報が手に入らない。朝廷の内情により通じているであろう左賢王に使者を送って、判断を仰いではどうかと提案する。

その使者の一行に、ベイラも加わることになった。体よく追い出されたのかもしれないが、匈奴の希望である劉淵に会える可能性と、中華と漠北を分かつ長城を目にすることができると思えば一向にかまうことではない。

家に帰って旅の支度にかかるベイラのもとへ、ジュチをはじめ族弟や家僕の青年と少年たちが従者にしてもらおうと駆けつけてきた。

「左賢王にお会いするんだって？」

自分が選ばれるものと微塵《みじん》も疑わない勢いで、ジュチが乗り込む。そのジュチの襟をルエンが摑んで引き戻した。

「ばか、ジュチみたいに作法も知らないガキが、名門匈奴の屠各種《とかくしゅ》の王族の前に出られるものか」

「なんだよ、ルエンがいつ作法をわきまえていたっていうんだよ」

「その口の利き方をなんとかしろ」

「ルエンこそなんとかしろ」

言い合うふたりと、啞然としてかれらを眺める家の者たちを置いて、ベイラは母親へ挨拶するために、奥へと向かった。

「兄ちゃん」

ベイラの足音を聞きつけたか、甥《おい》のババルが裸足《はだし》で走り寄る。

「おい、ババル。靴を履け。しもやけになるぞ」

ベイラは甥を抱き上げて背中を叩いた。それから足を摑んでぎゅっとつまむ。

「だって、足さむくない」

ババルを床に下ろしたと同時に、母親の王氏《おうし》が奥から出てきた。

「部大の集会はどうだったの」

「中央の朝廷で政争があったそうですが、どう対応したものか、左賢王に伺いを立ててはどうかということになりました」

「それで、おまえも行くのですか」

「はい」

無意識に喜びが顔に出ていたのだろう。はじめは気難しげであった母の顔も柔らかく微笑み、足下に駆け寄ってきたババルの頭を撫でる。

「あの刀を持っていきますか」

石氏の刀のことだと、ベイラはすぐに思い当たる。立派な直刀であるから、腰に佩《は》けば見栄えはするだろう。しかし、ベイラは表情を曇らせる。

「刀の正当な持ち主がいるかもしれないと、思うのですね」

母親の問いに、ベイラはうなずいた。

「盗んだのではと疑われるのも、不名誉なことです」

「新しい鞘を作っておきました。柄にも新しい糸を巻き終わるところです。前の持ち主がよほど愛着や思い入れを持っていたのでない限り、環首の形だけで見分けることは無理でしょう。鍛冶師にも問い合わせましたが、環首は珍しくないよくある意匠だそうです。鞘から出さなければ、誰の注意も引きますまい。もしもどこで手に入れたかと問われたら、武器商から買ったと答えればいいのです」

ベイラは弓矢と短剣のほかには、自分の刀を持っていなかった。小帥として左賢王の城を訪れるのなら、刀か剣を佩いていた方が礼に適《かな》う。

「わかりました」

母が柄に糸を巻き終わるまで、同じ部屋でババルの相手をしながら待つことにする。ババルは木と獣革で作られた刀の鞘をくるくると回しながら、飾りの房をいじっては、淡い黄金色を放つ銅線が等間隔に巻かれた革の臭いを嗅いでいる。遊牧民であったころの名残であろうか、衣装や装飾品にこだわらないかれらだが、鞘は美しい装飾が施されているほど喜ばれる。地位や富を誇示する目安になるのだろう。

質素ではあるが、丁寧な作りの鞘と柄の細工は手が込んでいる。ベイラが左賢王の城に上がっても軽んじられないよう、母の心づくしだ。

ババルはすでに鞘の使用法を知っているらしく、えいえいと言いながら片手で振り上げ振り下ろす。

「おまえは戦士になるか」

「うん」

はっきりと返事をして、鞘を左手に仁王立ちになる。鞘の尻が床についているのだが、それなりに様になっているのが微笑ましい。ババルは弓矢や馬具に強い興味を示し、ベイラが野良仕事に出るときは知らぬ顔をしているのに、武芸や馬術の練習に行くときは短い足でどこまでも追いかけてくる。

自分の意思が明確で、六歳ながらも体が大きく力も強いババルは、早くに両親を亡くしてベイラの家に引き取られた。王氏が我が子のように可愛がっていることもあって、本人はベイラの家族を自分の家族と思い込んでいるようだ。

ベイラの弟は気が弱く、十八になるというのにはきはきとものが言えない。この弟が外で他人に馬鹿にされるようなことがあると、ババルは棒を持って駆け出して、相手に制裁を加えるほど剛直な性格であった。

いかに中原が統一され乱世が終わったからといって、盗賊が滅びることは永遠にないであろうし、皇族同士が内乱を起こすようなことがあれば、自衛のためには戦える男はいくらいても足りないということはない。

「そうか、おれはしばらく留守にしないといけないから、いつものように母とこの家を守ってくれよ」

「まかして」

ババルは胸を張って、ぶんと鞘を振った。ベイラは笑い出す。

「それはおれの鞘だ」

柄に糸を巻き終わった王氏から刀を受け取ったベイラは、刀身を鞘に滑り込ませた。滑らかで、どこにも引っかかりがない。

「よくできています。ありがとうございます」

ベイラは母に礼を言った。

「行き帰り、その刀を抜く必要がないことを祈りますよ」

「たいていは、弓矢と槍でなんとかなります」

遊牧民の間では、馬上の敵あるいは敵の武器をたたき落とせる、幅の広い両刃の長剣や戦斧の方が好まれるが、主力の武器は弓矢と長槍だ。漢族の直刀は刀身が長くないので、馬上から揮《ふる》って闘うには向かない。ベイラはまだ、馬を捨てて戦わねばならないような相手と、出会ったことはない。そのため、偶然手に入れた直刀の扱い方は、まだ習得していなかった。刀を抜いて戦うことにならないように、母よりも真剣に願うところだ。

ベイラが太原《たいげん》より北の地を訪れたのは、これが初めてであった。

近隣の羯胡部からかき集めた、なけなしの貢ぎ物は、左賢王にはさほど魅力的には映らないかもしれない。だが、手ぶらで行っても相手にされないであろうし、何より羯胡部の沽券《こけん》にかかわる。枝葉の末端に過ぎない別部とはいえ、味方に留《とど》め守るに足る部族であるということは、左賢王とその配下にはっきりと示しておかねばならなかった。

北へ向かうほどに、耕地よりも牧草地の割合が高くなっていく。北部の民は、昔ながらの穹廬《きゅうろ》に住み、家を建てずに羊を追う暮らしをしているという話は本当らしい。

一行は劉淵配下の城のひとつに到着したものの、それより北へ進むことは無駄であると知らされた。

門兵に城主への取り次ぎを頼んだところ、用件を聞いただけで、兵士は首を横に振った。

「左賢王はいま、それどころじゃない。塞外に出たきりで、いつお戻りになるかもわからんよ。うちの城主も領内の見回りで忙しいなんてもんじゃない」

「鮮卑でも攻めてきたのか」

一行を代表する部大が驚いて訊ねる。

「いや、逃亡だ。西部に胡部を置く部族がまるっとひとつ、雁門関《がんもんかん》を破って逃げちまった」

「どういうことだ」

大人らが騒ぎ出す。

「北部で飢饉が起きたとは、聞いていないぞ」

「反乱か」

「落ち着け」

部大は一行を黙らせた。銅銭をいくばくか出して、門番からできるだけ詳しい話を聞き出そうとする。門番は掌《てのひら》の上で小銭を転がし、小馬鹿にしたように鼻から息を吐く。

「朝廷の変事に、浮き足立っちまったんだろう。星象の読み手が不吉な予言をしたって噂が流れたせいもあって、北部はごたついている。逃亡した部族を自ら追跡に出た左賢王はもちろん、各郡の都尉から城主まで、部民を落ち着かせるために走り回っている。あんたらもそうやってまとまって動き回っていると、逃散の疑いをかけられて囚われちまうぞ。とっとと自分の胡部へ帰りな」

そっけなく、文字通りの門前払いを食らってしまった。

「このまま北へ行っても、左賢王には拝謁できんのか」

「下手すると、こっちが逃亡民と間違えられて追われてしまう」

「せっかくここまで来たというのに」

「とりあえず、太原まで戻ろう。知人もいるから、もう少し詳しい話を聞けるだろう」

ベイラは大人らの会話には加わらず、黙って歯を食いしばった。

またしても、英雄と名の高い劉淵と会う機会が失われただけではない。ベイラの羯胡部は、洛陽に近いというのに、手に入る情報があまりにも少ないことを思い知らされた。ずっと北にある城や胡部のほうが、情報にあふれている。各地ではすでに逃散が始まっており、星象の異変が庶民にまで伝わっているというのに、ベイラの村では外の世界のことなど、ほんの少ししか聞こえてこない。

そして、匈奴の名門が多く住む北部ですら、部民らは食うに困り、あるいは内乱を怖れて、一度は手に入れた定住の地を捨てて逃げようとしているのだ。

「思ったより、事態は深刻なようですね」

ベイラは近くにいた大帥のひとりに話しかけた。

「うむ。名門や大氏族らの間でも、内紛があるのだろう」

ベイラは思わず「え？」と訊き返しそうになった。大帥の返答が、ベイラの予想を超えていたからだ。だが、すぐに納得した。むしろそちらへ発想がいかなかった自分の浅慮が恥ずかしい。不作に次ぐ不作、凶作の先にある飢饉の心配ばかりしていた視野の狭さを悟られまいと、ベイラは頬を引き締める。

「下手をすると、分裂するのは朝廷ではなく、匈奴の方ですね」

左賢王の権威は、配下の氏族長らによる推戴ではなく、晋王朝から授かった官位によって保証されている。その王朝に影が差せば、左賢王の地盤に亀裂が走るのは自明のことであったろう。

「まさか、朝廷による離間策？」

内訌《ないこう》を起こしている帝室、混乱した朝廷に、そんな手を打つような、狡知《こうち》な人物がいるのか。内憂に心置きなく取り組むために、匈奴の牙を抜き、外患をまず取り除いておくことを考え、実行するような。

そして左賢王は、まんまとその手にかかってしまったというのだろうか。

「左賢王が直々に長城を出て追いかけるほどの部族だ。百や二百の逃散ではない。有力な氏族が鮮卑につくようなことがあっては、左賢王の立場も苦しいものになるだろう」

長城の内側に居を定めた部族が、ふたたび外へ出て行くのは、よほどの決心であろうとベイラは考えていた。そして、その決心は飢饉への不安によって引き起こされたのであろう。しかし、大帥は朝廷の暗躍のみならず、塞外の異民族との駆け引きであろうとまで推察していた。

政治的視野を身につけるよう、郭敬に言われたことを思い出し、ベイラは下を向いて赤面した。

——食うことに精一杯だからって、言い訳にはならない。どれだけ下っ端だろうと、小帥として部民を抱える以上、世の動きはしっかり見張って、その背後にある流れを見失わないようにしなければ——

「大帥は、左賢王の下にいることも、危ういとお考えですか」

ベイラは小声で訊ねる。

「まだ、わからぬ。これが朝廷の工作ならば、左賢王の面目を潰すことが目的であるから、すぐにかれらの目的は明らかになる。ベイラは、なぜ朝廷が我々を長城の内側に飼っているのか、知っておるかな」

大帥はぐるりと首を回して、濃い髭の奥からベイラに微笑みかけた。

『飼う』という言葉にはもちろん、大帥の口調にも目元の表情にも、自嘲が滲み出ている。ときどき、古老らが酒に酔って、『漢族の飼い犬に成り下がった匈奴の貴族』と吐き捨てるのを、素面の者が慌ててたしなめたり、話題を変えようとする場を、ベイラは幼いときから目にしてきた。

その酒そのものが、飲酒の習慣のなかった草原の民を、土地に拘束するためにもたらされた軛《くびき》であることは、都合良く忘れているようであったが。ベイラの亡父もまた、少量の酒で酔い、場所をわきまえず罵倒し、時に暴力に及ぶことが少なくなかったので、被害を受けた家へ見舞いに訪れ、謝るのもベイラの仕事だった。

かつて、広大な高原に、それぞれに言語も種族も異なる多数の氏族が暮らしていた。その高原を制覇し、周辺の諸国を征服して、全匈奴の単于を宣言したひとりの英雄によって、匈奴単于国は建てられた。

北はゴビ砂漠の彼方の高原から、南は長城を圧迫し、東西は一万二千里を超える強大な帝国を築いた遊牧民の子孫は、時代を下るにつれて内訌によって南北に分裂し、長城によって分断された。漢帝国の内紛に巻き込まれ、騎兵を重宝した王侯や武将に傭兵として取り込まれ、細かく分割されていった。魏の時代に五部に分けられた氏族はさらに枝分かれし、今日にいたるまで相互に交わることは禁じられている。

時の経過とともに、要となる氏族が分解するにつれて国は瓦解し、周囲の新興国に吸収されていったのだ。

「漢族には、猟場の獲物を取り尽くしたら、次に煮て食われるのは、飼い主のために奔走した猟犬であるという言葉があるそうだ」

大師の声に自嘲が含まれるのも、やがては煮殺される運命にある自分たちの未来を思ってのことかもしれない。しかも、匈奴の中でも少数にすぎないベイラの種族は、飼い犬どころか、長城の南側に取り残され、小さな水たまりであえぐ一尾の魚に過ぎないのだ。

「では、猟犬の生きる世が、ふたたび巡ってくればいいわけですね」

ベイラは愛馬の鬣を指で梳いてから、大師にだけ聞こえる声でつぶやいた。大師は窪《くぼ》んだ眼窩《がんか》の奥から、目を瞠《みは》って年若い小帥を見つめ返した。

「だが、我々ではあまりに小粒だ」

大師の愚痴を聞き流しながら、ベイラは帯に佩いた直刀が腿の上で揺れるのを感じた。

これまで何度も左賢王に会おうと試みて来たが、叶うことがない。仕官を志したくても、縁がないのかもしれない。しかし、刀の示す石氏は、ベイラの耳目の届くところにはいない。石姓を名乗る者はぼつぼつといるが、その連なりに英雄の資質を備えた首長の噂は聞かなかった。

いつか世に出ようと思えば、まずは拠《よ》って立つ大樹を見いださねばならない。劉氏か、石氏か。ベイラはまだ見ぬ主を思って、蹄を進める愛馬の鬣を梳く。

雁門関を突破した氏族の名を聞いておけばよかった。長城の外に、彼らは生きる草原を見つけられたのだろうか。塞外の漠北に待ち構える烏桓《うがん》や鮮卑に滅ぼされず、砂《さ》礫《れき》のみ横たわるという砂漠を越えて、父祖の高原へたどり着けたであろうか。

ベイラと大師の会話の聞こえない前方で、思い思いに言葉を交わしていた大人らが、警告の声を上げた。物思いに沈んでいたベイラが顔を上げると、前方に土埃が舞い、複数の蹄の音が耳に届く。

一行は逃散する部民を追う兵士の一隊であろうと、路傍に寄って道を開けた。

第七章　再会

騎馬の一隊が土煙の中から姿を現すのを見たベイラは、即座に弓を取り、矢をつがえた。

装備に統一性はなく、このあたりの自警団にしては乱れた風体をしており、顔つきもベイラの一行を獲物と判じた野盗の集団のそれであったからだ。

大人らはすでに槍を構え、あるいは長剣を鞘から抜いている。

野盗の数は一行より多く、たちまち取り囲まれてしまった。

「なんだ、年寄りばかりのシケた獲物だな」

「大物がここを通るなんぞと、嘘をこきやがって」

唾を吐き捨てたのは、なかでも一番むさ苦しい徒《かち》の野盗だ。西方の訛りが強い。

「あいつの予見は必ず当たるわけではない。だが、こいつらは手ぶらでもなさそうだ。食いもんくらい運んでるだろう。毛皮ならなおいい」

馬上のひとりが窘《たしな》めるように前に出る。

「俺たちは無駄な殺しはしないんだ。荷を置いて、さっさと逃げれば命は取らない」

「そんな慈悲深い盗賊なぞ、聞いたことがない。背中を向けたとたんに、襲いかかるつもりだろう」

部大が槍を構えて言い返す。野盗のひとりが射た矢が、部大の馬の首に突きたった。痛みに棹立《さおだ》ちとなった馬から振り落とされまいと、部大は槍を放り出して手綱を引き絞る。

「皆殺しにしたって構わねぇ。あいつがしばらく使いものにならなくなるだけだ」

徒のひとりが叫び、野盗たちは武器を振りかざして襲いかかってきた。

ベイラは即座に矢を放ち、真っ先に飛び出してきた野盗を射殺した。間髪を入れずに、次の矢を放ったが、野盗の方でもベイラを狙って射返してきたので、弓を伏せ、体を低くして馬を操り避《よ》けなくてはならなかった。

たちまち矢を射尽くしたベイラは、弓を捨てて長槍を取り、襲いかかる盗賊を薙《な》ぎ払《はら》う。

装備の軽さから、税を納めに行く農夫の一団と見て侮っていた野盗は、焦り始めた。羯胡部の大人たちは、こうした事態への備えとして、腕の利く者たちを選んでいた。馬を射られた高齢の部大でさえ、半白の髪を振り乱しつつ、すぐに換馬に乗り換えて応戦している。

ベイラにいたっては、久々の実戦に血が滾《たぎ》り、ひとりを槍で突き落とし、返す槍の柄で次のひとりを鞍からたたき落とし、向かってくる別のひとりの喉首に投げた槍を命中させ、標的が取り落とした長刀を空中ですくい上げて駆け抜ける。

仔馬《こうま》のときから育て上げた愛馬とともに、どれだけ忙しい日々でも休まず続けた馬術の鍛錬の成果が、ここに明らかになる。互いが互いの体の一部であるかのように動くだけではない。飛び交う矢の音や、刃の唸る音をベイラの耳が拾えば、愛馬はそれに応えて身を引いて避け、切迫する賊の気配を馬が感じれば、すでにベイラの長刀がそちらに突き出されている。

五感すら共有して危機を脱しようとする馬と騎手の組み合わせは、ベイラと愛馬だけではなかった。胡部から選ばれた男たちがみなそうであった。

賊の頭目と見定めていた男が、大人のひとりを倒した瞬間に生まれた隙を狙って、ベイラは予備の短槍を投げた。槍は男の脇から背中へと貫通する。

頭目が落馬したとたんに、野盗の一団は負けを悟っててんでばらばらに逃げ出した。興奮が収まらぬベイラは、大帥の制止も聞かずに、山へ逃げ込もうとする数人の賊を追いかけた。

　遠目にはそれほど木々が茂っているようには見えない山であったが、たちまち木々の枝が密に張り巡らされた森に踏み込んだ。急に日差しの届かぬ暗がりに入り込んだため、視界が利かなくなった。馬も同じであるのか、足踏みをして先へ進みたがらない。馬を下りて少し進んだものの、木々の間隔は狭く、長い槍が邪魔になることもあり、ベイラは用心して引き返そうとした。

　木立に背を向けた瞬間、背後に殺気を感じたベイラは馬から離れて転がり、槍を捨てて帯に挟んだ短剣を引き抜いた。野盗のひとりが折れた槍を逆手に振り上げ、立ち上がりかけたベイラに襲いかかる。ベイラは上体を捻って槍を躱《かわ》し、左手で野盗の手首を摑んで引き寄せ、同時に短剣を相手の腹めがけて突き出した。

　野盗は悲鳴を上げ、刺された腹を抱えて地べたにのたうち回った。あたりに注意を払い、残党の気配がないのを確認し、ベイラは野盗の背中を靴で踏みつけた。肩を押さえて剣を首に突き立てて絶命させる。切り裂かれた頸動脈から噴き上がる返り血を避けて立ち上がる。

　短剣についた血糊を野盗の服の裾で拭き取り、馬を呼び戻したとき、じゃらりと鎖の音がした。馬を止め、息を凝らして人の気配を探るうちに、またかすかに鎖を引きずる音がした。

「誰だ！」

ベイラの叫びに、下生えの密なところがかすかに揺れた。何かが赤く煌めき、ベイラは目を凝らしてそちらを見つめた。

「誰だ」

もう一度問いかけても、下生えはそよとも動かない。気のせいかと他へ注意を向けようとしたベイラの下で、馬がゆっくりとした足取りでそちらへ向かった。草でも食べるような仕草で、馬が下生えの枝葉を嚙み千切る。草の間に、痩せた子どもが膝を抱えて座り込んでいた。少年がいっそう強く膝を引き寄せたとき、じゃらり、とまた鎖の音がした。

見れば、足首には枷《かせ》が嵌《は》められ、そこから伸びる鎖が近くの木の幹に巻き付けられている。

ベイラは馬を下りて少年に近づいた。

「おい、そこで何をしている」

ベイラの問いに、少年が顔を上げた。

頭には薄汚れた布を巻き付け、頭巾としている。額まで巻き付けた布の下からのぞく、丸く開いた目が、ベイラの顔をじっと見ている。磨いた銅を思わせる明るい黄土色の瞳には、どこか見覚えがあった。こんな珍しい瞳の色をしている人間を、ベイラはひとりしか知らない。

「一角？」

そんなはずはない。

一角であれば今頃は二十歳を過ぎた青年であるはずだ。あの日とほとんど変わらぬ十歳かそこらの子どもであるはずがない。手足は少し伸びたようであるが、薄汚れて痩せているためにそう見えるのかもしれない。

少年はベイラの顔をいぶかしげに見てから、その額に注視し、そのまま顎を上に向けて空へと視線を移した。そしてゆっくりとベイラの顔に視線を戻した少年の目に、小さな輝きが点《とも》った。

「兄さん？　ベイラ、だったっけ」

その口から発せられたのは、十年以上も前に洛陽の都で曲芸を見せていた少年と同じ声だ。まるで、少し前に別れたばかりで、それでも見分けるのに時間がかかった程度には久しぶりの再会である、とでもいうような気安さであった。

その曲芸師の少年が、当時とほとんど変わらぬ姿で、しかしとてもみすぼらしく惨めな状態で、森の中に鎖で繋《つな》がれている。

まったく状況が理解できないまま、ベイラは馬鹿みたいに同じ問いを繰り返した。

「ここで、何をしている？」

「何、って訊かれても、話せば長くなるんだけど——あ、でも、兄さんは早くここから逃げた方がいいよ。怖い人間が戻ってきたら、捕まってひどい目に遭う」

「おまえは、ひどい目に遭わないのか」

「うーん。もう遭ってるけど、いまよりひどいことにはならないから、大丈夫」

まったく大丈夫に見えないのだが、確かに顔や腕の露出しているところに痣や傷はない。

「怖い人間というのは、野盗のことか。それならたったいま、ほとんど蹴散らしてきたところだ」

少年は目を丸くした。にこりと笑おうとして失敗し、ぐにゃりと口元をゆがめた。

「ああ、だから兄さんから血の臭いがするんだね。誰か死んだ？」

「矢で六人、槍と賊から奪った長刀で五人は殺したと思うが、夢中だったからな。とどめを刺せたかどうかわからん」

「ああ、そう」

ひどく引きつり怯《おび》えた顔で、一角は微笑もうとした。

「兄さんが無事で、良かった」

「どうして、ここに繫がれている？」

そう訊ねてから、取り逃がした賊がいたことを思い出した。戻ってくるかと警戒しつつ、ベイラは槍の穂先を鎖のさびたところに突き刺し、捻《ひね》った。それを数回続けると鎖はもろくも引きちぎれ、一角の足は自由になった。だが、すぐには立ち上がれないようだ。見ればかなり足が細くなっている。長く自分で歩いたことがないのだろうと、ベイラは一角を抱え上げようとした。しかし、一角は怯えて後ずさる。

「ああ、おれもあの野盗どもと同じように見えるだろうが、確かにおれはおまえに恩のあるベイラだ。傷つけないし、安全なところへ連れて行ってやる」

「うん。わかってるけど、血が――」

一角は両手で口を塞いで、吐きそうな顔で目を閉じた。

ベイラはそのとき初めて、服や帽子に賊の返り血を浴びていたことに気がついた。

「血の臭いが嫌いなのか。だが、着替えがない。我慢してくれ」

身を固くする一角を軽々と抱き上げて、ベイラは愛馬の鞍に乗せた。馬は首を捻って一角の顔を舐め、一角は少しほっとしたように馬の鬣に顔を埋《うず》めた。そうすれば、血の臭いを嗅がずにすむとでもいうように。

「こいつが人見知りしないのは珍しい」

ベイラが大帥らのもとへ戻ったときは、屍や怪我人は道の端に寄せられていた。近くの邑から自警団が駆けつけていて、事情を話しているらしい。一角は死体の山から目を逸らし、気持ち悪そうに喉を鳴らしてうつむいた。

ベイラが近づくと、自警団のひとりが身構えつつ近づいてきた。大帥が同行者であることを話して、自警団の青年が警戒を解く。しかし、目敏《めざと》く鞍上の一角に気がつき、身元を訊ねてきた。ボロを着て汚い頭巾を巻き、痩せこけた子どもは、どうみてもベイラたちの仲間には見えない。ベイラは正直に言った。

「森の中で、木に繋がれていた。捨ててもおけず、連れてきたが、問題があるか」

「だが、やつらの一味かもしれん」

自警団が数人集まってきて、胡散臭《うさんくさ》そうに一角をにらみつける。

「一味というか、囚われていたようだ」

ベイラは一角の足を見せて、まだ外していない枷を示した。

「襲撃しているあいだに逃げられないよう、繋いでおいたんだな。どこかで攫《さら》ってきて、奴隷にしていたんだろう。こいつも被害者だ。野盗団が追い払われたいま、放っ

馬の鬣の中に入り込もうとでもいうように、身を縮ませている一角に、一同はしぶしぶ納得して、ベイラを解放した。

羯胡部へ戻る道すがら、太原で宿を借りた。さすがに殺し合いをしたあとは、汚れを落として屋根のあるところで休むことに、皆が同意したのだ。

ベイラは宿から鑢《やすり》を借りて、一角の枷を外してやった。かなり長いあいだ嵌められていたらしく、絶えず皮が剝けては体液の滲み出ていた足首は、ひどい痣となっていた。薬も買ってきて手当をする。

「すぐ治るから、薬なんかもったいない」

一角は遠慮したが、ベイラは「おまえにはジュチを助けられた。遠慮するな」と、強引に手当を終える。そしてふと思い出して訊ねた。

「朱厭《しゅえん》はどうした」

一角は寂しそうな顔で応える。

「山へ帰った」

「そうか」

ベイラが用意させた肉粥には手をつけなかった一角だが、漬物や焼餅は口に入れた。麦の粥も好物であるらしい。胡桃《くるみ》や栗《くり》の蜜漬けは特に喜んで食べた。

体を洗って腹も落ち着いた一角は、事情を訊きだす間もなく眠り込んでしまった。謎に満ちた再会に、訊きたいことは山ほどあったベイラではあるが、見た目は最後に別れたときそのままの年頃の、無防備な一角の寝顔にあきらめる。

横になったものの、昼間の戦闘の興奮がおさまらず、なかなか寝付けない。灯《あか》りを点《つ》けるのはためらわれ、直刀を持って外に出た。月明かりの下で鞘から抜く。

部族の伝統として、騎兵としての鍛錬を積んできたベイラは、剣や刀には熟練していない。この直刀も、むしろ装飾品として佩刀《はいとう》しているようなものだ。消耗品の弓と槍とは異なり、刀剣は所有者を権威づけ、子孫に伝えていく財産としての側面もあった。ゆえに刀身の実用性だけでなく、柄や鞘には美しさが求められる。そのため混戦にでもならない限り、実戦に使われることは多くない。

だが、森に入ったときは弓も長槍も不利だと感じた。伏兵もおらず、賊も帰ってこなかったから運が良かったものの、あの見通しの悪い森の中で襲われたらどうなっていたことだろう。

柄の長さからして、片手で揮う刀のようだ。刃の向きを意識して、どう使うかと刀を振ってみる。今日の戦闘を思い出し、賊の動きを克明に目蓋の裏に描きつつ、水平に、垂直に、斜めに切り上げ、切り下げる。当たり前のことではあるが、両刃の剣と違って、刃を返さないと相手を斬れない。

「難しいものだな」

月の光を跳ね返す刀身に己を映し、ベイラは嘆息した。

翌朝、食事とともに、前夜に頼んでおいた子ども用の古着が届けられた。一角は申し訳なさそうに汚れのない服に着替えたものの、せっかく洗った髪にまたあの汚い布を巻いている。

「髪が目立つのがいやか」

ベイラは劉淵への貢ぎ物であった荷の中から、母親の織った、染められていない絁《あしぎぬ》の反物をひとつ出して適当な長さに切り、一角にやった。

「ありがとう」

一角は、昨日からもう何十回も繰り返した礼を言った。

「ジュチを助けてくれた礼だ。気にするな」

ベイラもまた、何度も同じ言葉を返す。

残りの帰り道、ベイラは一角を鞍の前に座らせて、これまでのいきさつを訊ねる。

前帝の喪中は興行ができないので、一座は渭水の方まで移動し、そこでかれらに好意的であった農場に落ち着いた。もとから旅の途中であった一角は、一座と別れてさらに西へ進んだというが、そこから先の一角の話は明瞭ではない。

「あっちの山、こっちの山と、知り合いを尋ねて歩いているうちに、道に迷ったようで。朱厭はとっくに元の山に帰しちゃったから、ひとりでね……」

そこからどこをどう巡ったのかは、はっきりとは話さない。子どもがひとりで歩いていると攫われるので、用心して移動していたものの、ついに先日の野盗に捕まってしまった。

「また奴隷に売られるのかなと思ったんだけど、そのままあの人たちの使い走りにされてしまって、ずっと雑用を言いつけられてこき使われていたんだ」

ベイラは、一角がすべてを話していないことを察していたが、かといって、それ以上問い詰める言葉を思いつかなかった。不明瞭ながら、親を亡くした子どもにはありがちな話で、特におかしな点もない。

「結局、探していた知り合いは見つからなかったのか」

「見つかったけど、そこには居続けられなかったり、届け物を頼まれたり、うんと北のほうにいるひとを、探し出さないといけなくなったり……」

やはり、歯切れが悪い。ベイラは質問を変えた。

「一角、おまえ、何歳になる？」

一角はぎくりと身をすくめた。答に困っているのは肩から発散される空気によって明白であったが、ベイラは黙って一角が答えるのを待った。

「ぼくにも、よくわからない」

わからないのではなく、言いたくないのではとベイラは察した。

「おれよりは、長く生きているか」

かなりの間をおいて、一角はゆっくりとうなずいた。

「じゃあ、おれのことは『兄さん』ではなく、名前で呼べ」

一角はくるりと肩越しに振り向き、ベイラに笑顔を向けた。

「うん」

「それで、おまえの尋ね人探しは終わっていないのだな」

一角はふたたび前を向いたので、その表情はわからない。

「どうなんだろう。もう、探さなくてもいいんじゃないかとも思う」

「じゃあ、とりあえずうちに来るか。客人として迎えよう。ジュチも喜ぶ」

一角はまた振り向き、嬉しそうに微笑んだが、不安げに「驚かないかな」とつぶやいた。

「一つ目の国あり、羽民の国あり、巨人の国あり、小人の国あり、と古人の残した地誌には書かれているという。そういうところから、見世物にするために海賊にさらわれてきたのだとでも、言っておこうか」

ベイラの話に、一角は肩を震わせて笑った。

「海経だね。五蔵山経とか。ああいう書物にはでたらめが多いけど、たまに本当のことが書いてあるんだ」

「そういえば、おまえは文字が読めるんだったな」

「読めるよ」

「おれは、読めない」

一角は少し驚いたようだ。

「でも、地理誌は知ってるんだね」

「漢人の友に読んでもらった。その友人が若いときに勉学のために筆写した書経や蔵書を、紙の写本と入れ替えたときに、場所をとる竹簡の書物をくれた。だけどおれは文字が読めないから、読み聞かせてくれる客が来なければ、そのままだ。続きが気になっているんだが、おまえが読んで聞かせてくれたら、おれはすごく助かる」

一角はにこりと笑った。

「じゃあ、居候させてもらおうかな」

ベイラの家におちついた一角だが、すぐに余分な口を養うほどには、裕福でないことを悟った。とくにここのところ、冷害や旱魃《かんばつ》が短い周期で襲ってくるので、たまの良作も気が抜けず、蓄えもほとんどない。羊に食べさせる草も伸びず、春に生まれる仔羊《こひつじ》を宿した母羊の数も少ない。そして税の取り立ては容赦がない。作物では足りない分を布で納めるために、女たちは朝から夜遅くまで糸を縒《よ》り、機を織っている。

「生まれてくる羊の数はどんどん減っている。毎年、干し草が足りなくなって、母羊が餓死したり、冬を生き抜いても、産み落とされた仔羊に飲ませる乳もなく死んでいく。気候がずっとこうなら、もっと暖かくて豊かな土地を求めて移動しなければ、みなで飢え死にするしかない」

ベイラの語る展望は暗い。

すでに北部では逃散が始まっている。雁門関から逃れた氏族は、政治的な理由もあったのだろうが、長城の内側では遊牧が続けられない、農耕でも部族を養えないということも大きかったのだろうとベイラは推察していた。食べるものが充分にあれば、朝廷の工作であろうと、異民族の勧誘であろうと、左賢王に背く必要などどこにもないからだ。
長城の外へ逃れた氏族がどうなったか、誰も知らない。口にすることもない。漠北を治める異民族に服従するしか生き残る道はないのだ。長城のこちら側にいるのと、どう違うのだろう。

北へ逃げた逃亡民はかなりの数に上ったらしく、劉淵は左賢王の地位を剝奪され、将軍職を解かれた。大帥が言ったとおり、南匈奴の力を削ぎ、劉淵が匈奴五部を統率する単于となることを阻むために、朝廷の誰かが長い手を伸ばして雁門関の扉を開けたのだ。

ベイラの知らぬ雲の上で、誰かの意思が働き、地を這《は》う多くの人々の運命が決定されている。ベイラは地を這う虫けらのひとりに過ぎない自分が歯がゆかった。

ベイラの憂鬱をよそに、一角は小さな体で、畑や牧場の仕事を手伝った。羊を追わせれば、どの牧童よりも上手に群れをまとめるので、たちまち信用を得た。迷い羊を見つけ出すのも優れていた。

ジュチは再会した直後は驚いていたものの、助けられた恩は忘れず、一角がベイラの家の一員として過ごせるよう、心を配った。初めて会ったときが、似たような年頃であったせいもあるかもしれない。対等な友人として扱うので、家の者も子ども扱いせず、一角に接した。

ただ、一角はババルが苦手らしかった。朝早くから野に出て羊を追い、夜遅くまで馬の手入れや調教に励む理由は、遊んで欲しさについてこようとするババルに見つからぬよう、逃げ回るためではないかと、ベイラはジュチに聞かされた。

年が明けて半月ほど経ったころ、太原からの客がベイラを訪ねてきた。ベイラは郭敬かと喜び、すぐに迎えに出たが見知らぬ顔ぶれであった。

「太原の李操《りそう》と申す。小帥のベイラ殿か」

漢風に両手を胸の前に上げた軽い礼を向けられ、ベイラも礼を返した。

「そうです」

礼を交わしてから、李操に同伴した護衛のひとりが、野盗の襲撃に駆けつけてくれた自警団のひとりであったことを思い出した。

「昨年の終わりに、野盗に襲われ、森で小さな男児を拾って帰ったのが貴殿と聞いたが、相違ないか」

ベイラは不吉な予感がしたが、嘘をつく理由がない。

「たしかにおれだが、それがどうかしたか」

「その男児は、いまどこにいるのか」

「身寄りがいないというので、うちの牧場で働いている」

ベイラの背筋に冷や汗が流れた。一角が所有者のいる逃亡奴隷である可能性を、なぜかベイラは考えたことがなかった。

雑技一座からは円満に抜けて、野盗に捕まるまで自由に旅をしていたのだという一角の話を、ベイラはほぼ信じていた。信じられないとしても、それ以上詮索する気はなかったのだ。だが、雑技一座から逃亡した可能性はもちろんのこと、自由になったのちに、ふたたび攫われて売り買いされることが繰り返されなかったとはいえない。

厳格な主のもとから逃げ出したのちに、野盗に拾われて働かされていたのだとしたら、以前の所有者に逃亡奴隷として手配されていたとしても、不思議はない。

「その野盗の生き残りを、先日捕らえたのだが、おかしなことを吐くので、確認する必要がある」

「おかしなこと？」

ベイラは自分の心配とは違う方向へ話が向かっていることを感じて、訊き返した。

「その生き残りが言うには、自分たちは『ガキ』の言うとおりに北へ向かっていただけだと主張している。つまりやつらの頭目でさえ、その『ガキ』の指示に従って襲撃と略奪を繰り返して、山から山へ移動していたらしいのだ」

唐突に、ベイラの耳に頭目と徒《かち》の賊の会話が蘇《よみがえ》った。

——大物がここを通るなんぞと、嘘をこきやがって——

——あいつの予見は必ず当たるわけではない——

ベイラの背筋に冷たく這い上がるものがあった。一角はひとに見えない物を視る力があったことを、思い出したからだ。一角自身、目に見えるものになんの意味があるのかわからずにいた。しかし、それは十年前のことだ。いまではその何かを視《み》る力で野盗を操ることができたとしても、不思議ではない。

「一角が主犯だというのですか。いやそれはない。おれが見つけたとき、一角は枷を嵌められ、鎖でつながれ、ぼろぼろの服を着て、ろくに食べ物も与えられなかった証拠に、鶏の脚のように痩せ細っていました。野盗の言いなりであったとしても、その逆は考えられません。あなたも、あの日の一角をごらんになったでしょう?」

ベイラは自警団のひとりに同意を求めた。李操は生真面目な顔でかぶりをふる。

「確かに、野盗の言い分には無理がある。ただ、やつらの言うことには、その一角という子には予見の力があり、頭目は次の獲物を探させるのに、その子を使っていたのは確かなようだ。そして、その一角は北へ北へと野盗を誘導していたようだとも証言している」

ベイラは腕を組んで考え込み、やがてほどいて李操に訊ねる。

「それで、李殿は一角を野盗の一味として、捕らえるおつもりですか」

「それは、話を聞いてみないと判断しかねる。ここへ連れてきていただけるか」

「わかりました」

ベイラは急いで牧場へ向かった。

一角を逃がすべきかと考え、即座に否定する。李操は充分に公正な人間に見えた。だが、一角に余人にはない力があることは事実だ。出自も不明で、どこから来たのか、どの種族に属するのか、本人すら知らないと言っている。知っていたとしても、あの髪と瞳の色からして、まずこのあたりのどの民にも属さないことは確かである。そして、十年も姿形の変わらない少年を、誰が無害と判じて放っておいてくれるだろうか。

馬場に馬を集めて、干し草を食べさせている一角を見つけたベイラは、そちらへ足を向けた。はたと立ち止まる。

何を見ているのかと、目を擦《こす》った。

一角は干し草を噛んでは、馬に食べさせていた。

いや、一角が干し草を食べているのか。

早朝に降りる霜で凍っては、昼に融《と》けるを繰り返す、半分腐ったような干し草を、一角は麦粥を食べるときと同じような笑顔で、おいしそうに食べている。そして馬に肩や背中を押されては、楽しげに笑っている。

「一角！」

ベイラは思わず大声で叫んでいた。

一角は振り向き、手に持っていた藁くずを左右に振って「ベイラ！」と呼び返した。曲芸師当時の身軽さそのままに、雪解けで足場の悪い馬場を走り抜け、柵を跳び越えてベイラの元へ駆け寄った。

「一角、おまえは馬か！　腹が減ったんならうちへ帰って飯を食え。干し草なんか食べたら腹を壊すぞ。しかも、冬場を越した草なんぞ」

「このくらい柔らかくなったのが、食べやすいんだけどね」

真剣に叱りつけるベイラに、一角は逆に屈託なく応じる。野盗と暮らしていた間、飼い葉を食べさせられていたのか、腐った干し草で生き延びていたのかと、ベイラは一角にひどく同情した。

この少年が、野盗の首領であるはずは、断じてない。

「野盗の生き残りが捕まって、太原の役人が取り調べに来ているんだ。おまえが野盗のやつらにどんな扱いを受けていたか、ちゃんと話せよ。飼い葉まで食わされて生き延びていたって知れば、役人はおまえを一味だとは思うまい」

取り調べと聞いて、一角の眉が曇る。

「野盗の人たち、ぼくのことどう話したんだろう」

家に戻る道々、ベイラは聞いたとおりに話して聞かせた。

「うん。野盗の人たちを北へ進めていたのは本当のことだ。そうしないと目的地へ行けなかったから。ぼくには予見の力はないよ。ただ、天気が変わるのかはわかる。山で暮らしていると、天候を読まないと命取りになるよね。風とか湿気とか、雲の流れとか、空気の重さに、ぼくはすごく敏感なの。そういうの教えてあげているうちに、『獲物』を探すように頭目に強要されて。大勢の人が動く気は、遠くからでもわかるから、言われたら頭目に教えてた。ごめん。ベイラたちの荷物が狙われたのは、ぼくのせい。言わないまま、ずっと世話になってて、ごめん」

おろおろとした告白に、ベイラは嘆息した。そして頭目の『荷物を渡して立ち去れ』という警告を思い出す。

「だが、あいつらに命は取るなと言ってたんだろう？」

「うん。あの人たちが人殺しをすると、ぼくは熱が出て動けなくなるんだ。血の臭いで吐いちゃうし。たくさん殺されると、体中が痛くてつらい。涙も止まらなくなる。だから誰も殺さないで、って頼むんだけど、聞いてくれたことは、あまりない。だけど、どうしても鉄枷が外せなくて、逃げられなくて」

涙声で告白を続ける一角の頭を、頭巾の上からくしゃりと撫でる。

「天気の変化に敏感なことと、北へ誘導していたことは、役人に認めろ。だけど、獲物を指図していたことは、濡《ぬ》れ衣《ぎぬ》だと否定するんだ。役人に同行している自警団は、あの日のおまえと、足枷と鎖を見ている。おれも、あの頭目が一角の予見は当たらないこともある、と言ったのを聞いたと証言する。あいつらに責められて苦しまぎれにあっちだこっちだと言ったことにすれば、温情は出るだろうよ。あとはおれに任せろ」

「うん」

不安そうに、それでもほっとした面持ちで、一角はベイラのあとについて歩いた。

家で待っていた李操は、一角を尋問した。

身元に関しては、両親の出自は北方であること以外は知らない。旅の雑技一座に育てられた。一座が解散してから、北にいるという親戚を尋ねようとしたが、その途上で野盗に囚われ、天気が読めることを知られて利用されていた、というベイラの作った筋書きを繰り返す。

李操は聞き取ったことを書き留め、一角に荷物があればまとめるようにと告げた。

ベイラは熱《いき》り立って前に出た。

「こいつを捕らえるんですか。こいつは何も悪くない。それに、ここからどこへも逃げません。こいつには行くところもないんです」

李操はいぶかしげにベイラを見て、首をかしげる。

「どうしてそこまで真剣にその少年を庇うのか」

それは、一角に恩があるからだ、と言いそうになったが、十一、二歳にしか見えない少年と、十年以上も前にかかわりがあったことなど、言えるはずがない。朝廷の重要人物の家に忍び込んだことも、口に出せることではなかった。

ベイラはぐっと言葉に詰まる。李操はおちついて話を続けた。

「とりあえず捕らえた野盗らの顔を確認させて、まだどこかに逃亡者が潜伏していないか、死体との数を合わせる必要もあるため、同行してもらわねば困る。拷問にはかけないから、そこは安心していい」

「李殿は公正な方と信じますが、他の人々は一角を罪人の一味とみるかもしれません。野盗に捕らえられていたというだけで、充分にひどい経験です。野盗からはまともに食べ物を与えられず、飼い葉を食べて生き延びたほど、虐待されていたんですから。それでずっと怯えていたのが、やっとこの家にも仕事にも慣れてきたんです。取り調べがあるなら、おれも同伴します」

「飼い葉を？」

李操と自警団は、あっけに取られて言葉を失った。飢饉でも食べないような代物だ。

「ここに来ても食べるので、やめさせるのが大変なんです」

一角はどこへ視線を向けたらいいのかと泳がせつつ、肩をすくめる。

野盗といたときに、馬の飼い葉を食べていたのは本当であったが、一角にとっては肉粥よりはずっとましな食べ物であった。穂がついていれば栄養があってなおよい。ただ、固すぎて人間の歯では、擂《す》り潰《つぶ》しにくい。

さすがにこれは同情を買ったらしく、李操はいったん太原に戻り、調査が必要ならまた訪れると告げて立ち去った。

「なんとか、帰ってくれたな」

ベイラは額から吹き出す汗を拭いて、一息ついた。

「でも、この家に迷惑がかかったら、どうしよう」

一角は不安げにベイラを見上げる。

「太原には、有力者に伝手《つて》がある。相談しておくさ」

ベイラは自信たっぷりに請け合った。

第八章　逃散

春は来たが、気温は上がらない。花も蕾《つぼみ》のまま枯れてしまう果樹が多く、秋の収穫は不安ばかりが募る。そして秋に蒔《ま》いた麦の生育も、はかばかしくなかった。

「今年は、麦秋ならずか」

ベイラはうっそりと愚痴を漏らした。広げた耕地も、地味《ちみ》が足りないのか、豆すら育つ気力がない。枯れてしまう前に、すべて抜き取って飼料にしてしまった方が良さそうだ。

仔羊の数にいたっては、去年の半分だ。冬を生き延びた牝羊《めひつじ》は多くなく、なかなか暖かくならない春に、乳の出の悪い母羊に見放された仔羊も少なくなかった。

一角が必死で牛の乳を集めてくれたが、そもそも耕作用の牛に、一頭しか生まれない仔牛《こうし》に必要な量を超える乳を出せるわけもない。育てられない仔羊は、状態の良いうちに毛皮を取り、肉を塩に漬ける。

毎日が祭のように、早死にしてしまった仔羊の柔らかな肉が食卓に上ることに、何も知らないババルだけが大喜びだ。

「数えるたびに、羊の数が減っていく気がする」

口を開けるたびに、愚痴がこぼれ出るベイラを、一角は慰める言葉ももたない。

「まあ、うちは苦しいが、おまえは遠慮せずに肉粥を食え。こんなに仔羊を食べられるなんて、滅多にないからな。おれだって生まれてから二度目くらいだ」

「ありがたいけど、ぼくは肉は食べられないんだ。お腹に詰まって死んでしまう」

「試してみたのか」

ベイラは意地悪く訊ねた。だが、家畜をさばくのも見ていられないほど、一角は生き物が殺されることを厭う。ババルにむりやり虫を潰すのを見せられても、卒倒しかねないのだ。

ババルは害虫の退治や、ネズミやウサギを捕らえたりするのが得意で、それはそれで家を助けているのだから、ベイラは叱ることもできない。ただやり方が残酷だと思わないことはないが、目くじらをたてるほどでもなかった。

ババルにしつこく絡まれると、一角は牧場に逃げてしまう。馬の群れに隠れて夜を明かすほど、ババルが苦手らしい。居候だが家僕ではなく、ジュチよりも上の待遇なので、部屋も与えられているのだが、ベイラはたびたび牧場の片隅でのんびりしている一角を見つけるのだった。

その日も、柵の近くで膝を折って休んでいる馬の背によりかかっていた一角を見つけて、ベイラは声をかけた。

「なあ、一角は北へ行きたかったんだな」

「前はね。いまはそうでもない」

一角は前を見たまま、気のない口調で答える。

「尋ね人はもういいのか」

「本当に北にいるのかどうか、わからないし」

「でも、いま北の方角を見ていたじゃないか」

目を瞬かせて、一角はベイラに振り返った。

「ああ、どっちの方角かとは、考えてなかった。ただ、光輝を眺めていたんだ」

「光輝？」

ベイラは一角の見ていた方向へとこうべを巡らせた。ただ霞《かすみ》のかかった薄青い空が広がっているだけだ。

「前にもそんなこと言っていたな。おれの上にも光輝があるって。いまもあるのか」

一角は立ち上がり、尻の埃を払う。

「うん。強くなったり、弱くなったり、太くなったり、細くなったり、濃くなったり、薄くなったり。どうしてだろうね。野盗に獲物を探せ、って言われたときも、森の向こうに見えた光輝を指さしただけなんだ。まさかベイラだったとはね。ひとりでいたら危なかった。本当に申し訳なかったって、ずっと思っていたんだ」

そういうことだったのかと、ベイラは冷や汗をかく。

「その光輝には、何か意味があるのか」

「わからない」

答えるのに、一瞬の間があった。本当は何か知っているのだが、確信がないか、あるいは話すことを禁じられているかのような間であった。

「じゃあ、北に見える光輝も、誰か人間の頭から伸びているのかな」

「そうだね。たぶん。天に届くほどの光輝を放つ人間は、滅多にいないから、よくわからないけど。いつ見ても、とても安定している」

ベイラは眉を寄せた。

「そいつを、探し出すために、北へ向かっていたんだな」

一角は沈黙で答える。

「一角、おまえ、何者なんだ」

おもむろにベイラを見上げる一角の瞳は、黄玉に影が射《さ》したようだ。

「まだ、何者でもない。でも、霊魂に授けられた名前ならある。誰にも教えちゃいけないんだけど、秘密を守ってくれるんなら、ベイラにだけ教えてもいい」

なにか邪教めいた空気に、ベイラは躊躇した。名を秘す風習を持つ民族は珍しくない。漢族はまことの名は家族の間だけで呼び合うというし、高山の民は自分だけしか知らない名前を神から授かるという。

しかし数代も前に、部族の固有名すら大陸のどこかへ置き去ってしまったベイラの民には姓すらなく、ひとりひとりはただ、生まれた時に親がつけた名をずっと名乗り続けるのだ。

「一角の霊名を知って、おれにいいことがあるのか」

一角は小首をかしげて微笑む。

「ベイラがどこにいても、呼ばれたらすぐに駆けつけるよ。千里を隔てていてもね」

まさかそんなことができるはずもないとベイラは考え、何かの誓いの文句だろうと解釈した。

「それじゃあ、おれに名を教えて、一角にはいいことがあるのか」

一角はすっと口角を引いて、真剣な表情になった。

「生きる意味を見つける」

自分の肩にも満たない背丈の少年にそう言われて、ベイラは心持ち引いた。

「他人に自分の生きる意味など預けて、どうするんだ。一角は自分の道を探すほうが大事だろうが」

「人間だって、誰かのために生きるだろう？　誰しも自分ひとりのために生きているわけじゃない。眷属のいない生はただ空を漂う孤雲のようなものだ。それなりに意味はあるのかもしれないけど――」

急に十も二十も年を取ったように厳粛な口調で話す一角に、ベイラは言葉を失う。それから少し照れくさくなって、鼻を擦った。

「まあ、あれだ。義兄弟の誓いみたいなものか。それならいいぞ。身内は数が多いほどいい。兄弟が増えるのは大歓迎だ」

一角はにっこりと微笑んだ。

「ぼくの名を受け入れる？」

「応」

一角はゆっくりと頭巾を解いていく。いったいどういう儀式が始まるのかと、ベイラは身構えた。赤銅色の髪が流れ落ちる頭巾の下には、さらに厳重に一枚の厚い布が額に巻かれていた。一角は頭のうしろに両手を回して、人前では一度も外したことのない額帯を外した。

「それは――」

瘤、と言おうとしたベイラの舌が固まる。一角の額と髪の生え際に、奇妙な盛り上がりがある。それは瘤というには先端が尖っていて、しかも肌の色よりも髪の色に近い。そして、肉や脂肪の盛り上がった瘤ではなく、骨のように固いことが見て取れる。

――角《つの》、か。じゃあ、一角ってのは――

「ベイラ」

名を呼ばれて、ベイラは額の下、一角の目に視線を落とした。黄玉色に輝く瞳に魅入られる。人間の目にしては、瞳孔が横に長い。

一角はベイラの手を取り、自分の額の角に触れさせた。そしておもむろに名乗りを上げた。

「ぼくの地上における名は一角麒、天の囿《その》における霊名は『炎駒《えんく》』。朱天《しゅてん》の属」

手の甲に、赤銅色の光が透けて見えた。光の波は、ベイラの手首へと寄せていき、袖越しにもぼんやりと光っているのがわかる。しかし、熱くも冷たくもなく、痛くも違和感もなかった。

「炎駒」

「うん」

一角がにこりと笑い、ベイラは我に返った。手を放すと一角の額からは角が消え失《き》せていた。なんの変哲もない滑らかな額。一角は額帯を放り投げた。

「いまのは、なんだ。瘤だか角だかは、どこへ行った」

ベイラはかすれ声で問い、同時に右手を激しく振った。そうすれば手の中に吸い込まれた角が、袖から転がり出てくるとでもいうように、

「ベイラが知りたかった答だよ。ぼくが、何者なのか、っていう問いの。ぼくはこういう『もの』なんだ。自分から名を明かして何かを求めるか、始めない限り、ぼくの存在には意味もないし、説明もいらない。霊魂の宿った肉体に、名前がある。ただそれだけの存在。天にも地にも、ぼくはぼくでしかないんだ」

一角の並べる言葉の意味が、まったく理解できずにベイラはしばし呆然《ぼうぜん》として、一角の黄玉の瞳を見つめていた。たったいま起きたことを、頭の中ではじめから思い返す。

「さっき、赤い鱗に覆われた、赤い鬣の一角獣が見えた。あれが、おまえか」

一角はぴょんと飛び跳ね、嬉しそうに微笑む。

「見えたんだ！　じゃあ、ぼくが探していたのはベイラだったんだね」

「は？」

一角はそのまま牧場を走り出した。休んでいた馬が次々に立ち上がり、赤い髪を靡《なび》かせて走る一角のあとを追って駆ける。不思議なことに、馬は襲歩で駆けているのに、どの馬も一角に追いつけない。

「いや、あり得ない。馬より速く走れるなんて、あり得ないぞ」

「おーい、ベイラ！」

息を切らしながら、ルエンが騎乗して牧場へと駆けてきた。

「おお、都から戻ってきたか」

ベイラは平常心を取り戻し、朝廷の状況を窺わせるために、洛陽に遣わしていた腹心の家僕を迎えた。

「どうだ。何かわかったか」

「大変だ！　皇太子が自殺させられた」

「なんだって」

ベイラは現実の問題に引き戻されて、ルェンが都で集めてきた情報に耳を傾ける。

「それで、皇族と皇后が対立している。内乱を怖れた都の連中は、門も扉も閉めきって、まるで大喪みたいだ」

年の暮れに大人が語った、皇族の長老が殺されることと、皇太子が処罰されることの違いを思い出し、乱世の到来をつよく感じた。

貴い血統でもなく、太い氏族の出でもなく、頼れる門閥もなく、教育も乏しい階層の人間が、腕と機知と運のみで這い上がることのできる時代。

だが、なぜいまなのか。

胡部にはもちろん、ベイラの家の蓄えは、この年を生きるにもおぼつかない。初夏を前に麦は未だに穂を出さず、穀類を買ってしのごうにも羊毛の量も足りない。今年の秋も不作であれば、来年から先は幷州一帯の飢饉は免れない。こんなときにお家騒動とは、帝室の連中は暢気にもほどがある。

「逃げるか、戦うか」

「なに？」

ベイラのつぶやきを聞き逃したルェンが、顔を近づける。ベイラは首を横に振った。

「いや。嵐が来るぞ。風向きを見誤らないようにしなくては」

しかし、風向きを見定める余裕など、ベイラにはなかった。

中央の政争が、皇宮と都の内側で起きている間は、地方の豪族はただ風見鶏《かざみどり》がくるくると回るのを、指をくわえて眺めていることしかできない。領国に住み私軍を擁する皇族が、権力争いに加わるため動き出したときに、巻き込まれないように風を避け、逃げを決めるか、あるいは有力な王について一気に栄華を摑むかの決断を迫られる。

ベイラは胡部の集会には必ず顔を出し、大帥と長老たちの方針に耳を傾けた。だが、国の行く末よりも、だんだんと深刻になっていく水不足のほうが、より重要な問題であった。

肌寒かった春が嘘のように、日照りが続いている。

集会ではそれぞれの部民の代表が、水の権利を争って、殴り合いにまで発展する。ベイラはもっぱら仲裁に回る立場であったが、気がつけば乱闘に加わっており、ほぼ毎回、痣や瘤を作って帰宅する羽目になる。

そうした日々のある朝、ひび割れた地面から早くも茶色に変わり始めた麦を一瞥《いちべつ》したベイラは、打つ手も思いつかずに遠駆けすることにした。いつものように、馬場で一角の姿を見つける。

「あれ、また顔に怪我している。人間は、どうして殴るのかな」

無邪気すぎる一角の問いに、ベイラは憮然《ぶぜん》として応える。

「どうしてだろうな。殴りたくても、殴れない人間もいるけどな」

馬に鞍を置いたベイラは、ひらりと飛び乗った。

「ぼくもついていっていい？」

ベイラが弓矢を持っていないことを見て取り、一角は口笛を吹いた。近くにいた若馬が駆け寄ってくる。狩りにはついてこない一角だが、ただの遠乗りだとついてきたがる。実際、ベイラの早駆けについてこられるのは、一角くらいなものだ。しかも、一角はハミも鞍もない裸馬を乗りこなす。話しかけたり、首を軽く叩くだけで、馬に言うことを聞かせることができるようであった。

「ついてこれるならな」

言い捨てると、ベイラは一角が馬にまたがるのを待たずに、愛馬の腹を蹴った。愛馬は地を蹴って走り出す。いくつかの丘を越えて、隣の胡部との境界となる丘の頂上に来て、ベイラは愛馬を休ませた。自分自身も草原に体を投げ出して、空を見上げる。

顔の横に白い花が咲いているのが目に入り、無意識に摘み取る。花びらを一枚一枚抜くたびに「逃散、仕官、逃散、仕官」とつぶやく。最後の花弁が『逃散』で終わったので、次の花は「仕官、逃散、仕官」と抜いていくと、『仕官』で終わった。

ベイラは首をかしげ、もう一回ずつ繰り返した。

「こいつら、花びらの数は全部同じなんだろうか」

どうでもいいことに頭を使っていたベイラの顔に、影が射した。追いついた一角が、そばに腰を下ろしたのだ。

「ああ、花を摘むだけじゃなくて、バラバラにしてしまうなんて」

一角は植物にまで同情する。自分だって麦や木の実は食べるのに、おかしなやつだとベイラは腹の中で笑った。

「なあ、一角は雨を降らすことはできないのか」

「ぼくは龍じゃないから、無理だよ」

「じゃあ、水脈を探し当てるとか」

「それも、龍でないとできないんじゃないかな」

一角はいたって真面目に答える。ベイラは一角が人ではないことは理解していたが、一角本人が詳しく話さないので、はっきりしたことは知らないままだ。漢人のなかには、一角の目の色を妖瞳であると警告する者もいたが、黄色がかった虹彩《こうさい》が狼《おおかみ》の目を思わせるので、ベイラは気に入っていた。

「まあ、龍が食客になってくれても、供えるものなんかうちにはないがな」

投げやりな気持ちで愚痴を吐き出す。

「そういえば、ベイラはもう二十歳？」

ベイラはしばらく開いた口が塞がらなかった。息を吸い込み、半身を起こして一角の顔をにらみつけ、よく見ろと自分の顔を指さした。

「あのな、おれはそんなに若くない。まだ三十にはなってないが。それよりな、おまえはおれと初めて会ってから、何年経ったのかも覚えてないのか」

「いついつから夏が何回来たかとか、数えるの忘れる。あのね、ベイラはもうずっと前におとなになったのに、結婚してないのは、どうしてかなと思って」

とても無邪気な、真に十二歳の無知な子どものような屈託のなさで訊ねられ、ベイラは怒る気も失せた。ごろんと仰向けになる。

「大きなお世話だ。嫁を迎えるだけの財産がないんだ。ほっとけ」

「小胡部の小帥なのに？　ベイラは男ぶりもいいし、馬術は一流だし、家も大きいし、土地もあって、羊も馬もいるから、お嫁さんになりたい女の子はいっぱいいるんじゃない？」

「うちはもともと、たいした家格じゃない。しかも親父の評判が悪かったから、嫁ぎたがる娘も嫁がせたがる親もいなかった。家督を継いで以来は、不作、凶作続きで、土地は痩せる一方、家畜の数も親の代に比べたら半分に減っている。穀物をよそから買ってくるために取り崩してきた財産も底を突いて、でかいだけの家は雨漏りしても修理もできない。というかよそに比べたらでかくないし、蔵もない。今年はいよいよ家族の馬を売り払おうかってくらい、夜逃げ寸前だ。小帥なら小帥なりに、嫁取りにはそれなりの格ってものがあるのに、格に見合った準備をする財産は、土間の壁を全部削ったって出てきやしないんだ。恥をかかせるな」

「ごめん」

一角は素直に謝り、ベイラもそれ以上の苛立ちをぶつけることをやめた。

「せめて、二年でも豊作が続けば、嫁は取れるんだが――」

乱世で這い上がっていった武将や英雄は、常に戦場にあって命のやりとりをしているようなのに、いつの間にかちゃんと妻子がいて、家を残している。乱世がくれば自分にも立身の機会は訪れるのではと、ベイラは馬術と武術の鍛錬は怠らなかった。しかし、かれひとりの肩にかかっている家族と部族をどうすればいいのか、よい考えは何ひとつ浮かばない。

立身を選んでどこかの武将か貴族に仕官すれば、主に従い各地を転戦することになる。食べるに事欠く故郷に、母と一族を残して行くことは、かれらを見殺しにするようなものだ。

一介の亭長から皇帝にのし上がった劉邦《りゅうほう》は、嫁の実家が太かった。筵《むしろ》売りの貧乏人だった劉備には、皇族の子孫という怪しげなお墨付きだけではなく、世に出る前から文武に優れた盟友がふたりもいた。ベイラが一番憧れていた曹操は、最も低い官位から出発して丞相《じょうしょう》にまで登り、魏《ぎ》国の基を築くという偉業を成し遂げたが、祖父が皇帝に直《じか》に仕える十常侍という宦官《かんがん》で、権力と財力、そして実家の太さは並の役人とは比較にならないのだ。

ふりかえって、ベイラは自分が持つものを数え上げてみた。

家を切り盛りしてくれる母。気が弱く、もうすぐ二十歳になるというのに自分では何も決められず、才知の片鱗《へんりん》も見えてこない弟。活発で剛毅な甥は、張飛《ちょうひ》のごとき猛将になれそうではあるが、まだやっと七つだ。親族と家僕の境界の曖昧な眷属は、その家族を合わせても三十いるかいないかである。今年生まれた赤子は飢饉を生き延びられないだろうから、数に入れまい。そして、百戸にも満たない部民。痩せた土地と、減り続ける家畜。

傍らで二頭の馬と戯れる一角を、ベイラはちらりと横目で見た。桁外れの俊足で、かつ曲芸と馬の調教に優れ、人に見えない意味不明の光が、ただその黄玉色の目に視えるだけの不老少年は、何かの役に立つのだろうか。

ベイラは首を横に振った。人ならぬものの力を借りて世に出た英雄はいない。当てにする方が間違っている。

貴種ではなくとも、社会の底辺から将軍や皇帝までのし上がった人物で、太い実家や門閥を背後に持たなかった者がいただろうかと考えたが、ベイラはひとりも思い出せなかった。異民族でいえば、千戸の胡部を束ねる部大の地盤か、あるいは名門氏族の閨閥《けいばつ》という後ろ盾が、最低でも必要だろう。

なにも持たない自分が、世に出たいなどと、やくたいもない夢を追っているから、この年まで結婚もできずにいるのだ。

ベイラも、そろそろ己の抱えた現実を見定めるべきときがきていた。

だが、現実と向き合ったところで、ベイラには雨を降らすこともできず、遠くの川から水を引く財源も持たない。なにひとつ解決できないまま季節は過ぎていった。

そして、その年は凶作だった。

冬を前に、残り少ない羊の半数が盗まれた。異変を察した馬が暴れて騒いだので、すぐに得物《えもの》を取って牧場へ駆けつけたが、すでに遅かった。その夜以降は家畜はすべて家のそばに集めて、家僕が交代で見張りに立つことにした。

税を払えなかった部族が全員連れ去られたという噂が届き、消えた住民たちはどうやら奴隷として売りさばかれたとささやかれた。

都では皇族が殺し合い、朝廷が乱れているという噂も流れてきたが、かれらの宗主たる左賢王は動きを見せない。兵を募集していると聞けば、すぐにでも飛んで行きたいところだが、左賢王としては、下手に兵力を増やすことで、謀反の意思ありと見做される危険を避けているのだろう。帝室の行く末を正しく見極めることができるのは、五部の中では少年時代から青年期を人質として洛陽で過ごした劉淵の他にいない。その左賢王が静観をしているのならば、軽率に動くことはためらわれる。

しかし、食糧はすでに底を突きかけている。次に徴税吏に責められたら、胡部の人間を奴隷に差し出すか、一族まとめて逃げだすかの二択しかないのが現実だ。

そして、被害が羊泥棒ですんでいるうちはまだしも、家財狙いの強盗や、奴隷狩りまでが各地では起こっていた。この冬に食べるものを持たない窮民は増え続けている。このまま座していても、餓死するしかない。

「皇帝が、なんて言ったか、聞いたか」

小胡部の集まりで、都の噂を耳にしたひとりが唸るように発言した。同じように、低く怒りを抑えつけた声で、誰かが答える。

「ああ『飢饉で食べる米がなければ、肉粥を食えばいい』ってな。窮民が餓死しているというのに、なんて言い草だ」

「飢饉の意味が、わかっているのか」

唾を吐く者、床を殴りつけて罵る者もいる。

「弟と叔父の殺し合いも止められない愚帝だから、仕方がない」

「自分の息子と弟ですら、人に言われるまで見分けがつかなかった、っていうくらいだからな。飢饉がどういうものか、知らないに決まっている。羊は雑草のように生えてくるとでも、思っているんだろう」

「なあ、この凶作続き、天譴《てんけん》じゃないのか。天災は、徳を失った天子への罰だっていうじゃないか。天子の不品行が直らなければ……」

「なんで皇帝の不祥事のとばっちりを、おれたちが受けないといけないんだ」

皇帝の悪口は、役人に聞きつけられればたちまち捕らえられ、一族まで逆賊と見做され道連れにしかねないほどの大罪だ。だがいまとなっては、皇帝の悪口を言おうと言うまいと、明日を生きていられるかどうかの瀬戸際であった。責任の所在を求めて不満をぶちまけることが死罪になるというなら、まとめて吊《つる》してみろと開き直ってしまうほど、誰も彼もはらわたが煮えくり返っていた。

皆が不平不満を吐き出して、座の興奮がおさまったころ、それまで黙って聞いていたベイラは顔を上げた。

「北へ、ゆくか」

ベイラは、小帥としての決意を述べた。

逃げた先に食べるものがあり、生き延びる希望があるわけではない。だが、動かなければ、餓えて死ぬのを待つだけだ。羊や馬は、食べる草を求めて永遠に移動を続ける。遊牧の民の生き方とは、大地と獣がくれる乳と肉と繊維によって命を繋ぐ、季節に添った営みではなかったのか。

耕せば耕すほど土地が痩せ、実りの貧しくなる農耕は、天に逆らった生き方ではないのか。

先祖は遊牧に生きることを捨てた。そしていま、数代前に新しく得た、定住と半農半牧という暮らしを否定する。ベイラたちの世代は、これまで培ってきた、土を耕して生きる術を捨て去る決意をせまられていた。

鳴き声の騒がしい羊の数が減ったことは、むしろ幸いではなかったか。移動中に軍兵や盗賊に聞きつけられたら、たちまち襲われ奪われてしまう。世が混乱しているときに、兵隊と盗賊はほぼ同義であった。

太った羊だけを残し、痩せた羊はすべて毛を刈り解体するように命じる。牛も荷運びに耐えられそうなもの以外は、干し肉や塩漬け肉に加工させた。

幷州の南部から北部へは、決して易しい道のりではない。街道を通り城邑《じょうゆう》に寄れば、逃散の足取りを墨で大地に書き殴るようなものだ。同族の胡部ですら、密告を怖れて計画を打ち明けたり、誘いをかけたりすることもできない。

軍隊でも隊商でもない二百人もの集団が一度に移動すれば、当然ながら人目につく。少ない家財に老若男女バラバラの行軍は、逃亡を疑われて捕らえられてしまう。

税を逃れるために逃亡すれば、重い罰が科される。笞《むち》で打たれ徒刑を科され、賤民《せんみん》に落とされることは確実であった。官吏にとっては合法的に人間を狩って売買し、もうけで懐を温めることができるのだから、逃亡者を見逃す手はない。とはいえ、目立たないようにと少なすぎる数で他郷をゆけば自衛もできず、盗賊らの餌食になるだけだ。逃亡民を待ち構えている官と賊の奴隷狩りを避けながら、北を目指さなくてはならない。

三十から四十人ずつに分かれ、合流すべき目的地と中継点を何度も確認し合い、食糧や燃料を分配する。乗馬に長《た》けた族弟や若手の家僕らには良い馬をつけて、斥候や連絡係とした。

「頼んだぞ」

ジュチやルエンとは、雁門関での再会を約した。

先発し、予定通り最初に雁門関を窺う集合地点に到着したベイラの小団ではあったが、街道を避けての移動は楽ではなかった。

森に隠れての野営には、一角が安全に休める場所を探し出してくれたのが、とてもありがたかった。一角が「ここで休んで」と示した場所には、泉や清流の澄んだ水が手に入り、危険な禽獣《きんじゅう》は現れない。後続の者たちがその野営地を見つけられるよう、そのたびに伝令が後戻りして、みなを安全に導いた。

集合地点に到着した者たちを休ませる間、ベイラは雁門関をいかに破ろうかと偵察を重ねた。その東の始まりから西の終わりまで、中原と漠北の境界を横断する長城は、中華の住民が北狄《ほくてき》を防ぐために積み上げた城壁であるという。だが、この長城が北方の民族を防ぐのに効果があったのか、ベイラは懐疑的であった。

秦の時代から、匈奴も烏桓も鮮卑も、長城など存在しないかのように、自在に中原へ侵入しては交易を営み、あるいは戦をしかけてきた。戦に敗北すればたちまち北へと逃げ去り、勝利すれば都市や城邑を劫掠して去って行った。漢はその王朝の終わりごろには、弱体化してきた匈奴を取り込み、南下を許して傭兵とした。魏王朝でも晋王朝でも、匈奴の王侯を臣下に封じるようになってからは、防壁としての長城維持はされていない。

だからこそ、一昨年には左賢王を見限った氏族が、数千とも言われる大胡部《だいこぶ》を率いて、漠北へ逃れることができたのだ。

しかし噂と異なり、雁門関の警備はとても厳しいようである。外敵に備えているというよりも、中からの逃亡を防ぐために、多数の兵が門の周辺と城壁の下を巡回している。それは城壁の上を巡回する兵士よりも数が多かった。

左賢王の劉淵は、己が配下の氏族に逃散を許したことで免官となっていたが、しばらくして復官し、新たに将軍職と官位を得た。対立し合う皇族のひとりが、匈奴の実力者を味方に引き入れようと計り、左賢王は皇族同士の内訌に自ら巻き込まれていくことで力をつけていこうというのだろう。だが、選ぶ皇族を間違えれば身の破滅だ。

劉淵はその皇族の本拠地へ招かれ、北部へ帰ってくることは稀《まれ》だという。だから警備もそれほど厳しくないのではとベイラは予想していたのだが、考えが甘かった。ふたたび大規模な逃散を許しては、官位の剝奪どころか、肝心の五部の支持まで失ってしまうのだ。自身が不在であろうと、城壁を修復させ、警備はいっそう厳しいものに改めていた。

追いついてくる配下の胡人らをまとめあげても、あの訓練された兵士たちと戦い長城を突破することは、犠牲を伴いすぎる。むしろ成功しない方にベイラ自身が賭けてもいい。そして、左賢王の兵士と戦うことは、賢い選択ではない。

ベイラは城門ではなく、城壁が東の山の中へと消えていく地点まで移動し、警備甘いところか、城壁の脆《もろ》いところを突いて漠北へと脱出しようとも考えた。だが、この先の地理については詳しくない。山地や高原には、布を鷲摑《わしづか》みにしたような襞《ひだ》を集めた谷が南北に走っている。そうした奥地には、人の住まない土地があるという。長城を越えずとも、谷に隠れ住む山胡《さんこ》となって鹿や羚羊《かもしか》を狩れば、この冬を生き延びることができるかもしれないとも考えた。

——一角は、嫌がるだろうけどな。

野営地へ戻って現状を話し、策を話し合っている間に、第二群が到着した。みな寒気の中を北進したために、疲労をため込んでいる。かれらを率いていたルェンが、青ざめた顔でベイラを隅に引き寄せた。

「おれたちの逃亡が属国都尉に漏れていた。別の進路で北上していた連中は奴隷狩りに遭って捕らえられた。拷問に屈しておれたちの進路や合流場所を吐いてしまったやつもいるかもしれない。すぐに移動しないと、追っ手に見つかってしまう」

ベイラは動揺を押し隠した。

「誰かが漏らしたのか、あるいは最初から見張られていたのか。どちらにしても、ここにいるのは危険だ。引き返そう」

野営をたたみ、荷造りを指図する。後続の部民へ進路の変更を伝えるために、足の速い家僕を選んで放った。

「一角」

羊と馬の世話をしていた一角が飛んでくる。

「長城を越えるの？」

ベイラは首を横に振った。

「逃散がばれて、何人か捕まった。とうとう軍事官の都尉までが、小遣い稼ぎに堂々と奴隷狩りをやり出したらしい。陽曲《ようきょく》まで引き返して、そこの知人にしばらく匿《かくま》ってもらうように頼んでくる。話をつけてくるまで、みんなを安全なところへ隠してくれないか」

「あとから来るひとたちは？」

「打ち合わせていた進路では、属国都尉の奴隷狩りが待ち伏せしている可能性がある。どこかに隠れて、そこで次の指示を待つようにと伝令を出した。避難先が確保できたら、迎えに行くと」

ベイラは親しい知人の牧場へと馬を飛ばした。その知人は、公職にある者たちが異民族を逃散に追い込んで捕らえ、奴隷として売買する時世を憂えていたので、ベイラと部民たちを匿うことに快く同意した。ベイラは知人の厚意に感謝し、一族と部民を連れて避難した。

属国都尉の兵に連れ去られた部民と、行方のわからなくなった者たちを合わせると、五十人に近かった。かれらが拉致されたという場所まで行ってみたが、家畜も荷車も持ち去られ、羊の毛玉ひとつ見つけられなかった。

守り、養う人数が減ったことに安堵《あんど》しなかったと言えば嘘になる。それでも何代も前から共に生きてきた部民たちが売られてゆき、あるいははぐれて飢え死にしてしまうことを思うと、自分の非力さが歯がゆく、悔しい。

いつまでも知人の世話にはなれない。ベイラの小胡部が逃散したことはすでに知れ渡っている。都尉の兵は、猟犬のようにどこまでもベイラたちのあとを追ってくるだろう。もう後戻りはできないのだ。部民を知人の牧場や山に潜ませ、ベイラ自身は使える者を連れて、確実に北へ逃れることのできる道を探った。

三日ぶりに知人の邸に戻ったベイラは、邸内の緊張した空気を感じ取る。

「捜索の手が、ここまで伸びたのか」

ベイラは率直に訊ねる。知人は強ばった顔でうなずいたものの、ベイラたちを匿っていることは隠し通したと断言した。

厩舎へ行くと、一角が帰還したベイラの馬を手入れしていた。

「おまえは目立つから、山に隠れていてもいいんだぞ」

「うん。でも、ベイラが帰ってくるのが見えたから」

ベイラは、自分の額から天へと放たれる光輝とやらが、いまも見えるのだろうかと思った。

「属国都尉の兵が、このあたりを調べに来ただろう？」

「うん。でも山には入ってこなかったよ。ベイラの友達の寧《ねい》さんはとてもいい人だから、絶対にベイラたちを売ったりしないし」

ベイラは眉を上げた。知人の疲れた笑顔を見て、そろそろ潮時だと感じていたのだ。

「どうしてわかる？」

「前に言わなかったっけ？　ぼくには良い人と悪い人がわかるんだ。人間って良いところも悪いところもあって、時と場合によって変わるから、簡単には判じられないけど、自分を信じている相手を裏切らない人間は、何があっても裏切らないんだ。そういう人は、わかる」

ベイラは、一角が手際よく縄束で愛馬の毛並みを整え、鬣を梳き、蹄を整えていくのを眺めた。

「だからなおさら、これ以上は寧殿を巻き込むわけにはいかない。寧殿には家族も眷属もいる。逃亡者を匿うのも、犯罪だからな」

「黙っていくの？」

「その方がいい。黙って潜り込んで、黙って逃げたことにすれば、迷惑もかかるまい」

「そうか」と、一角は寂しそうに微笑んだ。

ベイラと配下の部民たちは、ふたたび北へと進む。しかしこのたびは、長城を目指さなかった。

「どこへ行くの」

久しぶりにベイラと馬首を並べて進めることができて、一角は嬉しそうに訊ねる。

「太行山脈を抜けて、東回りで北へ行く。そっち側の都尉は、逃亡民に寛大らしい。異民族を奴隷狩りに売り飛ばすこともしないという。この道筋ならば捕まることがあっても、おれが自首すれば皆は奴隷に落とされずにすむかもしれない」

それでも用心に用心を重ねて、街道を避け、荷車も入れないような山道を進んだため か、一日に二十里も進まない。

羊は、匿ってくれた知人に礼として置いてきた。山を移動すれば、鹿や猪《いのしし》を狩って肉を手に入れることもできると考えたからだが、これだけの大人数が移動していれば、その騒がしさと気配を察知されずにすむはずがなく、野生の獣を見かけることはなかった。

道を外れて山に入るときに、荷車もわずかな家財とともに早々に捨てた。積んでいた食糧と野営の道具、老人と子どもは馬と人の背に乗せて進んだ。

一日ごとに北東へ進むだけではなく、標高も上がるために、寒さも厳しさを増してくる。病人まで出てくる始末だ。ベイラの母親も咳がひどく、熱を出した。嫌がるババルをジュチに預けて、母親を休ませる。

病人の数が馬に乗せられる数を超え、それ以上は進めなくなった。

老人や病人のために天幕を張っていると、ジュチが一角と言い争う声が聞こえた。

「何やってんだ。喧嘩しても腹が減るだけだぞ」

仲裁に入ったベイラに、ジュチが眦《まなじり》を上げて一角を指さした。

「燃やすものがないから、こいつの持ってる木簡を出してくれって言っても、嫌がるんだ。病人や子どもは凍えているってのに」

「ぼくの木簡じゃないもの」

ベイラは、一角が家からずっと背負ってきた籠の中に、ぎっしりと詰まった木簡に目をやった。

家に迎えられてから、毎日少しずつベイラに読み聞かせてきた木簡を、一角は持ち出した。食糧を持てるだけ持つようにと言ってあったはずなのに、なぜか書物を後生大事に運び続けた。あればあったで、悪天候や後続待ちで動けないときは、一角に読ませて無聊《ぶりょう》を慰めることもあったので、好きにさせていた。

ベイラはしゃがみ込んで、一巻一巻拾い上げ、巻名を一角に読み上げさせる。

「論語」

ベイラはその書巻を左に置いた。次の巻物を拾い上げる。

「春秋左氏伝」

右に置く。次に細いのを持ち上げて一角に見せる。

「孫子」

右だ。次は少し太い。

「老子道徳経」

少し迷ったが、左に置く。次はかなり太い。

「史記　抄本」

いったん左に置いたが、また右に置き直した。

そのようにして仕分けして、三分の一だけを籠に戻させ、あとは薪にするようにとジュチに渡した。

「残りを燃やされないように、枯れ枝でも拾いに行こう」

燃やされてはたまらないとばかりに、一角は籠を背負って薪拾いについてくる。

「中身はだいたい、頭に入ったとは思うんだが、捨てるとなると迷うものだな」

「燃やすなんて、愚の骨頂だ。あの一巻にひと月分の米を払う人だっているんだよ」

一角は頰を膨らませて文句を言う。家を出るとき、食糧と燃料、そして銭や食糧に換えることのできる貴重品を選んで持つように言ったのはベイラだ。一角は単に書物を惜しんだのではなく、財産として持ち出したのだ。

「残念ながら、このあたりにはその価値を知る人間はいない。それより、粥を炊く火を燃やさないと、飢えと寒さで死ぬ。書を抱えたまま凍死したら、本末転倒だ」

病人が回復するまで、動かないことを決めたものの、同じ場所に何日も野営を張れば、やがて食糧も尽きる。元気な者は、山を歩いて食べられそうなものや、薪になる乾いた枝を探して回った。

「鹿はおろか、ウサギもネズミも見かけないし、木の実も落ちてない。茸《きのこ》も見つからない」

獲物を求めて周囲の山を一日歩き回ったジュチが、嘆息とともに報告する。

「平地が不作なんだ。山の実りも似たようなものなのだろう。獣も食い物を求めて、移動するだろうさ」

ベイラはそう言って慰めたものの、そろそろ限界を感じていた。状態の悪い馬から殺して食糧にすることを考えたが、それは自分の足を切り落として食べることに等しかった。まだ余力があるうちに、評判の良い都尉のもとに自首することを考えていたところへ、一角が声をかけてきた。

「少し前から、ぼくたちのあとをついてくる一行がいた。ずっとようすを見ていたけど、邪気は感じない。このままだと通り過ぎてしまうから、ここへ連れてきて大丈夫かな」

「知っているやつか」

一角は困ったようすで、首を横に振った。羯族の小胡部にいたころに会った人間ではないという。もっとも一角は一日のほとんどを牧場で過ごし、家では人を警戒して、外部の客人の前には姿を見せなかった。

「悪いひとじゃないと思う」

ベイラは思うところあって、心を決めた。

「その人のところへ、連れて行ってくれ」

一角は軽やかな足取りで道なき森を走る。ときおり立ち止まって振り返り、ベイラが追いつくのを待っている。

休みなく山を駆け下りて、一角は街道から外れた山道へとベイラを導いた。そのときまさに、荷を負わせた数頭の驢馬《ろば》を引く、行商らしき一行が蛇行する山道を登ってきた。前後についた騎馬の護衛が武装しているのを見たベイラは身構えたが、先頭で手綱を操る人物を見て、思わず道へと飛び出した。

よろけるようにして前に進み出たむさ苦しい男に、馬上の護衛は槍を構え、先頭の人物は手綱を引き絞った。馬が驚いて前脚を上げ、蹄で地を掻く。

何日もろくに食べていないのに、一角の俊足について一刻半も山を駆け下りたベイラの足は、その持ち主の体重を支える役目をあっさりと投げ出してしまう。

馬の前で倒れ、手をついて立ち上がろうとしながら、ベイラは知己の名を呼んだ。

「郭季子《きし》殿」

声を聞き分けた郭敬は、「ベイラ！　ここにいたのか」と叫んで鞍から飛び降りた。

「寧殿の牧場を飛び出したと聞いて、ずっと捜していたのだ。まったく、恩を仇《あだ》で返すような真似をしたものだな」

叱咤する口調とは裏腹に、ベイラの手を取って立ち上がらせた郭敬は、その手の指の一本一本まで触れて、凍傷に罹《かか》っていないことを確かめる。

「我々を匿ったことが知られたら、寧殿もただではすまないと思い──」

終わりの見えない逃亡と、部民を背負う重責、厳しい寒さと空腹に、身も心も疲れ切っていたベイラは、二度と会うこともないと思っていた旧知の友に再会して、部民たちの前では平然を保ち続けてきた心の箍《たが》が外れてしまった。言葉は喉に詰まり、代わりに嗚咽《おえつ》が漏れる。

「もちろん、寧殿もわかっている。だから私に知らせてくれたのだ。東部を通って冀《き》州《しゅう》を目指すだろうと教えてくれたので、こうして追ってきたのだ。まったく、髪も髭もここまでぼうぼうになるまで山をさまよっていたのか。なぜすぐに、私を頼って来なかったか」

郭敬の家は裕福であるが、敬本人は部屋住みの身であり、彼自身は文筆による公証の代筆と、一族の商売を手伝うことで収入を得ていた。百人もの人間を匿えるような土地を持たない郭敬に、異民族の部民らを助けてくれとは、ベイラは言い出せなかったのだ。

「食べ物と衣類と炭、風邪や寒邪に効く薬も持ってきた。量が足りるかどうかはわからんが、私ひとりでは運べる量も限られているので、荷物にならぬ銭も用意した」

ベイラは涙をこぼして繰り返し礼を言った。郭敬も再会とベイラの無事を喜んで目尻を袖で拭う。

「ベイラは、こんなところで力尽きて倒れるような御仁ではござらんよ。大事を成す身だ。養生なされよ」

ベイラは繋がれた驢馬の群れを一角に先導させて、山の中へと戻っていった。ベイラが振り返るたびに、手を上げて見送る郭敬の姿が小さくなる。

第九章　隷属

　疲れ切っていた部民たちは、調達されてきた食糧に大喜びだ。久しぶりに温かい肉入りの粥で腹を満たしたかれらに、ベイラは休む暇を与えず移動を促した。

　郭敬がもたらしたのは食糧や必需品だけではなかった。幷州《へいしゅう》刺史《しし》の東嬴《とうえい》公が、大々的に胡人狩りを始めたので、冀州《き》へ逃げるようにと警告をしにきたのだ。

「東嬴公の配下で将軍を務める私の族兄が知らせてきた。同僚の建威将軍が、軍資金の調達のために、諸胡を捕らえて山東《さんとう》へ売りさばくことを公に献策したという。もはや逃亡民であろうと居住者であろうと見境がない。一刻も早く、幷州を出るのだ」

　都では皇族同士の抗争が激しくなっており、傍系の東嬴公もまた己の権力の伸張を図るため、兄の東海王《とうかいおう》と結託して、皇太弟の座を狙う成都王《せいとおう》と対立しているという。だが、東嬴公の治める幷州は飢饉のために軍資金集めが思うに任せない。そこで、州内に無尽蔵にいる異民族を奴隷として売り払ってしまおうということになった。

「穀物が刈れないのならば、人間を狩れということらしい」

窮民を救済すべき州の長官たる刺史が、服属してこの地に根をおろした移民を獣畜と同様に見做して、売り飛ばそうとしているのだ。

郭敬は義憤を隠さずに吐き捨てた。

幷州の土豪である郭一族は、数世代にわたって南下し定住してきた異民族とは軋轢《あつれき》を重ね、そのたびに和解を繰り返してきた。異民族と土着の漢民族との境界は曖昧で、姻戚で結ばれている家もあれば、友誼《ゆうぎ》によっても共生関係を築き上げてきた。

だが、毎年のように都や他の州から派遣されてくる役人や軍人、政策によって移住させられる庶民は、長城の内側で放牧する異民族を、いまでも北狄、東夷《とうい》と蔑みをあらわにし、諸胡と侮蔑して憚るところがない。

そして問題をややこしくしているのは、幷州一帯の匈奴五部を統括する左賢王の劉淵が、東嬴公の政敵である成都王の側についていたことだ。左賢王は、成都王の引き立てによって地位を築き、保ってきたのであるから、当然のことだろう。その左賢王は、現在は成都王の本拠地である鄴《ぎょう》へ赴いている。成都王を皇太弟候補の地位から引きずり下ろしたい東海王と東嬴公の兄弟は、左賢王不在の幷州でやりたい放題というわけであった。

郭敬の族兄は将軍職にありながら、幷州刺史の東嬴公よりも、土着の人脈を優先して交流のある異民族へ警告を発してくれたが、表立って味方になることはできないと詫びる。

情報を提供してくれただけで、感謝するに充分であった。

「冀州へ行けば、安全なのか」

先頭に立ち、重たい足取りで進むベイラに、ジュチがうんざりした口調で訊ねる。

「安全な場所など、この世にあるか。死地でない場所が見つかれば運がいいと思え」

思わず投げやりな言葉を返してしまい、すぐに後悔する。

「冀州は目的地ではない。長城を越えて、晋の軛を逃れることができればまず最良。だが、別の選択肢も浮かんできた」

「どんな？」

ジュチは目を輝かせて問いかける。

「いま、考えをまとめているところだ。今夜、戦える力のある連中を集めろ」

ベイラの言葉通り、夜になるとジュチは火の周りに腕の立つ男たちを集めた。

二十人まで数えたベイラは嘆息したが、失望の念は面には出さなかった。

「胡部を出たときは、長城の北へ逃れ、住める地があればそこに移り住むことが目的だったが、いまは政情が変わってきた」

　ベイラは、東嬴公が異民族への弾圧を激しくしていることが、左賢王を挙兵させる可能性になりえると説明した。

「左賢王の後ろ盾には、皇帝を補佐し、鄴城に強兵を擁する成都王がついている。ということは、左賢王と東嬴公が戦うとすれば、大義も利も我らが左賢王の側にあることになる」

「東嬴公が朝敵になるってことですか。そしたらおれたちは逃げ回らずにすみますな」

　年嵩の男が垢じみた顔を擦り、戸惑いつつも希望の笑みを浮かべた。

「冀州まで行けば、東嬴公もおれたちに手は出せない。落ち着けそうなところに隠れ住みながら、情勢を見定める」

　男たちはガヤガヤと意見を交わし始めた。自分たちを狩る者にも敵がいる。その敵には、そもそも自分たちを庇護するべき左賢王が仕えている。もとより自分たちは左賢王に味方すべきであるし、東嬴公を倒せば幷州の故郷へ戻れるのだ！　故郷が不毛の地であったから捨てたのだということは、すでに失念しているのだが、そこを指摘する者はいなかった。長く住んだ地への愛着は捨てられるものではない。移住して以来、祖先の骨も、その地に眠っているのだから。

未来への希望が、どこかましな土地へ移住する、という曖昧な夢から、自らの王を戴《いただ》いて故郷へ凱旋する、というより鮮明な像を結ぶことで、皆の目に光が戻ってきた。老人たちの足取りまで軽くなる。

山谷を越え、幷州と冀州との境を越えて、ようやくひと息ついたとき。

疲れ果てた流民たちは、その何倍もの数の武装した兵士らに取り囲まれた。

冀州でも奴隷狩りや異民族狩りが横行していたのかと、一行の誰もが膝から崩れそうになる。戦える者が数十人しかいないかれらは、何百という武装した兵士を前に、抵抗もできずに、たちまち捕らえられてしまった。

馬はもちろん、武器も食糧もすべて取り上げられ、ふたりでひとつの枷を嵌められて、女や子どもたちは別の部隊が連れ去った。母にしがみつき泣き叫んで暴れるババル、同じくらいの少年と組まされた一角は、たちまちベイラの視界から消えた。

ベイラ自身が、一族の男たちとは引き離され、兵士の槍の柄で小突かれ、打たれながら、売られてゆく奴隷たちの列に突き込まれた。混乱のなかで、ベイラは冀州の奴隷狩りに遭ったのではなく、まさにかれらを追っていた東嬴公が、幷州で掻《か》き集《あつ》めた異民族たちを売りさばくために、冀州から山東へと護送する兵隊らの通り道に、自らまろび出てしまったことを知った。

売られるために黙々と歩かされているうちに、ベイラはいつのまにか日数すら失ってしまう。ただ南へ下ったのか、あるいはすでに冬は終わったのか、あたりの視界はぼんやりと淡い緑に染まり、道ばたの野には小さな花が蕾を開き、風に揺れている。

だが、ベイラたちは春の息吹を楽しむ余裕もない。かれらを引率する将軍は、異民族を憎み、人として扱うつもりがなく、ゆえに配下の兵士らも虜囚たちに容赦がなかった。つまずけば蹴飛ばされ、転んだ相方を庇えばそれだけで殴られる。

弱って歩みのおぼつかない囚人に手を貸したベイラは、たちまち怒鳴られ兵士に殴られた。理不尽に怒ったベイラは怒鳴り返した。

「おれたちは売り物なんだろ！　もう少し丁寧に扱え。傷や病気で値が下がったら主に叱られるのはおまえたちだ！」

ベイラの叫びを、見回っていた将校が聞きつけ、ベイラの口答えに対して笞で打つように命じた。ベイラのように、難民の首長格にあった者への監視と罰は、特に厳しい。

異民族の中にあってもさらに目立つ容貌と、優れた体格のために、ベイラはすぐに兵士らに顔を覚えられた。

「二度と減らず口をたたけないようにしろ。見せしめにもなる」

二十回も他の囚人たちの前で笞打たれ、何十里も歩かされた上に、その夜の食事まで抜かれる。与えられたところで、吐き気で食べられなかったであろう。

「大勢集め過ぎちまって、飯代が嵩みすぎるんだ。狩っても狩っても数の減らない諸胡は、いくらでも補充できるんだから、使えないやつはさっさと捨てていくさ」

兵士たちは唾を飛ばしながら、ベイラと巻き添えを怖れて顔を背ける虜《とりこ》を嘲笑う。

「それはならん。ひとりでも欠けては、そなたが責任を問われるぞ」

厳しい声で兵士らを叱りつけたのは、将校の装備をつけた青年だ。ベイラは聞き覚えがあるような気がして顔を上げた。昼間に罰を与えた将校と同格の指揮官と思われる。将校は兵士たちを追い払い、ベイラの横に膝をついた。水と饅頭を差し出す。

「あなたは、郭――」

「久しぶりだな。君が調教してくれた馬は、今日も絶好調だ」

郭敬によく似た青年将校は、にこりと笑った。ベイラは饅頭を受け取り、会釈した。郭敬の従弟の郭陽《かくよう》は、幷州の軍官になったときに、ベイラの育てた馬を購入していた。その後も、馬術の指導を受けにベイラの牧場を幾度も訪れた。郭敬の一族は、平和であったときにはベイラの得意先であったのだ。

「敬兄から、君たちが捕まってしまったら、ひどい目に遭わないよう、目を配ってくれと言われていた。逃がしてやる権限がなくて、申し訳ない」

「いや、それは――」

捕獲した奴隷を逃がせば、郭陽が降格を免れられぬだけではない。軍に多く勤める郭敬の一族にも累が及ぶ。

「おれの一族は、無事ですか」

羯胡部の者たちは西方風の容貌が目立つために、自分のように虐待されていないかと、ずっと気にかかっていたのだ。

「君よりは無事だ。母君の無事も確かめてきた。歩くのが遅い子どもや女たちは荷車に乗せるよう指図しておいた。少なくとも、足を傷める心配はない」

母とババルは歩かされずにすんでいると知って、ベイラの心は少し軽くなった。

「一角という、頭巾を被《かぶ》った少年がいるんですが、誰とも毛色が違うために、兵士らに気味悪がられて、いたぶられてませんか」

「金瞳の少年なら、とてもおとなしくしている。君もできるだけ頭を低くして、山東まで体力を残しておくことだ」

罪もなく奴隷に落とされ、家畜のように売り買いされてゆく運命を受け入れることができず、ベイラはぐっと歯を食いしばった。

「ベイラ。捕えておいてこう言うのは矛盾しているのだが、ものは考えようだ。逃げ延びた農民が、新天地を見つけて幸せに暮らしたという話は、まず聞かないだろう？　人の住める土地にはすでに先住者がいて、流民を受け入れる余裕はどこにもなく、この飢饉はいつまで続くかわからない。ならば、余裕のあるものに雇われて生き延びるのも、ひとつの選択肢だ。奴隷といっても、衣食住は保証され、運が良ければいつかは解放され、自立の道もある」

さして年の変わらぬ郭陽に諭され、ベイラは拳を握り締める。

生きて再起――といっても、一度も起《た》ち上がったことはないが――のためには、いまは屈辱に耐えるしかない。

「異民族嫌いの将校に目をつけられたのはまずかったが、とにかく、気をつけろ」

幷州の兵士らには、連行されていく虜囚とはかつての隣人であったり、知人であったりする者もいた。囚人をいたぶることを娯楽にして、異民族を人間と見做さず虐待する兵士もいれば、上司の目を盗み、旧知の誰かに食事や薬を差し入れにくる兵士もいた。

郭陽はそうしたものたちを見逃し、もうひとりの将校が苦情を言ってくれれば「売り物を粗雑に扱うものではない」と窘《たしな》めているという。

飢饉がなければ、刺史が強欲な皇族でなければ、互いに助け合ってきた隣人たちの間に貧富を超えた階層の亀裂は生まれず、このような罪悪感とわだかまり、必要のない恨みも生じなかったであろうに。

ベイラが痛めつけられたと聞けば、郭陽は必ず来て薬や食べ物を分けてくれた。ベイラは郭陽の人柄を信じて、一角を買ってくれないかと頼み込んだ。

「一角は馬のすべてを知っている。あいつの言うことを聞かない馬はいない。優れた馬卒になるから、絶対に損はしない。少し頭が、というか体もふつうではないのだが、つまり、見た目は少年だが、背の伸びない病なんだ。実は年齢はおれたちとあまり変わらない」

郭陽は驚いたようだが、目を少し開いただけで、何も言わなかった。

「優秀な馬卒なら、喉から手が出るほど欲しいが――いくらの値がつくか、による。競り上がって私の手の届かぬ値がついてしまったら、どうしようもない。が、考えてはおく」

『ふつう』の人間たちの間では、またどのような扱いを受けるかわからない。それに、あれ以上は年を取らないのだとあらかじめ知っていて、それでいて一角を受け入れてくれる人間に託したかった。

次の日も、その次の日も、何日も東へと歩き続けた。山を越え、川を渡る。このまま行けば、言葉でしか知らない海へと出るのかもしれない、とベイラは思った。しかし、ベイラは海も黄河の下流も見ることなく、山東のどこかで売り飛ばされてしまった。

冬が始まる前に胡部を共に出てきた眷属は、いまはベイラの横にはひとりもいなかった。

荘平《しへい》の農場に売られていったベイラの新しい生活は、故郷のそれとさほど変わりはなかった。ただ、その農場はベイラのものではなく、仕事は家族のためではなく自分ひとりの命を繋ぐための労働に過ぎない。そしてこのあたりの土は、かれがかつて耕していた土地よりも地味があり、雨もよく降ることから植物の生育は早く、実りは多い。

北へ逃げることばかり考えていたが、生きるに易《やす》い場所は、東にもあったのだと、晋国の広さを改めて知る。

農場の主人はベイラの働きぶりで収穫が上がったことに満足し、待遇も悪くなかった。また家畜の扱いに長けていて、馬の世話と目利きに優れたところも評価され、近隣の牧場へ馬を仕入れに遣わされることもあった。

農場と境を接する牧場主は漢人で名を汲桑《きゆうそう》といい、馬好き同士、すっかり意気投合する。たびたびベイラを呼びつけては、馬の病を診させ、仔馬の出産に立ち会わせ、若駒の調教に付き合わせた。茶を勧め、ベイラの身の上を聴きたがり、幷州と冀州のようすについて、ベイラが目にしてきたことを知りたがった。

「ベイラは騎射は得意か」

あるとき、汲桑がけしかけるような口調で訊ねた。

胡人といえば遊牧の民、遊牧民といえば、匈奴鮮卑その他を問わずみな弓馬の達人だ。ベイラは愚問であるとでもいうように、胸を張って答えた。

「馬上から息を吐くように弓を射ることができねば、一人前の羯人とはいえない」

「見せてくれ」

汲桑は予め用意していたのだろう、牧童に弓矢を一式持ってこさせた。

「一年以上弓に触ってない。勘を取り戻すのに、少し練習する必要はあるが」

大口を叩いたものの、馬も違えば弓も異なる、はたして疾走する馬の上から、うまく標的に当てられるだろうかと不安になったベイラは、先に言い訳をしておいた。渡された弓矢を地上で試し、五十歩離れた的を貫くのに三矢を費やしてから、用意された馬を走らせる。馬との呼吸が相定まったころに弓を引き始め、五本目の矢が五十歩先の的を当てた。九本目では百歩先の的にも届いた。馬場を走り抜けながら、立て続けに射た五本の矢がすべて的に刺さり、汲桑と見物していた牧童は歓声を上げた。

「胡人は走る馬の背から、真後ろの標的にも命中させられるというのは、本当か」

汲桑がさらに煽ってくるので、ベイラは苦笑を返した。久しぶりの騎射に夢中になってしまったが、差し出された水を飲み、一呼吸入れると、長く使わずにいた肩や腿の筋肉が悲鳴をあげていた。

「後背騎射は、走らせながら馬上で腰を捻るのが難しい。一年もやらなかったから、背も腰も固くなってしまった。時間をくれれば、またできるようになるだろう」

汲桑はベイラに牧場を手伝わせるだけではなく、牧童らと弓術を競わせた。農場の主は、どちらの奴隷だかわからない、と文句を言ったが、汲桑はベイラを奴隷ではなく、馬好きの友人として扱っている、だから、どちらの奴隷であるのかは、はっきりしていると笑い飛ばした。

汲桑は剛毅な人柄で、腕っ節の強い男たちを多く抱えていたし、気の荒い傭兵に馬を供給していたことから、一帯ではかれに逆らう人間はいない。牧場で働く牧人たちには北方の異民族出身の者も多く、漢人らに差別される心配もなかった。

汲桑はベイラを相手に、昨今の政情について語り合うことを喜んだ。

ベイラが胡部を捨てて山野をさまよい、囚われて東へ流され、売り飛ばされて奴隷として働いている間に、政情はすっかり変わっていた。

皇太子が殺害されてから三年の間に、皇后、皇帝の叔祖父、従兄弟、そしてふたりの異母弟が殺された。誰に大義があったか、非があったかというのは論じるだけ時間の無駄で、ただただ、権力を奪い合っての騙し合いと殺し合いであったという。

特に長沙王《ちょうさおう》と成都王の、皇帝の異母弟同士の争いは熾烈《しれつ》を極めた。皇帝を擁して洛陽に籠城した長沙王は、戦では勝ち続けたものの兵糧が尽き、都の水源を断たれて窮《きゅう》鼠《そ》となった。

「成都王と河間王《かかんおう》の連合軍三十万による洛陽攻めは、激戦に次ぐ激戦だったそうだ。長沙王の軍はもともと他の王よりも規模が小さかったから、洛陽の城内では官員から十三歳以上の男子、はては奴《ぬ》僕《ぼく》まで徴兵されたらしい」

汲桑はまるでその目で見てきたかのように、身振り手振りで話して聞かせる。

城内に残っていた傍系の東海王は、隙を見て長沙王を捕らえ、成都王に引き渡した。成都王は、皇帝の勅《ちょく》によって戦った長沙王を、火《ひ》炙《あぶ》りにしたという。

「ちょっと待ってくれ」

ベイラは思わず汲桑の話を遮った。頭が混乱してしまい、理解ができない。誰と誰が兄弟で、誰が叔父で甥なのか、そして従兄弟なのかも、すでに乱麻のようにわけがわからないのに、祖父の兄弟の子孫までが皇位を争って同族の血を流しているというのか。

「おれも、こんがらがってる。殺された数と順番を間違えているかもしれんから、気にするな。このお家騒動で兵士や庶民も十万は死んでる。死んだ連中のことより、いま生きているやつらの動きが重要なんだ。実際に何が起きてどうなったのかは、この騒動が終わってから、誰かが整理した系譜や紀伝でも手に入れなければ、さっぱりわからんというのが正直なところだ」

自分たちが新天地を求めてさまよっている間に、国を揺るがす内乱が起きていたとは。仕官の機会があったかもしれないというのに、つくづく運に恵まれないものだ。

「今上帝のろくでもない兄弟のなかでは、長沙王はわりとまともで人望もあって、民衆にも人気があったんだがなぁ」

汲桑は腕を組み、残念そうに嘆息する。

「それで、成都王は、半分とはいえ血のつながった兄弟を火炙りの刑にしたのか」

ベイラは自分の背中に火をつけられたかのように、ぶるぶると体を震わせた。

あの殷賑《いんしん》を極めて栄えていた洛陽の都が、皇族の骨肉相食《あいは》む戦場となり、万に達する庶人が巻き込まれ犠牲となったことが信じ難かった。ベイラは、上京するたびに世話になった人々の消息を案じ、一角を思い出す。一角のいた雑技一座が、先帝の崩御した十年も前に都を去っていたことは幸運であった。

「成都王といえば――」

匈奴の左賢王が頼みにしている皇族ではなかったか。話の中に左賢王の名はでてこなかったが、成都王の横で戦ったに違いない。実の兄弟を焼き殺す人間を盟主として仰ぐのは、いささか気が退《ひ》けるが、とりあえず左賢王が勝ち組《くみ》に与していたことを賀するべきであろう。

「ああ、いまは天下は成都王のものだ。丞相に任命されて、皇太弟の座が固められた」

「じゃあ、次の皇帝は成都王か」

匈奴系の移民たちへの政策も、いまより有利に運ばれることが期待できる。

「それがそうでもない。それこそ雨後の野茸《のだけ》のように、あとからあとから野心のある皇族が湧いてくる」

ベイラの脳裏に、いまいましい名が思い浮かぶ。

「東嬴《とうえい》公！」

見境なく異民族を捕まえて売り飛ばし、軍資金としたのは、成都王と一戦を交えるためだったのかと、ベイラは歯ぎしりしそうになる。

「と、兄貴の東海王だ。次は洛陽か、鄴《ぎょう》か。どちらにしてもまた戦争が起きるぞ」

「汲《きゅう》さんは、どっちにつくつもりだ？」

東嬴公につく気なら、恩のある相手とはいえ、ともには戦えない。

「さあ、おれはもう少し待つさ。挙兵ってのは、やり直しの利かない一発勝負の大博打《ばくち》だ。誰が生き残るか充分に見極めないと、いままでの苦労が水の泡だからな」

「おれは東嬴公の金儲けのために奴隷に落とされ、家族をバラバラにされた。東嬴公と戦うのなら、汲さんに与するのに異存はない」

ベイラはここで旗幟《きし》を鮮明にしておいた。

農場主は一年も経たずして、ベイラを奴隷の身から解放した。ベイラの風貌や行動がただものではないので、奴隷の身にしておけない、などと農場主は言っていたが、実は私兵として腕の立つ男を集めている汲桑の圧力に負けたからではないかと、ベイラは考えていた。

汲桑は富裕の土豪だ。所有している牧場や農場、邸や家屋はひとつやふたつではない。小作人や牧夫の数は、ベイラのいた胡部の大帥と同等か、あるいはそれ以上であろう。そして地縁や血縁を超えた文武の達人や知者を多く食客に抱えている。

解放されたその足で汲桑の牧場へ行けば、武安《ぶあん》なる場所で仕事があると言われた。馬も必需品も、汲桑の方で用意するという。それは、汲桑の『客』となって、かれの手足となって働くということだ。奴隷よりは自由ではあるが、汲桑の地盤に依存して生活していくことに変わりは無い。

実質的に無一文であるし、奴隷の身分から解放されたのは汲桑のお蔭であろう。しかし、ベイラは母親と従子のババル、そしてちりぢりになった一族の安否が気にかかっていた。まずは売られていった眷属を捜し出したいと正直に話したところ、時間の無駄だと反対される。

「この国がどれだけ広いのか知らんのか。邑《むら》ひとつぶんなら、百人や二百人どころではないだろう。それがバラバラに売られていったんだ。一生かけても、一握りぶんだって見つけられないかもしれないぞ」

　ベイラは返す言葉もない。

「それに、見つけたとして買い戻す銭はあるのか。押し入って奪い戻すのか。それも悪い手ではないが、もっといい方法がある」

「例えば？」

　ベイラは身を乗り出して訊いた。

「おまえが有名になるんだ。銭と力を蓄え、ベイラの名を知らぬ者がいなくなれば、一族の方からおまえを見つけて戻ってくる。羯族を所有しているやつらは、こぞって解放して、送り返してくるだろう。幸い、いま世は乱れている。名を上げるにはいい機会だ」

　そこで、汲桑はかれの野望を打ち明けた。

「先帝が中原を統一して、おれたちみたいな土豪がのし上がる望みは薄くなっちまったが、まだ乱世は終わってなかった。しかし、次の波は来ているとはいえ、皇族や将軍は百人以下の傭兵には目もくれん。だが、こちらとしては平時に何百人も養えるものじゃない」

　しかも、私兵の数が多くなれば、刺史や都尉に目をつけられる。

農場と牧場で働く小作人や牧夫は、兵隊としての訓練をさせているが、指揮を執る将は別に育てるか、すでに手腕を備えた者を雇う。

「おまえさんは見込みがある。傭兵を一部隊、任せたい」

傭兵として各地を回り、情報を収集し、人材を発掘し、実戦で現場における判断力を養う。それ自体は、悪い道のりではない。

ベイラは汲桑の出した条件を呑《の》んだ。

馬首を西へ向けて、ベイラはこの怒濤《どとう》のような二年を振り返った。汲桑の地盤を踏み台として、どこまで行けるのだろう。一族がかれを見いだせるよう、世に名を上げることができるのだろうか。

仕官できたくらいでは、名を上げるどころかはじめから埋もれてしまう。

では、将軍か。

将軍といっても、分隊指揮の雑魚から国侯までさまざまだ。

世が乱れているときに、奴隷にまで落とされた身が、どこまでのし上がれるか。

まずは、ベイラたちを離散させ、奴隷の苦汁を舐めさせた東嬴公には、たっぷりとツケを払ってもらわなくてはなるまい。そこまでいけば、囚われている部民たちの耳に、ベイラの名は伝わるはずである。

ベイラは目的地のさらに西の彼方にある故郷を思った。

故郷の農場を耕していたときは、父祖の支配していたという高原の、見たこともない広大無辺の草原を恋しく思い、焦がれていた。だがいまは、ひたすら生きることに必死だった、土も風も乾いていた故郷が、なによりも懐かしい。

一角はどうしているだろうか。郭陽からは、一角を競り落としたという知らせは届いていた。あの一族の世話になっていれば、心配することもない。

そういえばと、ベイラは一角が「霊名を呼べばどこにいても駆けつける」と言っていたことを思い出した。まさか并州からここまで駆けてはこられまいと、ひとり笑いが込み上げる。

「炎駒」

ベイラは一角の霊名を口に出した。それは、必ず迎えに行くという、誓いの呼びかけであった。

だが、それから二刻もしないうちに、ベイラは前方に横たわる西の地平に、こちらへと疾走してくる赤い輝きを目にした。それは三丈から五丈を超える土煙を巻き起こしながら進み、ひとびとは驚き怖れて道から下りて身を伏せ、竜巻のごとき何かから身を守っている。

「直進する竜巻というのも、珍しいな」

土煙をまとった赤い輝きは近づくにつれて薄れてゆき、竜巻はただの土埃へと小さくなっていく。だが、土埃の勢いはとどまることなく、いよいよ加速してこちらへ突っ込んでくる。

ベイラは急いで馬を道の端に寄せた。

人の背丈ほどにまで縮んだ土埃は、ベイラの前でぴたりと止まった。

埃がおさまって竜巻の正体を目にしたベイラは、唖然と口を開いた。

「呼んだ？」

一年前と寸分も変わらぬ笑顔で、一角が訊ねた。

「つまり、一角、おまえは、人間ではない、何かなのだな？」

鞍の前に座らせた一角に、ベイラは半ば放心しつつ念を押した。郭陽の任地を知らないので、一角がどこから走ってきたのかは謎であるが、幷州から冀州を駆け抜けて、山東まで二刻で走り着くことは、どう考えても人間には不可能である。

「前にもそういう話はしたじゃないか」

一角は屈託なく言い返す。

「さっき実感した」

呆然と受け答えするうちに、ベイラはだんだんと気分が落ち着いてきた。そして現実に戻りハッとする。

「郭陽殿には、暇《いとま》を告げたのか」

「そんなひまは、なかったよ。名を呼ばれたら、体が勝手に動いちゃうから。昼間だと、ひとに見られてしまって、あとで噂になるかもしれないから、次に呼ぶときは夜にしてくれるといいと思ったよ。みんなすごい顔で見るんだ。恥ずかしかった」

あの速さで走っていて、道行く人間の顔が見えるのかと、どうでもいいことに感心する。

「郭殿は一角を競り落とすのにどれだけ払ったのだろう。一年馬卒を務めたくらいでは元は取れないだろうから、借りができたな。郭陽殿は、よくしてくれたか」

「うん。いっぱい馬がいて、楽しかった」

ベイラはどう切り出したものかと思ったが、いつまでも隠しておけないと考え、これからのことを話す。

「実はな、呼んだわけじゃないんだ。なんとなく、元気でいるかと思って、つい口にしてみただけというか。本当に飛んでくるとは、思っていなかった。言っておくが、これからおれがやろうとしていることは、おまえには嫌な思いをさせるかもしれない。だから、郭殿のもとへ戻るなら、いまのうちだぞ」

「狩りにいくの？」

無邪気な問いに、ベイラはすうと息を吸い込んで、はっと吐いてから応える。

「狩猟もするだろう。盗みもするかもしれないし、人も殺すだろう。いつか一角を鎖に繋いで連れ回した、野盗と変わらぬ所業もすることになる」

一角は肩越しに振り向き、ベイラの顔を見上げた。

「そうしなくちゃ生きていけないのなら、仕方がないね。それに、いまから郭さんのところに戻ろうと思ったら、何日も歩かないといけない。郭さんはぼくの霊名を知らないからね。でもさ、なんでずっと呼んでくれなかったの？　ひどいじゃないか」

「呼んでも何もしてやれないからだ。奴隷は何ひとつ所有することを許されない。誰かがおまえを欲しいと言って、主人がじゃあいくらで売る、という話になっても、おれにはどうしてやりようもない。それより郭殿に仕えているほうが、ずっと安心だ」

「いまは？　素敵な馬と服と武器を持っているね。奴隷でも兵士になれるの？」

「解放されたからな。それで傭兵の仕事を得た」

「あ、だから殺すかも、って」

一角は眉を曇らせる。だがすぐに、引きつった笑いを浮かべた。

「血が流れるようなときは、できるだけ離れているよ」

傭兵稼業に飛び込もうとしている自分が、血を見ると卒倒してしまう一角をそばに置くことに、有益な面があるのだろうかと、ベイラは考えた。

この人間の形をした妙な生き物は、少年のころからの知り合いで、自分の家に引き取ってからは族子同然に世話をしてきた。流亡の辛苦をともに耐え、こうしてふたたび再会した。一角はもはやルエンやジュチと同じように、取り戻すべき部族の一員であり、庇護を求められれば応じなくてはならない眷属であった。

眉間をとんとんと指の背で叩いてから、ベイラは気の抜けた声で応じた。

「そうか。では、足手まといにはなるなよ」

「わかった」

一角は十二、三の無邪気な子どものように、嬉しげに尻を弾ませ、足をぶらぶらとさせた。とても、中身はベイラよりも年を重ねた何かだとは思えない。

「なあ、一角。おれの額からは、まだあの光輝が見えているか」

一角は振り返って微笑む。

「もちろんだ。だからこんなに早く見つけ出せた。別れたときよりも、ずっと濃くて太くて、眩《まぶ》しい光輝が天まで届いているよ」

「そうか」

ベイラも嬉しくなり、久しぶりに腹から笑うことができた。

武安へ行く途中で、一角は自分の馬を調達した。買ったのでもなく、盗んだのでもない。

一角が口笛を吹くと、どこからともなく優美な牝馬《ひんば》が現れたのだ。どこを見ても、所有者がいることを示すような印はない。ベイラは汲桑から譲られた馬が去勢馬で良かったと胸を撫で下ろした。このような美しい牝馬が寄ってきたら、並の牡馬《ぼば》では驚喜して騎手を振り落とし、追いかけ回していたことだろう。

一角は牝馬に鞍も置かず、ハミも手綱もつけずにその背に乗り、楽しそうにベイラと馬首を並べた。

「本当に、持ち主はいないんだな」

「正真正銘の野生馬だよ。けっこうその辺にいるものだよ。鹿だって山羊だって、その辺にいるだろう？」

そう言われれば、それ以上追及もできない。

武安に着いたベイラは、汲桑に言われていた土豪の邸へと足を向けた。汲桑から預かった牌符《はいふ》を見せて、邸の主と対面する。

邸の主は名乗らず、自分を『亭主』と呼ぶように言った。そしてベイラを一軒の家に案内させる。そこにはベイラと同じような風体の、殺伐とした顔つきの男たちが五人、たむろしていた。ひとりが鼻で笑いながら、新入りを迎えた。

「お子さま連れか？　やる気があるのか」

「見かけで判断するな。馬を扱わせれば一流だ」

ベイラの牽制《けんせい》を、誰も真剣には受け取らない。別の者が揶揄《やゆ》を飛ばす。

「見張りや荷物番も一流か」

「新入りの稚児をこき使う気か。厚かましいやつだな」

他の男が茶々を入れた。立ち上がって、ベイラに拳を突き出す。

「おれは桃豹《とうひょう》だ。字《あざな》は安歩《あんほ》」

「ベイラ」

ベイラは自分の拳を上げて桃豹の拳を軽く突き返し、名乗った。珍しい姓名と、陰影のある桃豹の目鼻立ちに、ベイラは親近感を覚える。

「桃が姓なのか」

桃豹は胸を張って答える。

「珍しいだろう。これでも春秋の時代から続く、燕国の高士《こうし》を祖とする由緒正しい家系だ。数は少ないがな」

桃豹の漢族らしからぬ顔立ちと、初めて耳にした姓から、漢族ではない民族の出かと思ったベイラだが、そうではなかったらしい。

燕国といえば、春秋戦国の時代には、漢族の建てた最北かつ東端の国であった。晋の時代には、燕国の領域には幽州が設置され、薊《けい》（現在の北京）を州都としていた。燕または幽州は、長城よりもさらに北へ広がる版図を有し、東は高句麗と境を接し、渤海を南に望み、北と西では現在に至るまで東胡や匈奴、そして鮮卑の圧迫を絶えず受けてきた北辺の地である。

桃豹の体に、いくばくかの胡人の血が流れていたとしても、不思議ではない。

残りの四人も立ち上がって、名を名乗る。

「クイアーン。天竺生まれだ」

聞き取りづらい、どこの訛りともつかない漢語で自己紹介したのは、体つきは細いが敏捷そうな青年だ。目は大きく鼻は高く、濃い色の肌と太い眉を持ち、白い歯を見せてベイラに笑いかける。ベイラと同じで、クイアーンは姓も字も持たない。

次に進み出たのは、文士風の見た目に反して、遊牧民の好む幅広の長剣を佩いた、白皙の青年であった。名を胡王陽《こおうよう》という。特に出自の明確ではない胡人や、胡人を祖に持つ者が姓を選ぶときに『胡』を用いる。

あとのふたりは呉予《ごよ》と劉膺《りゅうよう》と名乗った。

「これで全員か」

ベイラの問いに桃豹が応える。

「出払っているのや、普段は野良仕事に精をだしているのを入れれば、この邑には三十人はいる。あんたと同じ、羯人もいるぞ。おいおい紹介するさ」

羯人と聞いて、冀州で囚われ河北や河南へ売られていった自分の族弟や眷属ではないかと、ベイラは胸を躍らせた。数日後に対面が叶ったときは、彫りの深い顔立ちが似ているだけの西胡人であったことが判明したが、失望を顔に出すことは控えた。

匈奴が中原に移り住んでもう何世代も経っていた。匈奴や羯のみならず、華北じゅうに鮮卑、羌《きょう》、氐《てい》などの異民族が流れ込んでいるのだ。まして、ここ数年の飢饉で胡部の逃散が相次いでいる。数が少なくまとまって住んでいた羯族ですら、離散の末、ベイラのように幷州の武郷から山東まで流されていた。

もともと馬術と弓術に優れ、戦闘的な気質のかれらは、流浪し貧窮してさえも、武器さえあれば傭兵として身を立てて生きてきた。

魏・呉・蜀の三国を統一して建てられた晋の国ではあったが、二代目にしてすでに中央の政情が不安定になってきたために、末端の役人は真面目に仕事をしなくなっていた。

皇族が自ら奴隷狩りで軍資金を稼いでいるのだ。各州の刺史や、郡の太守は規定以上の税を取り立て、州兵などの軍隊は、盗賊と変わりないまでに規律が乱れていた。徴税人の取り立ては苛酷を極め、賄賂を要求し、若い女を見れば乱暴することが常態化していた。

役人の不正を取り締まる者も、軍兵の横暴を引き締める者もいないのだから、庶民は自衛するしかない。

傭兵稼業を営む者たちには、都合のいい時代であった。

仕事は村邑の用心棒だけではない。郡や州をまたがって交易する商人もまた、集まって隊商を組み、傭兵を雇わなければ官と賊の両方の餌食にされてしまう時世になっていた。なにしろ、その傭兵団の縄張りを無断で通行すれば、傭兵は盗賊に職を変えて襲ってくる。

ベイラは亭主から指示を受けるたびに、邯鄲《かんたん》や臨水《りんすい》にまで足を伸ばして隊商を護衛、あるいは襲撃した。

襲撃する相手が、逃亡兵が徒党を組んだ盗賊団であれば、良心の呵責《かしやく》なく腕を磨き、戦利品や備蓄を奪うことができる。また自分を奴隷に落とした東嬴公配下の集落には積極的に略奪を働き、幷州の軍兵を減らすことを心がける。東嬴公の軍が東進すると聞けば、東へ舞い戻って各地の牧場から馬や奴隷を盗み、汲桑の息のかかった牧場に隠した。

牧場や農場を襲うときは、武装していない者を手にかけることを配下に禁じた。幷州から売られてきた奴隷がいると聞けば、それが生き別れの部民でなくても解放し、ときに隣州までも足を伸ばして、失われた家族と部民の消息を求めた。

一年の間に、傭兵として、あるいは盗賊として活動する面子《メンツ》は、何人か入れ替わるうちに定まってきた。最初に出会った日から息の合った桃豹、天竺人のクイアーンと文士風の胡王陽、のちに合流してきた栗色の髪と羯族に似た風貌を持つ大柄な西胡人シージュンは、かれらより一回り若く、騎射の腕はベイラよりも上であった。さらに漢人と雑胡が一人ずつ加わって、常にベイラとその八騎が中心になって河北を荒らし回る。

ならず者たちの寄せ集めではあったが、八騎は自然とベイラを頭目として仰ぐようになっていった。

汲桑がはじめからそう根回ししていたのかもしれないが、それだけで荒くれどもを従えさせられるものではない。ベイラは十代のころから小帥として小胡部内の調停や、胡部間での諸胡のおとなたちとつきあいを積み重ねていた。

ベイラは幼い頃、人相見には非凡な容貌とされ、少年期には物事に動じない胆力を発揮して胡部内での人望を集めていた。気が短く粗暴であったために、胡部内に人望のなかった父親を反面教師として、動揺したときも容易に感情を面に出さないよう、心がけていたせいもあるだろう。

部民たちを率いて流亡していたときも、常に落ち着き悠然とした態度を崩さず、配下の者たちを不安にさせることを避けていた。ベイラが双肩に背負い続けてきた荷を下ろして涙を流し、将来への不安を誰かに訴えたのは、郭敬が支援物資を持って駆けつけてきたときだけだ。

まして目的を同じくし、能力もほぼ等しい男たちを率いる仕事だ。ベイラにとってなんの苦労があるだろうか。

そして、ベイラが率いる傭兵に胡人率が高いのは、騎兵のみで構成された傭兵部隊に、騎射を得意とする遊牧民とその子孫が必然的に多かったという、単純な理由からであった。

州都や郡市の公庫に詰め込まれた絹を奪い、東嬴公や東海王に与する官庁や豪商が、貴重な玉石や金銀を貯め込んでいると聞けば、急襲して奪って逃げ、汲桑のところへ持ち帰る。

ベイラや各地に送り込んだ傭兵たちから集めた財貨で、汲桑は五百の良馬を用意し、数百の牧夫を騎兵に、農夫を歩兵に鍛え上げていた。稼働中の傭兵たちを召集すれば、千に近い私兵の軍を動かせる。

汲桑が予言したように、半年も経たぬうちに、ベイラの名を聞いた并州からの流民が、ベイラを頼ってきた。姻戚にあたる張越《ちょうえつ》、近隣の胡部の出身である趙鹿《ちょうろく》は、再会するなり馬を与えられ、ベイラの配下となった。

いくら山東や兗州《えんしゅう》を荒らし回っても、母親と従弟らを見つけ出せないまま、日数が過ぎてゆく。ちまちまと傭兵と盗賊稼業を続けることに倦《う》んできたベイラは、汲桑をせっついた。

「いつになったら、鄴に行って、成都王の傘下に入るんだ」

成都王と東海王の対立はますます深まっている。地方ではそれぞれの王に味方する太守が矛を交えて争っていた。このまま傍観していては、挙兵の好機を失ってしまう。しかし汲桑は、にやりと笑ってベイラをなだめる。

「成都王が勝ちに乗っているときに、応援に駆けつけても洟《はな》もひっかけられない。劣勢だが負けもしない情勢のところへ、一旗掲げて乗り込むのが好機ってものだ」

ベイラの本命は成都王ではない。成都王によって輔国《ほこく》将軍に任じられた左賢王だ。

しかし、汲桑には奴隷から解放してもらった恩もまだ返せていないこと、自分自身の配下は十数人しかいないことを考え、いまは雌伏すべきと逸《はや》る心を抑えた。

第十章　挙兵

年の初頭には、朝廷の実権を手にした成都王だが、夏には東嬴公《とうえい》と結託した東海王が決起し、内乱は繰り返された。それでも起ち上がらない汲桑《きゅうそう》に、ベイラは本当に挙兵する気があるのか、疑念を持ち始めた。しかし、ベイラが密かに注視している左賢王の動向が見えてこないので、静観を続ける汲桑に異を唱えることはしなかった。

皇帝軍は旗色悪く敗戦に追い込まれたが、恵帝《けいてい》は成都王に保護され洛陽から鄴《ぎょう》へと逃れた。

鄴は汲桑の本拠からそれほど遠くない。旗色が悪いときに帰順して恩を売る好機と思われたが、事態はすぐに変化する。

いったんは矛を収めたかに見えた東海王であったが、弟の東嬴公を通じて朝臣を抱き込み、幽州《ゆうしゅう》の都督、寧朔《ねいさく》将軍王浚《おうしゅん》を味方につけて再び挙兵した。

このとき、左賢王劉淵は本拠地の并《へい》州東部に戻り、匈奴五部は内戦には干渉しない姿勢を見せた。その一方で洛陽周辺の胡族に召集をかけているという。この召集に応えたいベイラではあったが、山東漢人の汲桑を匈奴に帰順させることは難しく、その配下を引き抜いて駆けつけるわけにもいかない。

汲桑に恩義こそあれ、胸の内では匈奴の動きに心を添わせているベイラは、この局面にも汲桑が動かないので、内心でじりじりとした。

東嬴公は寧朔将軍だけではなく、北方の烏桓《うがん》単于や段部《だんぶ》鮮卑からも兵を借り、一気に鄴を攻めた。匈奴の左賢王は動かず、成都王は皇帝を擁して洛陽へと逃れ、そこで失脚した。

王浚とともに洛陽を略奪、住民を虐殺した鮮卑の兵は、半年あまりのちに、鄴でも士人と庶民の別なく殺し、婦女を拉致し、住民の財産を略奪した。王浚はこの暴虐を容認し、やめさせようとしたものを斬り殺すように命じたという。

何千という無辜《むこ》の民の死骸が、鄴城の内外に積み上げられ、易水《えきすい》に投げ捨てられたという。

この王浚は、晋の将軍でありながら、やがては晋朝に成り代わって自ら皇帝たらんとする野心を育て、ベイラの行く手に立ちはだかる宿敵となる。しかし、いまはまだ東嬴公と東海王の存在が大きく、ベイラの認識としては、強欲な皇族に阿《おもね》る無数の将軍のひとりに過ぎなかった。

朝廷と帝室の天秤《てんびん》は、片方へ傾いては、反対側へと、絶えず上下が入れ替わる。次に生き残り、局面を左右するのは誰なのか、見極めるのは至難の業だ。

「成都王は失脚したが、まだ殺されていない。先帝の皇子は二十人からいるんだ。もう少し間引かれてから判断しても遅くない」

汲桑はそう言って、焦ることはないとベイラをなだめた。

しかし、左賢王は成都王を見放したらしく、北上する黄河の上流にある匈奴の根拠地に戻り、単于に即位した。称号を上大単于《じょうだいぜんう》と宣言する。

「これが焦らずにいられるか！」

帰宅したベイラは馬の鞭《むち》を床にたたきつけて怒鳴った。驚いた一角が、軽い足音を立てて出迎える。

「どうしたの」

「どうもこうも！　并州の偵察からは連絡はないか」

「上大単于の動き？　最新のなら、お昼に届いている」

一角は目を輝かせて、既読の文箱《ふばこ》から書簡をつまみ上げた。

馬番か見張りにしか使えないと、当初は思われていた一角だが、いまでは日々各地から送られてくる文書と情報の管理、そして読み書きのできないベイラのために代読と代筆をこなす、なくてはならない人材となっていた。人ならぬ側近にしては、人間的な才能の方が有用であることを証明している。しかしこのときは焦りと腹立ちで、ベイラは一角の仕事の速さを褒める余裕などなかった。

「早く読め」

「左賢王って、すごいよ、単于になってひと月も経たないうちに、かれの声望を慕って胡人と漢人の関係なく、五万の兵が集結したって。本朝のお家騒動に、みんな嫌気が差してるんだね」

河北《かほく》の人口を思えば、五万は『みんな』と括《くく》るにはあまりにも少ないが、異民族の王が起つときに、それだけの数の諸胡や土豪が、自主的に集まる意味は大きい。

「出遅れた」

ベイラが苛立ちを拳に乗せて土壁にぶつけると、壁が剝がれて天井の梁《はり》から埃が舞った。

いまから手勢を率いて左賢王改め上大単于に参入しても、埋もれてしまうだけだ。だが、それでもここで燻《くすぶ》っているよりは、ましかもしれない。途中で東嬴公の軍を蹴散らし、多少の軍功を上げていけば、九十年ものあいだ空位であった匈奴の単于に即位した英雄に、拝謁くらいは叶うかもしれないのだ。

「出遅れてないよ」

一角がいつもの朗らかな口調で、さらりと否定した。

見た目が十二、三の少年なので、つい失念してしまうが、一角はベイラよりも長く生きているのだ。しかも、人間が書いて残した記録や物語、古典などもほぼすべて読みこなしているらしい。小胡部にいたころに朗読させていた古典は、ベイラと会う前にすでにほぼ暗記していたことが、あとになってわかった。逃散したときに書籍を持ち出したのは、それが地方と階層によっては、値のつけられない財産であったことから、買い手を見つけて逃亡資金にするためであった。結局は、暖を取るための薪とし、わずかに残った数巻も、東嬴公の配下に奪われてしまったのだが。

それらの書籍も、傭兵稼ぎによって買い改めたり、略奪品の中から選びとって保管するなど、経済観念はベイラよりもしっかりしている。

「上大単于はもう五十歳だよ。後継者の資質を見極めてから、参入を決めても遅くはないと思う。本朝の方も、勢力図が斑《まだら》模様すぎて、もう少し静観していてもいいくらいだ。いっそ自壊するのを待ってから動いてもいいくらい。上大単于もそう考えて、幷州を動かないんじゃないのかな」

無邪気な笑顔による屈託のない助言は、ベイラの胸にすとんと落ちた。

ベイラの内なる冷静な声が、一角と同じ意見をささやき続けていたせいもあるだろう。上大単于の独立を知って冷静さを失い、内なる焦りの声の方が大きくなっていたらしい。

状況を見極め、洞察を働かせようとする声と、好機を失うまいと逸る声は、いつでも胸のうちでせめぎ合う。

「ベイラの方が若いから、焦らなくて大丈夫」

そう言われて落ち着く自分も現金ではあるが――ベイラは一角の言葉に引っかかるものを感じて、呼び止める。

「おい、どういう意味だ」

まるで、極小胡部のまとめ役に過ぎなかったベイラと、五部の匈奴の王を、同列の競争者に見立てているような言い草であった。

「ベイラには、まだまだ伸びしろがあるってことだよ」

「だが、上大単于と比べてどうする。あっちは左部匈奴の総帥の息子で、つまり匈奴の王子だ。しかも幼いころから学問に励んで経史を修め、洛陽に留学して、先帝にその英才を讃えられた麒麟児《きりんじ》だ。読み書きのできないどん底小帥の倅《せがれ》と比べたら、不敬ってものだろう」

一角はぷふっと吹き出して笑った。

「人間が麒麟の何を知っているの？　麒麟だって小児のうちはただの馬にも劣る。ベイラは経史を目では読んでないけど、耳で聴いたことをちゃんと覚えているし、理解しているよね。それってすごいことだよ。読めなくても学問を修められるベイラが、上大単于と同じ境遇で生まれ育っていれば、英才の程度にそれほど違いはなかったと思うよ」

褒められれば悪い気はしない。いつの間にか、ベイラが汲桑のところから持ち帰った苛立ちは消えていた。

「それなら、おれでも匈奴の単于になれるか」

一角は首を横に振る。

「匈奴の君主になるのは難しいだろうね。匈奴は血統と氏族の格がすべてだから。屠《と》各種《かくしゅ》の出自でない者が単于になったためしはない」

屠各種どころか、ベイラの羯《けつ》族は五部ですらない。別部の匈奴と呼ばれる傍系種で、その起源は過去に服属させられた被征服民族だ。どれだけ世代が下ろうと、隷属民の烙印《らくいん》は消えない。匈奴の氏族社会で這い上がる道はなかった。

「そうだったな」

希望の芽を即座に摘まれたベイラは、失望とともに現実を受け入れる。

「でも、中原の君主ならどうかな。劉邦の例もあるし」

「漢人の皇帝にか」

そちらの方が、もっと現実的ではないように思えるのだが、上大単于のもとには漢人の豪族が参入しているのも事実だ。

「河北に住む匈奴は、もう何世代も黄河を挟んでここに住んでいる。もはや異民族とは言えないのじゃないかな。それに、中原に住む異民族は匈奴だけじゃない。東の烏桓に鮮卑、西の羌族《きょうぞく》、丁零《ていれい》、蜀《しょく》の巴族《はぞく》。だから中原には、華北と華南に住むあらゆる民族の融和をもたらす、新しい君主が必要だ。それが漢族や匈奴の王である必要はないと思うよ」

まるで、ベイラがそうなれとでもけしかけているような、一角の話しぶりだ。

「中原の……中華の皇帝にか」

どう考えても、誇大な妄想だ。

万を指揮する将軍でさえ、自分には過ぎた夢だとベイラは思っていた。だが、一角がにこやかに語る未来で、諸民族の王に号令し、中原のあらゆる民の上に君臨する中華の皇帝が、自分であってもおかしくない気がしてきた。

「まあ、目標は高いにこしたことはない」

そうなれば、離散した部民たちは確実に戻ってくるであろうし、異端の容貌を持つ羯族が、少数ゆえに差別されることもなくなる。

一角はなだめ口調に付け加える。

「さっき、上大単于は静観している、と言ったけど、あとからもたらされた報せによれば、順風満帆というわけでもないらしい。東嬴公との抗争を何年も続けて、やっと并州から追い出したところへ、新しい并州刺史が赴任してきた。この刺史がまた東嬴公の何倍も戦上手で、民の慰撫にも長《た》けている。いまも単于に対して抗戦を続けているそうだよ。しかも并州は相変わらず凶作続きで食糧が確保できず、上大単于は拠点を転々としている。皇族の争いを静観しているように見せかけて、実は洛陽や鄴まで出兵する余力がないんだと思う。しかも、東嬴公は配下の漢人数万を連れて次の封地へ引っ越したというから、并州はかなり疲弊して、荒廃してしまったことだろう。食糧の現地調達は望めないから、自軍の兵站の確保が難しいいまは、行かない方がいいと思う」

東嬴公が配下の漢族を連れて逃げたと知り、ベイラは恩義のある郭敬や郭陽の一族がどうなったのかと憂えた。東嬴公についているとしたら、次に会うときは敵味方になってしまうのだろうか。

「新しい并州刺史は、誰だ」

「振威《しんい》将軍、匈奴中郎将の劉琨《りゅうこん》。年は三十歳を過ぎたところかな」

一角がめずらしく、未知の将軍の年齢まで報告したためか、劉琨の名はベイラの記憶に焼き付いた。やがてこの文人将軍と、浅からぬ因縁を持つこととなる予感でもあったのかもしれない。

「劉姓と劉姓の戦いか。配下の将兵も劉だらけだろうから、気をつけて覚えないとどっちが敵で、どっちが味方だか、わからなくなりそうだな」

ベイラ配下の傭兵にも、劉姓がいる。

同姓同名の多さに、ベイラはうんざりしてため息をついた。

鄴を捨て、長安まで落ち延びた成都王は、長安を本拠地とし、皇帝を擁する叔祖父の河間王《かかんおう》によって、皇太弟の位を剝ぎ落とされた。

直系の息子も孫もいない恵帝の跡継候補は二転三転し、ついに、初代皇帝の二十五番目の弟が、皇太弟に立てられた。皇族同士の争いから距離を置いて、静かに暮らしていた二十歳の豫章王《よしょうおう》は、晋朝最後の皇帝となる運命を背負わされ、朝廷という表舞台に引きずり出されることになった。

朝廷の実権は、河間王の手に握られた。

それによって、覇権を狙う東海王、東嬴公の兄弟と朝廷は、ふたたび対立を深めてゆく。

成都王の復権を掲げ、鄴を奪還するために、山東の旧臣たちが挙兵した。

汲桑は言った。

「そろそろ、出るか」

成都王の本拠は鄴の都であったことから、成都王が長安へ遁走《とんそう》しても、かれの旧臣は山東に多く勢力を残していた。戦場が長安へ移動すれば、山東軍は西の朝廷軍と連携をとって、東海王の反乱軍を挟み撃ちにできる。

汲桑がはじめから成都王に与するつもりであったことは、予想のうちではあったが、ベイラに言明してこなかったのは処世術というものだろう。汲桑はついに配下の傭兵と牧人たちに召集をかけた。

ベイラは準備のために家に帰り、一角にしばらく隠れているようにと告げた。

「でも、書簡の管理はどうするの？　前線でも、伝令は書面で届けられることもあるんでしょう？」

「伝書程度の読み書きができる兵なら、すぐに見つけられる」

一角は少し不満げだったが、唇の両端をつり上げてにっと笑って見せた。

「気をつけてね。何かあったら、呼んで」

「呼ぶとしたら、負けて落ち延びて窮乏しているときだな。飛んでこなくていいから、食糧を用意してから来てくれ」

笑えない冗談を飛ばしたベイラは、そういえばこれが初陣になるのだと思い、気持ちを引きしめる。

山東軍は、一年をかけて河北と山東の太守らを討ち取り、鄴を攻めた。しかし、東海王に与する皇族の将軍たちの連携と守りは堅かった。山東軍は勝ち続けていたにもかかわらず、黄河を渡った一戦で、首魁《しゅかい》の将軍公師藩《こうしはん》が討ち取られ、反乱はあっけなく鎮圧されてしまう。

汲桑軍とベイラは本拠地へと逃げ戻り、潜伏することになった。

「おかえりなさい。初陣はどうだった？」

一年ぶりに帰ってきたベイラに、いっこうに成長したようすのない一角がにこやかに問いかける。ベイラは髭が伸び、風焼けと日焼けで浅黒さを増した肌には、一年分どころではない荒塵《こうじん》が刻まれたというのに。

「初陣も最後の出陣も、同じ事の繰り返しだ。軽騎兵のおれたちは、攪乱《かくらん》専門だからな。突撃命令に従って矢を射かけ、敵の戦列を乱しては帰ってくるのを繰り返すだけで、勝っているのか負けているのかもわからん。緒戦で暴れ回るのがおれたちの役目で、敵の防御が弱ったところで突っ込むのは、山東軍本体の大将格。その誰かが敵の大将首を討ち取れば、戦は終わる。雑兵のおれたちに名を上げる機会などない」

庭の井戸からくみ上げた水で戦の埃を擦り落としつつ、ベイラは憤懣《ふんまん》とともに実りのない出陣の結果を吐き出した。

「現実は厳しいね。でも、生きて帰ったんだから、よかったよ。兵法をいっぱい読んで勉強したのに、活《い》かせる場がなかったんだ」

時間があれば、一角に兵法書を読ませて記憶に刻んだベイラだったが、戦場で意見を求められることは皆無であった。汲桑ですら、上からの命令通りに動くだけなのだ。

「おれも汲桑も軍議に出ることはなかった。この一年、必要とされたのは戦って殺す技と体力だけだった」

ベイラは腹立たしげに口をゆすぎ、埃とともに吐き捨てた。

「なにごとも、経験だよ。生きていれば、必ず次はあるから。経験を無駄にしなければ、次は勝てるって」

一角がそう言うと、それもそうだという気がしてくるのが不思議だ。ベイラは濡れた髪をガシガシと濯《すす》いで、晩秋の風で乾かす。

「留守のあいだ、何をしていた？」

一角は首をすくめて笑った。

「何も。一年って、ぼーっとしているとすぐに過ぎる」

「おまえは、どれだけ長生きなんだ」

いつまでも子どもの姿でいるのは不便であるが、人間のようにあくせくせずにすむところは、少しうらやましい。

「寝て起きて、食べてまた寝ているだけなら、千年はいくかも。でも、寿命まで生きられるのは珍しいらしいよ。人間といっしょだ」

珍しく一角が自身の種について話し始めたので、ベイラは踏み込んだ質問をしてみる。

「てことは、いつかはおとなになるのか」

「ベイラが百歳になって、ぼくもそれまで生きていられたら、見た目は二十歳くらいにはなれると思う」

ベイラは二十歳の一角を想像してみたが、うまく像を結べない。

「そうか、ならせいぜい長生きしてみよう」


年が明けて雪が融けると、ベイラは汲桑に呼び出された。白髪が増えていたが、目の光は以前より鋭い。成都王はすでに東海王に捕らえられ、処刑されていたが、汲桑は仇討ちとして挙兵することを決心していた。

「他人の旗下で戦っていても、のし上がれない。おれは、自分の力で一国のあるじになる」

敗北と逃走から、汲桑もまたかれなりの答を得たようであった。

「最初から、そうするべきだった」

ベイラは短く応える。汲桑はにやりと笑った。

「なに、戦い方を学ぶにはよい経験だったさ。いいか、漢の劉邦だって、負けては逃げるの繰り返しだったんだ。次の決起はおれが指揮をとる。おまえたちも、思う存分暴れさせてやる。鄴を落とすための兵糧は用意した。反乱軍の残兵を召集してくれ」

「捕虜にされ、囚われている者たちも解放すれば、戦力になる」

「それも任せた」

汲桑は、かれを頼って敗走してきた兵士を、もともとの配下であるなしにかかわらず援助して、隠れ里を提供していた。汲桑自身が、複数の拠点を渡り歩いて逃走を続けながらのことであるから、挙兵のために何年もかけて築き上げたかれの情報網は、相当に堅固なものであった。一介の土豪の皮を脱ぎ捨てると、そこには第二の劉邦たらんとする汲桑の野心がむき出しになった。

ベイラは手勢を率いて各地を回り、郡県の牢《ろう》を襲撃した。解放した囚人と残兵を集めて帰ると、三州に散らばっていた汲桑配下の幹部らがすでに集合し、出陣の用意を固めていた。正規の軍隊のように、十人隊、百人隊、千人隊の指揮官と、十騎隊、百騎隊、千騎隊の指揮官がずらりと並び、実に壮観であった。

ベイラは牙門《がもん》将軍を任じられた。本陣を守る将軍で、実質的に副官の地位だ。ベイラよりも前から汲桑に仕えてきた客将は他にもいることを思えば、大抜擢《ばってき》である。

そのベイラに、汲桑は漢名を名乗るように勧めた。

名前を変えてしまったら、世に出ても離散した一族には功績が伝わらないと、ベイラは躊躇した。だが、汲桑に「石《せき》姓はどうだ」と言われて、考えが変わった。

畑で掘り出し、後生大事に持ち歩き、奴隷にされたときに失ってしまった直刀に彫られた銘を思い出したからだ。

石姓を推す理由を、汲桑は素晴らしい秘密を明かすかのように話す。

「石姓ってのは、春秋まで遡る、衛《えい》国の貴族から続く由緒正しい姓なんだぞ」

それは知らなかったが、胡人にも多い姓である。石姓が栄えるという瑞兆は、ここにいたってベイラの新しい氏族の名として符合する。ベイラはにこやかにうなずいた。

「縁起のいい姓だ。気に入った。名はどうする。漢名でいいのがあるか」

「実はな、初めて会ったときに閃《ひらめ》いていた。『世龍《せりゅう》』だ。ベイラは龍みたいな顔をしている。どうだ、牙門将軍には相応しい名前だろう」

龍みたいな顔と言われても、喜んでいいのかわからなかったが、汲桑が筆を執り、黒々とした墨で一気に書き上げた新しい名前は、とても勇壮な印象を湛えている。

「牙門将軍、石世龍か」

舌の上で転がすと、妙にしっくりして、思わず笑みがこぼれる。白く輝く長大な龍が、天に昇ろうとする姿が脳裏に描かれる。諱《いみな》の方は、ベイラを漢字で表記したときの、最後の一文字をとって勒《ろく》とした。

「自称、自任の将軍さまだ。だが、天啓だからな。つまり、天命だ」

「天命か」

オウム返しに、汲桑の言葉を繰り返す。

一角がベイラの頭上に見たという、天に届く白光。

はじめから、道は定まっていたのかもしれない。


「天命により、逆賊の東嬴王を血祭りにあげるぞ」

汲桑は号令を下した。国賊の東海王と東嬴公を誅殺することを誓い、自らを北平大将軍と称して出陣した。このとき、ふたたび蘇った山東軍は、前回の轍《てつ》を踏むことなく、他の郡県の太守には目もくれずに、一挙に鄴の都を目指した。

東嬴公はこのときには昇格し、改封されて新蔡王《しんさいおう》となり鄴を統治していたが、世龍と山東軍は復讐心を煽《あお》るためにも、東嬴公、あるいは東嬴王と呼び続けた。

奴隷にされ、家族を離散させられたベイラには、ようやく骨髄に達した恨みを晴らす機会が巡ってきた。

前回の反乱の首魁であった公師藩将軍が討たれ、その旧主成都王が処刑されたことで、東海王・東嬴公の兄弟に逆らう者はいなくなったと考え、途上の郡を治める太守は油断していたとみえる。

さらに、東瀛公自身が飢饉にあえぐ幷州から、豊かな河北東部の鄴に移り住んだことで、奢侈《しゃし》に溺れて警戒を怠っていた。かれが窺っていたのは、長安の政権だけであったようだ。

鄴を目指して西進する反乱軍を迎え撃つ太守は、容易《たやす》く汲桑軍に討ち取られた。また、先の戦でほぼ連戦連勝だった汲桑軍とその先鋒《せんぽう》の胡人将軍を覚えていた太守は、その勢いを怖れて開城、降伏した。

「向かうところ敵なしって、このことだね」

青ざめた顔で微笑みながら、一角が将兵たちの論功の記録を取る。

「従軍しなくてもいいと言ったはずだが。無理するな」

世龍が返り血にまみれて帰ってくると、一角は十尺以内に近寄ってくることはしない。それでも気分が悪くなるようで、ふっといなくなっては、どこかで吐いているらしい。

「だって、東瀛王を討ち取ったら、世龍はもう山東には戻らないでしょう。そのままお母さんたちを捜しに行くんだよね」

濡らした布で、顔と手についた血糊《ちのり》を拭き取る手を止めて、世龍はちらと一角へと目を向けた。仇討ちと復讐を果たしたら、汲桑の配下に留まる理由はない。

「大単于《だいぜんう》は晋から正式に独立したそうだ」

「うん」

「汲桑が洛陽を取れば、大単于は黙っていないだろうな」

「そうだね」

世龍は汲桑には恩があるが、ベイラにとっては家族、眷属の故地は并州にある。主流からはほど遠い枝葉の部族とはいえ、ベイラは匈奴の単于に刃を向けられる気はしない。

「ま、鄴を取ってから考えるさ」

布をゆすいで固く絞った世龍は、ゴシゴシと顔を擦って血と埃を落とした。

鄴まであと数日というところで、魏郡《ぎぐん》の太守が汲桑軍を迎え撃った。

この頃には世龍配下の十八騎が率いる騎兵隊は、往古の呂布《りよふ》とその親衛隊に喩《たと》えられるほどの勇猛さで名を馳《は》せており、魏郡太守の兵は石勒隊の旗を目にしただけで、たちまち士気を砕かれて陣営を崩し、敗走した。世龍の部隊はさらに勢いづいて追撃し、鄴の城門へ逃げ込む魏郡太守とその取り巻きを追い越し、城内になだれ込む。

世龍は東嬴公の首を求めて王宮へ飛び込んだが、東嬴公はすでに身辺周りの衛兵に守られて宮殿を脱出していた。命乞いをする宦官や逃げ遅れた官吏を捕まえて、東嬴公の行く先を問い詰める。かれらの指差す先にある宮門を抜けて、なおも東嬴公を追いかける。

西門へ続く街路で、汲桑軍の将校が東嬴公の首を取ったと大声で叫ぶのが聞こえた。

「先を越された」

ぎりっと奥歯を嚙みしめ、失望を払い落として東嬴公の首を検《あらた》めにゆく。首のない体は美麗な甲冑《かっちゅう》と絹の戦袍をまとい、金銀で飾られた鞘と、柄頭には赤碧玉《せきへきぎょく》をはめ込まれた剣を、金銅の留め金のついた革帯に佩いていた。

将校が差し出した首を見て、世龍は東嬴公には一度も会ったことがないことに思いが至った。かれとかれの家族を家畜のように狩り集めて売り飛ばし、辱めて奴隷に落とした男の顔を、世龍は知らなかったのだ。

奴隷狩り以来、世龍を突き動かし続けてきた憎悪の根源は、あっけなく死んでしまった。この手に捕らえたら、奪われ貶《おとし》められた眷属の数ほどの苦痛を味わわせてやろうと考えてきた。指を潰し、皮を剝ぎ、骨の一本一本を折っても、二百人に及ぶ眷属の苦しみには届かない。だが、復讐の対象として憎み続けてきた相手は、あまりにも楽にあっさりと死んでしまった。呆然とする世龍には、周囲で繰り広げられる略奪と虐殺の音すら、煩わしい騒音にしか感じ取れずにいる。

返り血の乾きはじめた掌を広げて、汗と埃まみれの頬から額へとこする。并州の、自分が生まれ育った牧場に帰りたいと、脈絡もなく思った。

「ねえ、ベイラ、やめさせてよ！　みんなおかしくなってるよ。もう戦は終わったのに、どうして殺すのをやめないの？」

火の燃え広がる宮殿に、なぜか一角が入り込んで世龍の幼名を呼び、腰にしがみついて泣き叫んでいた。顔中を涙と埃だらけにして、瘧《おこり》にかかったように体を震わせ、殺戮《さつりく》をやめさせろと訴えている。

ずっと後方の輜重《しちょう》隊と行動させていたはずの一角が、どうして城内にいるのか。それも荒ぶる兵士たちが、手当たり次第に敵兵と都の住民を攻撃しているさなかに、どのようにして無傷でここまでこられたのか。

命乞いと断末魔の悲鳴が響き渡るたびに、一角は耳を塞ぎ気を失いそうに顔を青くし、身をよじっては、まるで自分が斬り殺されるかのように泣き声を上げた。

「血を見るのがいやなら、後方で待っていろ」

一角は涙をあふれさせて、お願いだからやめさせて、と訴えるばかりだ。

「汲桑に言え！　この軍の大将はおれじゃない！　汲桑が兵士に許可した略奪を、おれには止められない」

汲桑軍に投じた兵士らの多くは、成都王の旧配下であり、先の反乱で仲間と財産を失っていた。つまり、世龍に負けず劣らず、東嬴公への復讐に血を滾らせ、かれを受け入れ驕《おご》らせた太守や鄴の住民も、復讐の対象であったのだ。そして、略奪は命をかけて戦った兵隊らへの正当な報酬と見做されていた。

「でも、この城の人たちは、選んで東嬴王に鄴の執政を預けたわけじゃない。東嬴王、が勝手にやってきて、支配していたんだ。鄴はもともと成都王の都だったんでしょ！　だったら、もとは成都王の民じゃないか」

こいつはまだ声変わりもしていないのか、と忌々しく思えるほど、一角の声は高い。いつもは気にならないのに、逃げ惑う女や宦官の悲鳴にも似て、ひどく癇に障る。

「これは人間の戦だ！　おまえは口を出すな！」

思わず怒鳴りつける世龍を、一角は丸く見開いた目の、金色の瞳で見上げる。

狼のように無感情な瞳に、怒りが閃く。そして一角は気を失った。

都大門の城壁の上で、王宮や民家から立ち昇る煙を、汲桑は仁王立ちになって眺めている。

世龍は汲桑を捜して城壁に登り、そして盟友を見つけた。

「大将軍。戦捷《せんしょう》だな」

「世龍、略奪しないのか。一族を一度に買い戻せる富が、この城にはあるぞ」

「略奪はともかく、武装もしてない城下の士民の虐殺は、必要なかったのではないか。万に届く死体は、ほとんどただの庶民と王宮の使用人だ」

「この戦は、兵士らにとっても復讐だ。復讐に酔った人間には、流されるべき血がすべて流れきるまで、道理を説いても伝わらない。それに、おれたちは洛陽に落ち着くつもりはない。居心地のよい宮殿や城下町を残しておいたら、兵士どもが前に進まなくなる」

少なくとも、汲桑は一時の勝利に酔って富の略奪に夢中になり、血に染まった財宝に耽溺《たんでき》するような人間ではない。目的を見失わず、倒すべき敵を追い詰め、たたき潰すまで、立ち止まるつもりはないのだ。

「次は、どこを攻める？」

汲桑は右手を挙げて、南を指差した。

「許昌《きよしよう》だ。黄河を渡るぞ。東海王を討ち取る」

およそ六百里、馬を急がせても七日あまりの行軍だ。東嬴公は東海王の弟で、その走狗《そうく》に過ぎなかった。東嬴公の背後にいた東海王を倒さねば、この戦いは終わらない。

世龍は歯を出して笑った。

「鄴落城と弟の訃報を、おれたちが東海王に運んでやろう」

汲桑はその考えが気に入ったようだ。すぐに進軍の準備に取りかかるよう、下知を下した。

世龍は宿舎として召し上げた豪邸へ下がり、休息を取った。食事を終え、一角を預けておいた配下の郭黒略《かくこくりやく》に一角のようすを訊ねる。

「ひどく高い熱が続いていて、医者の出した熱冷ましを飲ませても、水で冷やしても、熱は下がりません。引きつけも起こすので、舌を嚙み切らないように、楊《やなぎ》の板を嚙ませています。許昌へ連れて行くのは、無理かと」

郭黒略は、胸にかけた数珠を太い指先で繰りつつ、不安そうに報告した。

乱れた髪と汚れた甲冑もそのままに、洛陽の城内における世龍の帷幄《いあく》を整えていた

傭兵時代に世龍の騎兵隊に加わった郭黒略だが、本人は仏教を信仰している。戦って殺した相手のために祈り、庁舎や富豪から強奪し分配された盗品も、右から左へと貧者に施すという変わり種であった。

この当時、仏教は渡来の新興宗教であり、知識層は儒教を、庶民は道教を奉じる漢族にとっては、淫祠邪教と見做された禁教であった。仏教を信仰する郭黒略が、胡人であったという記録は残されていない。しかし、華北では異民族と漢人との通婚と混血が進んでいたので、郭黒略もまたこうした異なる民族の間に生まれてきた『雑胡《ざっこ》』と呼ばれる民であり、仏教の教義に触れ、共感を得る機会があったのかもしれない。そして、中原に増え続ける雑胡に関していえば、世龍の母は中原では圧倒的に数の多い漢人姓王氏の出であった。そういう意味では、世龍もまた配下の将兵らと同様、純粋な羯人というよりは、どの種にも属さない雑胡であったともいえる。

多様な民族を出自とする世龍の勇将十八騎のなかでも、異端の宗教に傾倒した精神性を帯びる郭黒略は、挙兵以後は戦闘以外では人を殺めず、略奪には加わらない姿勢が際立つようになっていた。それもあって、世龍は一角を郭とともに待機させることが増えていた。この日も、城下の蹂躙をよそに、いち早く世龍の本陣設営を手がけていた郭黒略に、意識を失った一角を任せることができた。

盗みや殺しを稼業としながら、殺生と偸盗を戒める仏教を奉じる矛盾を同僚に揶揄されつつも、郭黒略は戦闘時も数珠を身につけている。その数珠を染める敵の返り血が、すでに赤黒く乾いているのを目に留めた世龍は、短く礼を言って一角を寝かせてある部屋へ入った。

一角の額に触れて熱を診る。焼けるように熱い。触れられた気配に、一角はまぶたを開けた。落ち着いたようすなので、世龍は一角の口を覆っていた布を解き、歯に挟まれていた板を取る。板に残された歯形の深さに、一角の苦しみが推し量られる。

一角は深く深呼吸した。目は落ちくぼみ、頬はげっそりとしている。

「ああ、ハミを嚙まされるって、こういうことかな。いままで、なんてひどいことを可愛い馬たちにしてきたんだろう」

弱々しくかすれた声だが、一角がいつものような軽口をたたいたので、世龍の頰に微笑が浮かぶ。

「正気に戻ったか」

「ぼくはいつだって正気だよ」

「じゃあ、どうして聞き分けのない癇癪《かんしやく》を起こした」

一角は両手で顔を覆い、唸り声で訴える。

「戦わない人たちまで、殺さなくていいじゃないか」

「戦場の軍兵というのは、狂奔する野牛や野生馬の群れのようなものだ。すべてを蹄にかけて、膝が折れ、力が尽きるまで走り続ける」

「人間には、軍規ってものが、あるだろう！」

目の縁を赤くして、一角は訴える。世龍は嘆息した。

「おまえは、おれに中華の皇帝にもなれると言ったな？　だが、その道は無血では進めないぞ。道は、多くの血と骨で敷かれることになるだろう。おまえはついてこられるのか」

「できるだけ血を流さないですむ道だってある。それができる人間に、天命が下るんだ」

強情に言い張り、譲らない一角を持て余して、世龍はおとなげなく声を荒らげた。

「現実を見ろ！　そんな生ぬるいやり方で天下が取れれば、誰だって皇帝になれる。おれたちのやり方が気にくわないなら、どこへでも平和な所へ行って、静かに暮らせばいい」

世龍はそう吐き捨て、立ち上がった。従卒に一角の看病を言いつけ、自分は豪邸のあるじのものであった寝室へゆき、豪奢《ごうしゃ》な寝台に横たわる。枕に頭を乗せてから、軍装を解くのを忘れていたことに気づいたが、そのまま目を閉じた。

翌朝、出陣の支度を終えて一角のようすを見に行くと、寝床はもぬけの殻だった。

「どこへ行った？」

敦黒略に訊ねても、いつの間にか出て行ってしまったことしかわからないという。寝具はすでに冷たく、夜中に出て行ったようだ。

世龍の捨《す》て台詞《ぜりふ》をまともに受け取り、平和な場所を求めて出て行ったのか。出歩けるほど熱が下がったのなら、心配することもない。ああ見えて中身は世龍よりも年は上なのだ。


長い夏であった。

弟の戦死に動揺した東海王は、山東から河北に至る自分の勢力に働きかけて、汲桑の軍を翻弄した。戦えば勝つという戦を繰り返しつつも、兗州《えんしゅう》刺史《しし》の苟晞《こうき》は粘り強く反撃してくる。

「鄴で殺戮を犯したのが、まずかったようだ」

乞活《きっかつ》という武装した流民集団を撃退したのち、世龍は配下の騎将に話した。乞活は幷州からの流民であるという。飢饉で苦しめられた幷州の住民は、左賢王が上大単于に即位したのち、当時は弁州刺史であった東嬴公との小競り合いで、さらに多くの逃散流民を出した。漢人の流民は東嬴公について鄴に移り住み、新しい生活に馴染《なじ》む間もなく、先の落城で虐殺の辛酸をなめた。世龍の軍に何度打ち破られても、住むところを幾度も追われた流民たちは、戦って取り戻すほかに生き残る道はない。

成都王のために東嬴公への復讐を果たした汲桑の軍は、いまは復讐に燃える乞活の軍に足止めを食らっている状態であった。

「復讐の連鎖というのは、止まらんものだな」

運ばれてきた敵将の首級を検分して、世龍は口の中でつぶやく。後漢帝国最後の皇帝の、末裔にあたる将軍の首であるという。

膠着《こうちゃく》した反乱に業を煮やした東海王は、弟の復讐も兼ねて、自ら援軍を率いて出陣した。

東海王の軍が黄河を渡ってくると聞いた汲桑は、不敵に笑い飛ばす。

「飛んで火に入る夏の虫だ。夏だけに、舞台というものをわかっている。さすがに皇族様らしい教養があるじゃないか」

季節はすでに秋であったが、誰も問題にはしなかった。実際、いつまでも暑く、終わらない夏であるように、誰もが感じていた。東海王の参戦に勢いづいた河北軍は、一気に攻勢に出た。汲桑軍は膨大な戦死者を出し、後退を強いられた。取った城塞も次々と奪い返される。

「流れが変わった。兵力が残っているうちに、ここは撤退した方がいい」

世龍の進言を、汲桑は容《い》れる。

「だが、どこへ」

山東の本拠地へ逃げても、北は幽州、西は冀州、南は河南の東海王派の軍に囲まれている。どこへ逃げてもやがて追い詰められ、擂り潰されてしまう。兵糧も大方使い果たした。

世龍は思い切って提案する。

「匈奴の単于に帰順しよう」

いつかは幷州に戻り、上大単于の傘下に入るつもりであった。そのときにどのようにして汲桑と袂《たもと》を分かつことになるのか、考えるのも難しかったが、汲桑軍ごと帰参すれば問題はない。

汲桑はしばらく考え込み、それしか生き延びる道はないと結論した。

しかし、幷州へ至る道はすでに閉鎖されており、汲桑の軍は冀州で分断されてしまった。

世龍は、永い別れになるという予感もないまま、汲桑とは反対の方角へ落ち延びていった。

第十一章　世龍

并州へ戻るには、冀州の要衝を避け、北へ迂回しなくてはならない。

季節が冬でないのが幸いであったが、かつて部民を連れて逃散したときと同様の数の騎兵を引き連れての山越え、谷越えは楽ではない。

待ち伏せしていた冀《き》州刺史の小隊に包囲されそうになり、世龍たちは死闘を覚悟する。双方が矢を交わそうとしたそのとき、鹿の大群が晋軍と世龍たちの間を走り抜けた。

世龍は鹿の群れに紛れて谷へと逃げ込み、川を渡った。

どことも知れぬ深山の奥で桃豹《とうひょう》、郭黒略《かくこくりゃく》など、傭兵時代からついてきた二十人弱の幹部と野営の火を囲む。世龍は白湯《さゆ》で干し肉を柔らかくしつつ囓《かじ》りながら、思うところを話した。

「この戦の敗因は、鄴の落城まで遡ると思う」

驚いた顔で世龍を見つめ返す部下に、世龍はわかりやすく説明した。

「城下で殺された何千という士民《し》には、東嬴王が幷州《へい》から連れてきた窮乏民の乞活《きっかつ》集団も大勢いた。そのために、生き残った乞活軍は復讐のために執拗《しつよう》におれたちに食い下がった。生きるところを二度も奪われた、もはや死ぬのを怖れない連中だ。そういう人間で構成された軍団に、勝てるもんじゃない。おまえたち、漢の土台を突き崩して百年の乱世を呼び込んだ、黄巾《こうきん》の乱を知ってるだろう？」

いまは昔の三国時代の幕開けとなった黄巾の乱は、人気の講談のひとつだ。兵の道に進む者なら、みな一度は耳にしたことがある。

「死兵には、勝てない」

敗残の世龍についてきた騎将たちは、顔を見合わせた。ではどうしろというのか、と世龍へと目を向ける。

「軍規は大事だな。これからは、どこを攻めても、丸腰の士民を殺してはならんし、略奪もすべきではない。都を落としたら、財宝は王宮の蔵から奪って配分すればいいことだ。もとからたいした蓄えのない庶民から奪っても、得るのは恨みだけだ。食糧は力尽くで根こそぎ奪わなくても、出せる分を供出させれば、その恨みはまだ浅くてすむ」

世龍は少し間を置いて、ゆっくりと結論づけた。

「勝ちを維持するためには、民衆を敵にしてはならん」

世龍は、兵士に略奪と虐殺を禁じることを徹底周知させることを、騎将たちに誓わせた。

騎兵たちが寝静まったころ、自ら歩哨《ほしよう》に立った世龍は、野営から少し離れた木の陰に立った。小さな声で名を呼ぶ。

「炎駒」

「呼んだ？」

足音も立てず、気配もなく、一角は唐突に闇から現れた。さすがに世龍は驚きの声を上げそうになったが、全力で自制心を呼び起こし、かろうじて呑み込んだ。

「鹿の群れを放ってくれたおかげで、助かった。礼を言う」

一角は「どういたしまして」と応じて、口を閉じる。

四ヵ月ぶりであったが、世龍は一角がいままでどこにいたのかは訊ねなかった。幷州から山東まで二刻でこられるのだから、つかず離れず世龍の隊についてきていたとしたら、一瞬で姿を現すことは可能だろう。

「あれで、いいか」

「うん」

「だが、血を流さずには進めない」

「減らすことはできる」

一角の頑固さに、世龍は反論する気も起きない。一角はむっつりとしたまま続ける。

「外交と謀略って、知ってる？　孫子は何回読み聞かせたっけ？　東嬴王や東海王が正攻法ばかりだから、頭を使わずにぶつかっていけば力で勝てたもんね。だけどね、兵法とか、もう忘れちゃったの？」

「覚えている。それなりに役に立てたつもりだが？　でなければ、ここまで勝てなかっただろう」

「『兵は詭道《きどう》なり』。戦わずに兵も国も損なわずにすむなら、それが最良。偽り欺いて裏をかくのもあるんだよ。一番大切で、守らないといけないものを、忘れないで」

一角は胸に大事に抱えていた包みを取り出して、世龍に差し出した。紙を綴った冊子の束である。

「漢書と三国志。鄴の王宮から煙が上がっているのを見て、これだけは持ち出さないと、って思った。前に世龍が読んでみたいって言ってたから」

殺戮の嫌いな一角が、城の外で待たずに王宮まで入り込んだ理由が、数冊の史書であったとは。

「わかった。明日からでも、読んでくれ」

世龍はおかしくなって、くすりと笑う。

「なにがおかしいの？」

「いや、一角はおれの軍師になりたいのか」

「軍師は、無理かな。悪辣なこと思いつけないから。でも、世龍が誤った道に行かないように、見ているよ」

見ているだけなのか、と世龍はまたおかしくなった。人間ではない一角の正体について、これまでの言動で見当はついていたが、あまりに荒唐無稽なので、世龍は深くは考えずにきた。しかし、このときの世龍は、自身の正体に言葉を濁してきた一角に、明確な答を求めたい衝動に負けた。

「一角は、麒麟なのだろう？　太平をもたらすと言われている聖なる麒麟が、なぜ反乱分子の馬卒なんぞやっている」

一角は視線を逸らし、頭上を見上げて枝の隙間に瞬く星を見上げた。

「麒麟の仔だけど、まだ麒麟じゃない。おたまじゃくしが蛙の子だけど、蛙じゃないようにね。いつか、地上が平和になったら、ぼくも本物の麒麟になれるかもしれないね」

挙兵の前に、雑談にまぎれて『匈奴の王は無理だが、中華の君主ならばなれる』とけしかけた一角に、もっと強く明確な言葉で、皇帝になるべき宿命を授けて欲しかったのだろうか。敗残逃走の身がふたたび起ち上がるための大義を、人間の善性を見分けることと、呼ばれたときにだけ瞬時に千里を駆けることのほかに特技を持たない一角に求めた自分を、世龍は恥ずかしく思った。

「では、今後はなるべく戦わずに勝つことにしよう」

「どこへ行くの？」

「予定通り、上大単于に帰順する。だが、手勢が百騎ばかりでは心許《こころもと》ない。敗残兵が尾羽を打ちからして庇護を請いに行くのでは、この先も侮られる。手土産がいる」

世龍は并州刺史の追跡を逃れて、冬が来る前に古巣の羯胡部へ戻った。

并州はかなり荒廃していたが、数千の部民を抱えた勢力のある大胡部のいくつかは、どこの陣営にも属さずに自立を保っていた。

世龍はかつては交流のあった張《ちょう》部大を頼って、庇護を願い出た。

「ベイラ！　評判は聞いていたぞ。ずいぶんと立派になったな」

　張部大は手放しで世龍を迎え入れた。逃散し、一度は奴隷として遠国へ売り飛ばされた身が、自称ながらも将軍として官軍と戦ったのだ。期待も想像もしていなかった待遇に、世龍は驚いたが、戸惑いは見せずに鷹揚に礼を言った。

　誰も世龍を弱小胡部の小帥だとは見ておらず、大人《たいじん》として尊重しているのだから、それらしく振る舞うべきであった。

　物騒な時世に、腕の立つ知り合いを客将に迎えることに、誰からも反対はでない。むしろ勇名を馳せた世龍とその騎兵を得たことを、張部大は喜んで触れ回った。

　世龍は時間をかけて、匈奴と晋の戦いが迫っているときに、わずかな手兵で独立を保つことの難しさを張部大に説いた。

「単于と皇帝が、戦うのか」

「単于はすでに挙兵して、戦っています。一兵でも欲しいときに、傍観している部族を放っておいてくれると思うのですか」

　張大人は困惑に視線を泳がせ、「単于は味方しない者を攻めてくるだろうか」と訊ねる。張大人の為人《ひととなり》は、世龍がベイラであったころの記憶のままだ。自尊自立の気概は高いのだが、重大な決断が必要なときは優柔不断であった。知略に長けた人物でもないため、煽られるとすぐに不安になる。世龍は微笑で応えた。

「攻めるわけがありません。単于は英邁で気前のいい君主ですからね。そんなことをしなくても、召集に応じて帰順する者には、戸別に支度金を出して迎え入れるという噂を流すだけでいい。生活の苦しい、あるいは報酬に目のくらんだ大帥や小帥は胡部を見捨て、兵馬を以《もっ》て単于に帰順することでしょう」

「噂なら、本当ではない。帰順して何も得られなかったら、その者たちも戻ってくるのではないか」

「寄らば大樹の陰です。大軍に守られた単于のそばにいれば、安心じゃないですか。孤立した胡部では、いつ晋の攻撃や、野盗の襲撃で命を落とすかわかったものではありません」

張大人は急に足下の地面が流砂になって、沈んでいくような錯覚に襲われる。部民の若者が兵に取られたり、晋と匈奴の両方に税を払わねばならないのではと、頑《かたく》なに単于の召喚を拒んでいた。しかし、守ってきたはずの部民が、飢饉や朝廷軍に襲われることを怖れて、逃げ出してしまえば元も子もない。

世龍はさらに、他の部大を誘って帰順することを勧めた。単于が望むのは胡人の団結なので、広範囲の胡部が単于を支持しているとわかればとても喜ぶだろう、と張部大の耳に吹き込む。

そうして世龍は、去就を決めかねていた胡部の部大たちを説き伏せ、上大単于の左国城へと向かった。そして、彼自身があたかも并州南部の胡部の盟主であるかのように、匈奴の王に拝謁した。


匈奴の単于、劉淵《りゆうえん》との対面がついに叶うことに、世龍はひどく緊張していた。世龍が物心ついたころにはすでに、劉淵の名声は南匈奴の傘下にいる胡人の間には知れ渡っていた。

魏王朝の時代に、十四歳で人質として洛陽に送られ、漢人の教育を受けた劉淵は、文武に非凡な才を示し、晋朝の太祖となった時の権力者に厚遇された。晋王朝となっても引き続き洛陽に留まり、先帝からもその才能を愛された。やがて左部匈奴の王であった父親の跡を継ぐために并州に帰還し、統治下にあった部民を慰撫《いぶ》し仁政を敷いたことから、五部の民はかれに心服し、その徳を慕う者は并州の外からもひっきりなしに訪れていた。

世龍の少年時代は、劉淵の偉業と名声を追うことと、いつかその傘下に入って名の知れた将軍になる夢に費やされたといっても、過言ではない。世龍だけではなく、牧民の青少年すべてがそうであって、いつでも召集に応じられるように、弓馬の鍛錬を欠かさなかった。

世龍が奴隷の身から這い上がり、汲桑の下で雌伏し、各地を転戦していたあいだ、大単于として自立し、新しい国を興した劉淵もまた、東海王と東嬴公と連合した異民族の鮮卑《せんぴ》と戦っていた。

劉淵は、漢王朝の時代から劉氏の公主を娶《めと》り続けていた単于の末裔として、劉姓を名乗り、国号を漢と定め、自ら漢王に即位した。匈奴の単于かつ漢の王として、民族の枠を超えた君主の到来に、新しい時代への期待は高まるばかりであった。

しかし、戦局は易しいものではなく、北からは鮮卑、南からは東海王と挟まれて苦戦し、さらに飢饉にも見舞われて拠点を移さねばならなかった。やがて、并州刺史であった東嬴公が山東へ異動したことから、いまでは新任の并州刺史劉琨《りゅうこん》と戦い続けている。

その東嬴公を打ち破り、鄴の都を陥落させた世龍が、胡部の部大らを引き連れて帰順してきたのだ。漢王劉淵に歓迎されないはずがない。

劉淵は評判通りの美丈夫であった。齢《よわい》は五十を超えているはずであるが、八尺を超える長身と、筋肉の隆々とした体格には気力が横溢《おういつ》している。瞳は青年のように輝き、赤毛交じりのあごひげは胸に届く。老いを示すものは、わずかに白い筋が頭髪と豊かな髭に見られるばかりであった。もっとも、白髪に関していえば、流亡と奴隷生活、そして荒《すさ》んだ傭兵時代に心身を酷使した世龍の方が、白条《しろすじ》の数は多かったろう。

生まれながらの王族とは、こういうものかとただ畏れいるばかりである。

長く憧れ続けた英雄に拝謁した世龍は、噂以上の威厳と偉容を具《そな》えた匈奴と漢の王に、畏敬の念を以て拝礼した。


「貴殿が山東と河北で暴れてくれたお蔭で、并州は持ちこたえたと言っても、過言ではない。東嬴公を降した攻城戦を、詳しく話してくれ」

親しく杯を勧められ、ひたすら恐縮しつつも誇らしさに舞い上がる。挙兵前後には、自らを劉淵の好敵手に見立てて天下を望んだことなど、すっかり忘れていた。

「漢人の汲桑殿に助けられて、好機を得ました。かれの行方がわからないのが、気鬱《きうつ》の種であります」

いま名乗っている漢名も、汲桑につけられたものだと、名付けの親にあたる恩人を思う世龍に、劉淵は共感を示した。

「帰属する種を超えて、等しく交わることに、こだわりのない漢人も少なくない。いまや黄河の流域には、種も言語も異なる雑多な民族が隣り合って生活している。争い排斥し合うのではなく、融和を目指して統一された国を創ってゆくべきときなのだ。ゆえに、わしや石殿が漢名を名乗ることは、決して父祖の伝統を蔑《ないがし》ろにするものではない」

五部と別部の匈奴が集まっている場で、漢名を名乗ることに躊躇のあった内心を見抜かれ、世龍はますます劉淵の度量に感服した。

劉淵は世龍に平晋王《へいしんおう》の位を授け、輔《ほ》漢《かん》将軍に任命した。

「王、ですか」

晋を平らげ、漢を輔《たす》けるという重責と期待を、左右それぞれの肩に乗せられた世龍は、思わずつぶやいた。一介の小帥から奴隷の身分に落とされた自分が、流亡の日々から十年も経たぬうちに匈奴配下の王である。いまひとつ実感がわかなかった。

劉淵は世龍の身辺にも言及した。

「飢饉のときに離散した一族の行方は摑めているのか」

「いえ、族子をひとり、部民を数人取り戻しただけで、母と兄弟の消息も摑めておりません」

奴隷から解放されて挙兵まで、年月は怒濤のように過ぎていったのだ。解放されて自ら世龍の軍に合流してくるのでなければ、一族も家僕も、売られた先で世龍の活躍を見守っているはずだ。いつか迎えにくると信じて。

「では、妻子も行方不明か」

「妻子はおりません」

劉淵は眉を上げて驚きを示した。世龍は恥ずかしくなって視線を泳がす。逃散したときにはすでに二十代も後半であった。妻を娶り、子どもが十人いてもおかしくないのだ。小帥でありながら、飢饉の前から結婚もできなかったほど貧しかったと知られるのは、ひどく体裁の悪いことであった。

劉淵は眉を寄せて考え込む。

「王の称号を持つ者が独身では示しがつかぬ」

劉淵は側近の侍中《じちゆう》を呼び寄せた。単于と同じ姓を持つ劉閏《じゆん》侍中は、前に進み出て膝をつき、あるじの言葉を待った。

「そちには年頃の娘がいたな。血筋も正しく、容姿も優れている。そちはこの平晋王を婿にする気はないか」

劉侍中は世龍へと目をやり、ふたたび単于へと顔を向ける。劉淵の下問は、事実上の主命であったので、侍中に拒否権はない。まだ若く、男ぶりも悪くない、実績も示して抜擢された新参者であれば、娘と娶《めあわ》せることに異議などない。

別部の民であろうと、優れた働きを期待できる優将を劉氏の婿に迎えるのは、あるじの政略の一環であることを理解していたからだ。

劉侍中は「ありがたき縁でございます。謹んでお受けします」と恭しく拝礼した。

世龍は自分の意思など訊かれないままに、とんとん拍子に進んでいく縁談をただ呆然と眺めていた。

「よかったね。やっとお嫁さんがもらえて」

張部大の天幕から平晋王に用意された穹廬《きゆうろ》へ引っ越すための荷造りを、一角は喜びではち切れそうな笑顔で進める。婚礼に備えて、将軍位に相応しい新品の衣装と甲冑が劉淵から届けられ、世龍配下の騎将も狭い天幕に集まって、祝いの言葉を言いながら下賜品の品評に忙しい。

「いや、おれは初めて会ったときから世龍はただ者じゃないと思っていたよ」

配下の筆頭、桃豹は金銅の鋲《びよう》が打たれた長靴を撫で回して感歎の声を上げた。傭兵の小隊として共に働き始めた日から、今日まで生き残ってきた十八人の筆頭だ。

「おまえらの役職も、正式なのを決めないといけないな。督とか、都尉とか、校尉とかな」

「おおお」

肩を並べて武器を揮って生き延び、気がつけばそれぞれが数十騎から百騎の兵を率いる将となっていた。いままでも便宜上、率いる兵の数で役職名はつけていたが、これからは肩書きによって年俸がもらえる、正規の軍人である。

「桃豹と張敬《ちょうけい》、おまえらが副官だ。全員の戦績と年齢を考慮して論功をまとめたら、一角に清書させてくれ。みなはこれで甲冑と鞍を修繕して、肉を買ってこい」

世龍は帰順の報奨として下賜された銀を、惜しみなく配分した。みな大喜びで銀を摑み取る。

「飲み食い遊びの前に、装備の修繕が先だぞ」

世龍は桃豹たちに釘《くぎ》を刺した。次の出陣のときに、配下の騎将がみすぼらしくては体裁がつかない。それから別の財袋に詰まった銀を、一角に渡す。

「いい馬をそろえてくれ」

「了解。花嫁に贈る婚礼の品物は、白馬でないとね！」

そういう意味ではなかったのだが、一角は風のように飛び出していった。

世龍は、喜び賑わう部下たちから離れて、そわそわとあたりを歩き回った。

匈奴の支族といっても、羯族の文化は五部のそれとは違う。劉侍中は屠各種の攣鞮《れんてい》氏であるという。つまり劉淵の氏族に属する。その娘も匈奴の貴種の系譜を継ぐ女性だ。血筋的にどれだけ劉淵と近いのかは不明だが、劉姓を名乗ることを許されているのだから、傍系だとしてもこの縁組みは不釣り合いにもほどがある。

劉侍中の娘は、単于の命令で卑賤《ひせん》の弱小胡部の小師に嫁がされることに、憤慨してはいないだろうか。

しかも、劉淵はその娘を『年頃の美しい女性』と評した。年頃といえば、つまり適齢期で、十代半ばか後半をさす。もちろん、初婚だろう。翻って我が身を思えば、貧民から逃亡民、奴隷に落ちて傭兵に鞍替えし、そして戦場働きの成り上がり将軍だ。

攣鞮氏の令嬢には、まずもって相応しくない相手だろう。

初夜の床で泣かれるかもしれないし、触れるなと激怒されるかもしれない。

初陣や奇襲の前にさえも感じたことのない緊張と不安で、世龍は夕暮れ近くなっても落ち着かず、愛馬を駆って草原へと向かう。馬を走らせれば、迷いや不安は風が拭い去ってくれる。特に、山東よりも乾燥した幷州の大気は、その気候で育った世龍には懐かしく、好ましい匂いを含んでいた。

広過ぎる草原には、羊を追う牧民の騎影をちらほら見かけるだけでなく、狩猟帰りと思われる、鹿を担いで運ぶ数騎や、演習を終えたらしき騎馬隊などが、影絵のように茜色《あかねいろ》の空を横切っていく。

そうした人畜の群れが、遮るもののない四方の視界を移動する風景から、ひとつの騎影が世龍の方へと駆け寄ってくる。一角が捜しに来たのかと思ったものの、異様に背が高いので違うようだ。配下の将兵でもなさそうである。馬を止めて見つめているうちに、背丈に比して騎手の頭の大きさに違和感を覚え、戸惑いが膨らむ。大きく横に広がった頭の上からは華やかな布が宙に靡き、馬体を覆う下衣は花びらのように層をなして翻っている。

高い帽子の下から、横に張り出した髷《まげ》に飾りの玉や組紐《くみひも》を編み込んだ、女性の騎手であった。

世龍はあたりを見回し、その騎手が確かに自分を目指して駆けてくるのを、言葉もなく眺めた。

高い帽子に縫い込まれた碧玉と黄玉、金銀の小さな円盤は夕日を弾いて煌めき、そのつばは貂《てん》の滑らかな毛皮に縁取られている。顔の横に丸く編まれた髷には無数の数珠が下がり、女性の身分の高さを物語っていた。

蔓草と花柄模様の刺繍《ししゅう》に覆われた、膝まで届く上衣をまとった貴婦人は、世龍の前で馬を止めた。左の腰から右肩へと斜めに締められた剣帯を目で追えば、右側の髷に触れんばかりに、背に負った剣の柄と、赤紫の房で飾られた円環の柄頭がのぞいている。

世龍は匈奴の王女か貴族の令嬢と思い、馬を下りた。顔を直接見るのは礼に失するので、少し視線をずらす。ちらっと見たところ、とても美しい少女であるようだ。

「平晋王石勒《せきろく》、世龍殿とはあなた？」

声も耳に心地よく、知性を感じる。言葉遣いは堅苦しく、気位も高そうではあるが、横柄ではない。

「そうです」

「世龍殿に嫁ぐよう、単于に命じられました」

このような状況で、どう答えるのが正しい作法なのか、世龍は知らなかった。羯族の作法でも覚束《おぼつか》ないものを、匈奴の高貴な女性にどのような口を利いていいのかなど、わかるはずもない。そこで、正直な気持ちを告げた。

「私にとっても突然に決まったことで、あなたには不快な思いをさせていなければ、と願っているところです」

劉侍中の娘は、口元に薄く笑みを刷《は》いて、馬を下りた。

「婚儀はいつも突然です。わたくしの姉も従姉妹《いとこ》もそうでした。世龍殿には正妻も側《そば》女《め》もおられないとか」

日が暮れかかっているお蔭で、羞恥で赤くなった耳を見られずにすむのが、世龍にはありがたい。三十を過ぎても独り身であるなど、自慢できることではない。

「飢饉から戦続きで、そのような余裕はありませんでしたので」

少女は目元まで微笑を広げて、世龍の顔をのぞきこんだ。

「では、わたくしは運が良いです。しかも、一臣下の娘に過ぎないわたくしが、王の妃になれるとは、身に過ぎた僥倖《ぎょうこう》です。わたくしの名はナラン。石輔漢将軍に相応しい妻となるよう、努力いたしましょう。それでは、婚儀でお会いします」

用件を告げ、膝を軽く折って会釈をしたナランは、ひらりと馬に飛び乗って駆け去った。

後ろ姿を飾るのは、斜めに負った長剣と鞘だ。剣の柄はもちろんのこと、赤く染めた革を張った鞘には、磨き込まれた銅細工があしらわれ、色とりどりの玉が嵌め込まれている。

長剣の重さも、そして高い帽子や大きな髷に嵌め込まれ、編み込まれ、そしてぶら下げられた金銀玉と飾り紐は、ナランの軽快な馬術の妨げにはならないようだ。普段からあのように着飾っているのならば、婚礼の席では、いったいどのように膨れ上がった花嫁衣裳《いしょう》で登場するのだろう。

世龍は馬の手綱を握ったまま、日がすっかり暮れて星が輝き出すまで草原に立ち尽くしていたが、やがて我に返って自分の天幕を目指した。

「ナランか。いい響きだな。ベイラとナラン。悪くない」

舌の上で名前を転がすほどに、婚礼の日が楽しみになってくる。

王侯や貴族の令嬢が、婚礼前に結婚相手の顔を見るために、帯剣して単身で外出することは、南匈奴の風習としてふつうなのか、攣鞮《れんてい》氏の女性は己の裁量で夫となる男を選べるのか、もしさっきの邂逅《かいこう》で世龍を気に入らなかったら、ナランはこの縁組みを断ることもできたのだろうかと、謎は尽きない。

だが、ナランは自分の名を教え、婚儀での再会を約した。世龍を夫とすることに異存はないらしい。容貌を見れば、世龍が名門氏族の出自でないことは一目瞭然であるし、父親から世龍の経歴は聞いて知っているはずである。だが、ナランはそうしたことは気にならないようであった。

「平晋王、と、王妃！」

世龍はこのとき初めて、自分が世に立った実感が湧いてきた。

成都王、東海王、王の称号を帯びるのは皇族だけではない。実力で手に入れることもできるのだ。晋朝の諸王のように、せめてろくでもない死に方だけはしないようにと、歯を食いしばって込み上げる笑いをこらえる。

「王か。このおれが」

初冬を告げる、ひやりとした夜風が世龍の首筋を撫でる。

喜びで舞い上がりそうな足を摑んで、ぐいと地に着けさせるほどの、冷たい風であった。

浮かれている場合ではない。ようやく、夢のとば口に立ったばかりだ。

眷属を取り戻し、羯族の王として匈奴による漢帝国の一翼を担うのだ。

晋朝を倒し、中原に住むすべての民族が融和して生きる世界を実現するために。

ただ、いまこのときは、生き別れとなっている母に、平晋王となった自分と、匈奴の姫君との婚礼を見せてやれないことが、ただひとつの心残りであった。

足下も覚束ない宵闇のなか、林立する天幕のひとつで、世龍を導く灯火が揺れている。灯火の高さから推して、一角が掲げているのだろう。

道を誤らず高みに昇るために、その灯りをいつまでも失《な》くすまいと、世龍は心に誓った。


（下巻に続く）

漢成立後の中原(306年)

地図製作／アトリエ・プラン

本書は文庫書下ろし作品です。

|著者|篠原悠希　島根県松江市出身。ニュージーランド在住。神田外語学院卒業。2013年「天涯の果て 波濤の彼方をゆく翼」で第４回野性時代フロンティア文学賞を受賞。同作を改題・改稿した『天涯の楽土』で小説家デビュー。中華ファンタジー「金椛国春秋」シリーズ（全10巻）が人気を博す。著書には他に「親王殿下のパティシエール」シリーズ『マッサゲタイの戦女王』『狩猟家族』などがある。

霊獣紀《れいじゅうき》　獲麟《かくりん》の書《しょ》(上)

篠原悠希《しのはらゆうき》

2021年11月16日第１刷発行

発行者――鈴木章一
発行所――株式会社　講談社
東京都文京区音羽2-12-21　〒112-8001
電話　出版（03）5395-3510
　　　販売（03）5395-5817
　　　業務（03）5395-3615
Printed in Japan

講談社文庫
定価はカバーに
表示してあります

KODANSHA

デザイン―菊地信義
本文データ制作―講談社デジタル製作
印刷―――中央精版印刷株式会社
製本―――中央精版印刷株式会社

ISBN978-4-06-525705-0

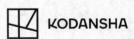

講談社文庫刊行の辞

二十一世紀の到来を目睫に望みながら、われわれはいま、人類史上かつて例を見ない巨大な転換期をむかえようとしている。

世界も、日本も、激動の予兆に対する期待とおののきを内に蔵して、未知の時代に歩み入ろうとしている。このときにあたり、創業の人野間清治の「ナショナル・エデュケイター」への志を現代に甦らせようと意図して、われわれはここに古今の文芸作品はいうまでもなく、ひろく人文・社会・自然の諸科学から東西の名著を網羅する、新しい綜合文庫の発刊を決意した。

激動の転換期はまた断絶の時代である。われわれは戦後二十五年間の出版文化のありかたへの深い反省をこめて、この断絶の時代にあえて人間的な持続を求めようとする。いたずらに浮薄な商業主義のあだ花を追い求めることなく、長期にわたって良書に生命をあたえようとつとめるところにしか、今後の出版文化の真の繁栄はあり得ないと信じるからである。

同時にわれわれはこの綜合文庫の刊行を通じて、人文・社会・自然の諸科学が、結局人間の学にほかならないことを立証しようと願っている。かつて知識とは、「汝自身を知る」ことにつきていた。現代社会の瑣末な情報の氾濫のなかから、力強い知識の源泉を掘り起し、技術文明のただなかに、生きた人間の姿を復活させること。それこそわれわれの切なる希求である。

われわれは権威に盲従せず、俗流に媚びることなく、渾然一体となって日本の「草の根」をかたちづくる若く新しい世代の人々に、心をこめてこの新しい綜合文庫をおくり届けたい。それは知識の泉であるとともに感受性のふるさとであり、もっとも有機的に組織され、社会に開かれた万人のための大学をめざしている。大方の支援と協力を衷心より切望してやまない。

一九七一年七月

野間省一

講談社文芸文庫

吉本隆明
追悼私記　完全版
解説＝高橋源一郎
よB9
肉親、恩師、旧友、論敵、時代を彩った著名人——多様な死者に手向けられた言葉の数々は掌篇の人間論である。死との際会がもたらした痛切な実感が滲む五十一篇。
978-4-06-515363-5

吉本隆明
憂国の文学者たちに　60年安保・全共闘論集
解説＝鹿島茂　年譜＝高橋忠義
よB10
戦後日本が経済成長を続けた時期に大きなうねりとなった反体制闘争を背景とする政治論集。個人に従属を強いるすべての権力にたいする批判は今こそ輝きを増す。
978-4-06-526045-6

講談社文庫　目録

芥川龍之介　藪の中
有吉佐和子　新装版 和宮様御留
阿刀田　高　ナポレオン狂
阿刀田　高　新装版 ブラック・ジョーク大全
相沢忠洋　「岩宿」の発見〈幻の旧石器を求めて〉
鮎川哲也　りら荘事件
赤川次郎　偶像崇拝殺人事件
赤川次郎　人間消失殺人事件
赤川次郎　三姉妹探偵団
赤川次郎　三姉妹探偵団2〈キャンパス篇〉
赤川次郎　三姉妹探偵団3〈珠美・初恋篇〉
赤川次郎　三姉妹探偵団4〈怪奇篇〉
赤川次郎　三姉妹探偵団5〈復讐篇〉
赤川次郎　三姉妹探偵団6〈危機一髪篇〉
赤川次郎　三姉妹探偵団7〈駈け落ち篇〉
赤川次郎　三姉妹探偵団8〈人質篇〉
赤川次郎　三姉妹探偵団9〈青ひげ篇〉
赤川次郎　三姉妹探偵団10〈父恋し篇〉
赤川次郎　死が小径をやってくる〈三姉妹探偵団11〉

赤川次郎　死神のお気に入り〈三姉妹探偵団12〉
赤川次郎　次女と野獣〈三姉妹探偵団13〉
赤川次郎　心地よい悪夢〈三姉妹探偵団14〉
赤川次郎　ふるえて眠れ、三姉妹〈三姉妹探偵団15〉
赤川次郎　三姉妹、呪いの道行〈三姉妹探偵団16〉
赤川次郎　三姉妹、初めてのおつかい〈三姉妹探偵団17〉
赤川次郎　恋の花咲く三姉妹〈三姉妹探偵団18〉
赤川次郎　月もおぼろに三姉妹〈三姉妹探偵団19〉
赤川次郎　三姉妹、ふしぎな旅日記〈三姉妹探偵団20〉
赤川次郎　三姉妹、清く貧しく美しく〈三姉妹探偵団21〉
赤川次郎　三姉妹と忘れじの面影〈三姉妹探偵団22〉
赤川次郎　三姉妹、舞踏会への招待〈三姉妹探偵団23〉
赤川次郎　三人姉妹殺人事件〈三姉妹探偵団24〉
赤川次郎　三姉妹、さびしい入江の歌〈三姉妹探偵団25〉
赤川次郎　静かな町の夕暮に
赤川次郎　キネマの天使〈レンズの奥の殺人者〉
泡坂妻夫　花火と銃声
新井素子　グリーン・レクイエム〈新装版〉
安能務 訳　封神演義 全三冊

安西水丸　東京美女散歩
綾辻行人　殺人方程式〈切断された死体の問題〉
綾辻行人　鳴風荘事件 殺人方程式II
綾辻行人　十角館の殺人〈新装改訂版〉
綾辻行人　水車館の殺人〈新装改訂版〉
綾辻行人　迷路館の殺人〈新装改訂版〉
綾辻行人　人形館の殺人〈新装改訂版〉
綾辻行人　時計館の殺人〈新装改訂版〉
綾辻行人　黒猫館の殺人〈新装改訂版〉
綾辻行人　暗黒館の殺人 全四冊
綾辻行人　びっくり館の殺人
綾辻行人　奇面館の殺人(上)(下)
綾辻行人　どんどん橋、落ちた〈新装改訂版〉
綾辻行人　緋色の囁き〈新装改訂版〉
綾辻行人　暗闇の囁き〈新装改訂版〉
綾辻行人　黄昏の囁き〈新装改訂版〉
綾辻行人ほか　7人の名探偵
我孫子武丸　探偵映画
我孫子武丸　新装版 8の殺人

我孫子武丸　眠り姫とバンパイア
我孫子武丸　狼と兎のゲーム
我孫子武丸　新装版 殺戮にいたる病
有栖川有栖　ロシア紅茶の謎
有栖川有栖　スウェーデン館の謎
有栖川有栖　ブラジル蝶の謎
有栖川有栖　英国庭園の謎
有栖川有栖　ペルシャ猫の謎
有栖川有栖　幻想運河
有栖川有栖　幽霊刑事《デカ》
有栖川有栖　マレー鉄道の謎
有栖川有栖　スイス時計の謎
有栖川有栖　モロッコ水晶の謎
有栖川有栖　インド倶楽部の謎
有栖川有栖　カナダ金貨の謎
有栖川有栖　新装版 マジックミラー
有栖川有栖　新装版 46番目の密室
有栖川有栖　虹果て村の秘密
有栖川有栖　闇の喇叭《らっぱ》
有栖川有栖　真夜中の探偵
有栖川有栖　論理爆弾
有栖川有栖　名探偵傑作短篇集 火村英生篇
姉小路 祐　影のクロス〈監察特任刑事《デカ》〉
姉小路 祐　緘殺《かんさつ》のファイル〈監察特任刑事《デカ》〉
浅田次郎　日輪の遺産
浅田次郎　勇気凛凛ルリの色
浅田次郎　勇気凛凛ルリの色 四十肩と恋愛
浅田次郎　霞町物語
浅田次郎　ひとは情熱がなければ生きていけない〈勇気凛凛ルリの色〉
浅田次郎　シェエラザード(上)(下)
浅田次郎　歩兵の本領
浅田次郎　蒼穹の昴 全四巻
浅田次郎　珍妃の井戸
浅田次郎　中原の虹 全四巻
浅田次郎　マンチュリアン・リポート
浅田次郎　天《てん》子《し》蒙《もう》塵《じん》 全四巻
浅田次郎　天国までの百マイル
浅田次郎　地下鉄《メトロ》に乗って〈新装版〉
浅田次郎　おもかげ
青木 玉　小石川の家
阿部和重　アメリカの夜
阿部和重　グランド・フィナーレ
阿部和重　A B C〈阿部和重初期作品集〉
阿部和重　ミステリアスセッティング
阿部和重　IP/NN 阿部和重傑作集
阿部和重　シンセミア(上)(下)
阿部和重　ピストルズ(上)(下)
甘糟りり子　産む、産まない、産めない
甘糟りり子　産まなくても、産めなくても
赤井三尋　翳《かげ》りゆく夏
あさのあつこ　NO.6〔ナンバーシックス〕#1
あさのあつこ　NO.6〔ナンバーシックス〕#2
あさのあつこ　NO.6〔ナンバーシックス〕#3
あさのあつこ　NO.6〔ナンバーシックス〕#4
あさのあつこ　NO.6〔ナンバーシックス〕#5
あさのあつこ　NO.6〔ナンバーシックス〕#6
あさのあつこ　NO.6〔ナンバーシックス〕#7

講談社文庫　目録

あさのあつこ NO.6〔ナンバーシックス〕#8
あさのあつこ NO.6〔ナンバーシックス〕#9
あさのあつこ NO.6beyond〔ナンバーシックス・ビヨンド〕
あさのあつこ 待 っ て る〈橘屋草子〉
あさのあつこ さいとう市立さいとう高校野球部(上)(下)
あさのあつこ 甲子園でエースしちゃいました〈さいとう市立さいとう高校野球部〉
あさのあつこ お れ が 先 輩？〈さいとう市立さいとう高校野球部〉
阿部夏丸 泣けない魚たち
朝倉かすみ 肝、焼 け る
朝倉かすみ 好かれようとしない
朝倉かすみ ともしびマーケット
朝倉かすみ 感 応 連 鎖
朝倉かすみ たそがれどきに見つけたもの
朝比奈あすか 憂鬱なハスビーン
朝比奈あすか あの子が欲しい
天野作市 気 高 き 昼 寝
天野作市 みんなの旅行
青柳碧人 浜村渚の計算ノート
青柳碧人 浜村渚の計算ノート 2さつめ〈ふしぎの国の期末テスト〉
青柳碧人 浜村渚の計算ノート 3さつめ〈水色コンパスと恋する幾何学〉
青柳碧人 浜村渚の計算ノート 3と1/2さつめ〈ふえるま島の最終定理〉
青柳碧人 浜村渚の計算ノート 4さつめ〈方程式は歌声に乗って〉
青柳碧人 浜村渚の計算ノート 5さつめ〈鳴くよウグイス、平面上〉
青柳碧人 浜村渚の計算ノート 6さつめ〈パピルスよ、永遠に〉
青柳碧人 浜村渚の計算ノート 7さつめ〈悪魔とポタージュスープ〉
青柳碧人 浜村渚の計算ノート 8さつめ〈虚数じかけの夏みかん〉
青柳碧人 浜村渚の計算ノート 8と2分の1さつめ〈つるかめ家の一族〉
青柳碧人 浜村渚の計算ノート 9さつめ〈恋人たちの必勝法《マーチンゲール》〉
青柳碧人 霊視刑事夕雨子《ゆうこ》1〈誰かがそこにいる〉
青柳碧人 霊視刑事夕雨子2〈雨空の鎮魂歌《レクイエム》〉
朝井まかて 花《はな》 競《くら》 べ〈向嶋なずな屋繁盛記〉
朝井まかて ちゃんちゃら
朝井まかて す か た ん
朝井まかて ぬ け ま い る
朝井まかて 恋 歌
朝井まかて 阿《お》蘭《らん》陀《だ》西《さい》鶴《かく》
朝井まかて 藪《やぶ》医 ふらここ堂
朝井まかて 福 袋
朝井まかて 草 々 不 一
歩《あゆみ》 りえこ ブラを捨て旅に出よう〈貧乏乙女《ぜろか》の"世界一周"旅行記〉
安藤祐介 営業零課接待班
安藤祐介 被取締役《とりしまられやく》新入社員
安藤祐介 お い ！ 山 田〈大翔製菓広報宣伝部〉
安藤祐介 宝くじが当たったら
安藤祐介 一〇〇〇ヘクトパスカル
安藤祐介 テノヒラ幕府株式会社
安藤祐介 本のエンドロール
青木 理 絞 首 刑
麻見和史 石 の 繭〈警視庁殺人分析班〉
麻見和史 蟻《あり》 の 階 段〈警視庁殺人分析班〉
麻見和史 水 晶 の 鼓 動〈警視庁殺人分析班〉
麻見和史 虚 空 の 糸〈警視庁殺人分析班〉
麻見和史 聖 者 の 凶 数〈警視庁殺人分析班〉
麻見和史 女 神 の 骨 格〈警視庁殺人分析班〉
麻見和史 蝶 の 力 学〈警視庁殺人分析班〉
麻見和史 雨 色 の 仔 羊〈警視庁殺人分析班〉
麻見和史 奈 落 の 偶 像〈警視庁殺人分析班〉

麻見和史　鷹《たか》の砦《とりで》〈警視庁殺人分析班〉
麻見和史　凪《なぎ》の残響〈警視庁殺人分析班〉
麻見和史　深紅の断片〈警防課救命チーム〉
有川　浩　三匹のおっさん
有川　浩　三匹のおっさん　ふたたび
有川　浩　ヒア・カムズ・ザ・サン
有川　浩　旅猫リポート
有川ひろ　アンマーとぼくら
有川ひろほか　ニャンニャンにゃんそろじー
荒崎一海　門前仲町〈九頭竜覚山　浮世綴㈠〉
荒崎一海　蓬萊橋雨景〈九頭竜覚山　浮世綴㈡〉
荒崎一海　寺町哀感〈九頭竜覚山　浮世綴㈢〉
荒崎一海　小《お》名《な》木《き》川《がわ》〈九頭竜覚山　浮世綴㈣〉
荒崎一海　一色町雪花〈九頭竜覚山　浮世綴㈤〉
朱野帰《かえる》子《こ》　駅物語
朱野帰子　対岸の家事
東　浩紀　一般意志2・0〈ルソー、フロイト、グーグル〉
朝倉宏景　白球アフロ
朝倉宏景　野球部ひとり
朝倉宏景　つよく結べ、ポニーテール
朝倉宏景　あめつちのうた
朝井リョウ　スペードの3
朝井リョウ　世にも奇妙な君物語
有沢ゆう希　末次由紀　原作　〈小説〉ちはやふる　上の句
有沢ゆう希　末次由紀　原作　〈小説〉ちはやふる　下の句
有沢ゆう希　末次由紀　原作　〈小説〉ちはやふる　結び
有沢ゆう希　ろびこ　原作　となりの怪物くん
有沢ゆう希　小説　パーフェクトワールド〈君といる奇跡〉
有沢ゆう希　原作：金田一蓮十郎　脚本：徳永友一　小説　ライアー×ライアー
蒼井凜花　女唇《ルージュ》の伝言
秋川滝美　幸《こう》腹《ふく》な百貨店
秋川滝美　幸腹な百貨店〈デパ地下おにぎり騒動〉
秋川滝美　幸腹な百貨店〈催事場で蕎麦屋呑み〉
秋川滝美　マチのお気楽料理教室
東　芙美子　原作　雲田はるこ　脚本　羽原大介　小説　昭和元禄落語心中
赤神　諒　神遊の城
赤神　諒　大友二階崩れ
赤神　諒　大友落月記
赤神　諒　酔象の流儀　朝倉盛衰記
彩瀬まる　やがて海へと届く
浅生　鴨　伴走者
天野純希　有楽斎の戦
青木祐子　コーチ！〈はげまし屋・立花ことりのクライアントファイル〉
秋《あき》保《う》水《すい》菓《か》　コンビニなしでは生きられない
相沢沙呼　medium《メディウム》　霊媒探偵城塚翡翠《じょうづかひすい》
新井見枝香　本屋の新井
五木寛之　ソフィアの秋
五木寛之　狼のブルース
五木寛之　海峡物語
五木寛之　風花のひと
五木寛之　鳥の歌(上)(下)
五木寛之　燃える秋
五木寛之　真夜中の望遠鏡〈流されゆく日々'78〉
五木寛之　ナホトカ青春航路〈流されゆく日々'79〉
五木寛之　旅の幻燈
五木寛之　他力
五木寛之　こころの天気図

五木寛之　新装版 恋　歌
五木寛之　百寺巡礼 第一巻 奈良
五木寛之　百寺巡礼 第二巻 北陸
五木寛之　百寺巡礼 第三巻 京都Ⅰ
五木寛之　百寺巡礼 第四巻 滋賀・東海
五木寛之　百寺巡礼 第五巻 関東・信州
五木寛之　百寺巡礼 第六巻 関西
五木寛之　百寺巡礼 第七巻 東北
五木寛之　百寺巡礼 第八巻 山陰・山陽
五木寛之　百寺巡礼 第九巻 京都Ⅱ
五木寛之　百寺巡礼 第十巻 四国・九州
五木寛之　海外版 百寺巡礼 インド1
五木寛之　海外版 百寺巡礼 インド2
五木寛之　海外版 百寺巡礼 朝鮮半島
五木寛之　海外版 百寺巡礼 中　国
五木寛之　海外版 百寺巡礼 ブータン
五木寛之　海外版 百寺巡礼 日本・アメリカ
五木寛之　青春の門 第七部 挑戦篇
五木寛之　青春の門 第八部 風雲篇

五木寛之　青春の門 第九部 漂流篇
五木寛之　親鸞 青春篇 (上)(下)
五木寛之　親鸞 激動篇 (上)(下)
五木寛之　親鸞 完結篇 (上)(下)
五木寛之　五木寛之の金沢さんぽ
五木寛之　海を見ていたジョニー 新装版
井上ひさし　モッキンポット師の後始末
井上ひさし　ナ　イ　ン
井上ひさし　四千万歩の男 全五冊
井上ひさし　四千万歩の男 忠敬の生き方
井上ひさし・司馬遼太郎　新装版 国家・宗教・日本人
池波正太郎　私　の　歳　月
池波正太郎　よい匂いのする一夜
池波正太郎　梅安料理ごよみ
池波正太郎　わが家の夕めし
池波正太郎　新装版 緑のオリンピア
池波正太郎　新装版 殺しの四人〈仕掛人・藤枝梅安㈠〉
池波正太郎　新装版 梅安蟻地獄〈仕掛人・藤枝梅安㈡〉
池波正太郎　新装版 梅安最合傘〈仕掛人・藤枝梅安㈢〉

池波正太郎　新装版 梅安針供養〈仕掛人・藤枝梅安㈣〉
池波正太郎　新装版 梅安乱れ雲〈仕掛人・藤枝梅安㈤〉
池波正太郎　新装版 梅安影法師〈仕掛人・藤枝梅安㈥〉
池波正太郎　新装版 梅安冬時雨〈仕掛人・藤枝梅安㈦〉
池波正太郎　新装版 忍びの女 (上)(下)
池波正太郎　新装版 殺しの掟
池波正太郎　新装版 抜討ち半九郎
池波正太郎　新装版 娼婦の眼
池波正太郎　近藤勇白書〈レジェンド歴史時代小説〉(上)(下)
井上　靖　楊　貴　妃　伝
石牟礼道子　新装版 苦《く》海《がい》浄《じょう》土《ど》〈わが水俣病〉
いわさきちひろ　ちひろのことば
いわさきちひろ・松本　猛　いわさきちひろの絵と心
いわさきちひろ・絵本美術館編　ちひろ・子どもの情景〈文庫ギャラリー〉
いわさきちひろ・絵本美術館編　ちひろ・紫のメッセージ〈文庫ギャラリー〉
いわさきちひろ・絵本美術館編　ちひろの花ことば〈文庫ギャラリー〉
いわさきちひろ・絵本美術館編　ちひろのアンデルセン〈文庫ギャラリー〉
いわさきちひろ・絵本美術館編　ちひろ・平和への願い〈文庫ギャラリー〉
石野径一郎　新装版 ひめゆりの塔

今西錦司　生物の世界
井沢元彦　義経幻殺録
井沢元彦　光と影の武蔵〈切支丹秘録〉
井沢元彦　新装版 猿丸幻視行
伊集院　静　乳房
伊集院　静　遠い昨日
伊集院　静　夢は枯野を〈競輪躁鬱旅行〉
伊集院　静　野球で学んだこと ヒデキ君に教わったこと
伊集院　静　峠の声
伊集院　静　白秋
伊集院　静　潮流
伊集院　静　冬の蜻蛉《とんぼ》
伊集院　静　オルゴール
伊集院　静　昨日スケッチ
伊集院　静　あづま橋
伊集院　静　ぼくのボールが君に届けば
伊集院　静　駅までの道をおしえて
伊集院　静　受け月
伊集院　静　坂の上のμ〈野球小説アンソロジー〉
伊集院　静　ねむりねこ
伊集院　静　新装版 三年坂
伊集院　静　お父やんとオジさん(上)(下)
伊集院　静　ノボさん〈小説 正岡子規と夏目漱石〉(上)(下)
伊集院　静　機関車先生〈新装版〉
いとうせいこう　我々の恋愛
いとうせいこう　「国境なき医師団」を見に行く
井上夢人　ダレカガナカニイル…
井上夢人　プラスティック
井上夢人　オルファクトグラム(上)(下)
井上夢人　もつれっぱなし
井上夢人　あわせ鏡に飛び込んで
井上夢人　魔法使いの弟子たち(上)(下)
井上夢人　ラバー・ソウル
池井戸　潤　果つる底なき
池井戸　潤　架空通貨
池井戸　潤　銀行狐
池井戸　潤　仇敵
池井戸　潤　BT'63(上)(下)
池井戸　潤　空飛ぶタイヤ(上)(下)
池井戸　潤　鉄の骨
池井戸　潤　新装版 銀行総務特命
池井戸　潤　新装版 不祥事
池井戸　潤　ルーズヴェルト・ゲーム
池井戸　潤　半沢直樹1〈オレたちバブル入行組〉
池井戸　潤　半沢直樹2〈オレたち花のバブル組〉
池井戸　潤　半沢直樹3〈ロスジェネの逆襲〉
池井戸　潤　半沢直樹4〈銀翼のイカロス〉
池井戸　潤　花咲舞が黙ってない〈新装増補版〉
石田衣良　LAST［ラスト］
石田衣良　東京DOLL
石田衣良　てのひらの迷路
石田衣良　40《フォーティ》翼ふたたび
石田衣良　sex
石田衣良　逆《さか》島《しま》断《たつ》雄《お》〈進駐官養成高校の決闘編1〉
石田衣良　逆島断雄〈進駐官養成高校の決闘編2〉
石田衣良　逆島断雄〈本土最終防衛決戦編1〉
石田衣良　逆島断雄〈本土最終防衛決戦編2〉

石田衣良　初めて彼を買った日
井上荒野　ひどい感じ―父・井上光晴
稲葉　稔　椋鳥の影〈八丁堀手控え帖〉
井川香四郎　冬の蝶〈梟与力吟味帳〉
井川香四郎　日照り草〈梟与力吟味帳〉
井川香四郎　忍《すい》冬《かずら》〈梟与力吟味帳〉
井川香四郎　花《はな》詞《ことば》〈梟与力吟味帳〉
井川香四郎　雪の花火〈梟与力吟味帳〉
井川香四郎　鬼《き》雨《う》〈梟与力吟味帳〉
井川香四郎　科《しな》戸《と》の風〈梟与力吟味帳〉
井川香四郎　紅《くれない》の露〈梟与力吟味帳〉
井川香四郎　惻《そく》隠《いん》の灯《ひ》〈梟与力吟味帳〉
井川香四郎　三人羽織〈梟与力吟味帳〉
井川香四郎　飯盛り侍
伊坂幸太郎　チルドレン
伊坂幸太郎　魔王
伊坂幸太郎　モダンタイムス(上)(下)
伊坂幸太郎　P　K
伊坂幸太郎　サブマリン
絲山秋子　袋小路の男
石黒　耀　死都日本
石黒　耀　震災列島
石黒　耀　忠臣蔵異聞〈家老 大野九郎兵衛の長い仇討ち〉
犬飼六岐　筋違い半介
犬飼六岐　吉岡清三郎貸腕帳
石川大我　ボクの彼氏はどこにいる?
石松宏章　マジでガチなボランティア
伊東　潤　国を蹴った男
伊東　潤　峠越え
伊東　潤　黎明に起《た》つ
伊東　潤　池田屋乱刃
石飛幸三　「平穏死」のすすめ〈口から食べられなくなったらどうしますか〉
伊藤理佐　女のはしょり道
伊藤理佐　また！　女のはしょり道
伊藤理佐　みたび！　女のはしょり道
石黒正数　外《げ》天《てん》楼《ろう》
伊与原　新　ルカの方《はこ》舟《ぶね》
伊与原　新　コンタミ　科学汚染
稲葉圭昭《よしあき》　恥さらし〈北海道警　悪徳刑事の告白〉
稲葉博一《ひろいち》　忍者烈伝
稲葉博一　忍者烈伝ノ続
稲葉博一　忍者烈伝ノ乱〈天之巻〉〈地之巻〉
伊岡　瞬　桜の花が散る前に
石川智健　エウレカの確率〈経済学捜査員　伏見真守〉
石川智健　エウレカの確率〈よくわかる殺人経済学入門〉
石川智健　エウレカの確率〈経済学捜査と殺人の効用〉
石川智健　60《ロクジュウ》〈誤判対策室〉
石川智健　20《ニジュウ》〈誤判対策室〉
石川智健　第三者隠蔽機関
石川智健　いたずらにモテる刑事の捜査報告書
井上真偽《まぎ》　その可能性はすでに考えた
井上真偽　聖女の毒杯〈その可能性はすでに考えた〉
井上真偽　恋と禁忌の述語論理《プレディケット》
泉　ゆたか　お師匠さま、整いました！
伊兼源太郎　地検のS
伊兼源太郎　巨悪
内田康夫　シーラカンス殺人事件

内田康夫 パソコン探偵の名推理
内田康夫 「横山大観」殺人事件
内田康夫 江田島殺人事件
内田康夫 琵琶湖周航殺人歌
内田康夫 夏泊 殺人 岬
内田康夫 「信濃の国」殺人事件
内田康夫 風 葬 の 城
内田康夫 透 明 な 遺 書
内田康夫 鞆《とも》の浦《うら》殺人事件
内田康夫 終幕《フィナーレ》のない殺人
内田康夫 御堂筋殺人事件
内田康夫 記憶の中の殺人
内田康夫 北国街道殺人事件
内田康夫 「紅藍《くれない》の女《ひと》」殺人事件
内田康夫 「紫《むらさき》の女《ひと》」殺人事件
内田康夫 藍色回廊殺人事件
内田康夫 明日香の皇子
内田康夫 華 の 下 に て
内田康夫 博多殺人事件

内田康夫 黄 金 の 石 橋
内田康夫 金 沢 殺 人 事 件
内田康夫 朝 日 殺 人 事 件
内田康夫 湯布院殺人事件
内田康夫 釧路湿原殺人事件
内田康夫 貴 賓 室 の 怪 人〈「飛鳥」編〉
内田康夫 イタリア幻想曲 貴賓室の怪人2
内田康夫 靖 国 へ の 帰 還
内田康夫 若 狭 殺 人 事 件
内田康夫 化 生 の 海
内田康夫 不 等 辺 三 角 形
内田康夫 ぼくが探偵だった夏
内田康夫 怪 談 の 道
内田康夫 逃 げ ろ 光 彦〈内田康夫と5人の女たち〉
内田康夫 皇 女 の 霊 柩
内田康夫 悪 魔 の 種 子
内田康夫 戸隠伝説殺人事件
内田康夫 歌 わ な い 笛
内田康夫 新装版 死者の木霊

内田康夫 新装版 漂泊の楽人
内田康夫 新装版 平城山《ならやま》を越えた女
内田康夫 秋田殺人事件
内田康夫 孤 道
和久井清水 孤 道 完 結 編〈金色の眠り〉
歌野晶午 死体を買う男
歌野晶午 安達ヶ原の鬼密室
歌野晶午 新装版 長い家の殺人
歌野晶午 新装版 白い家の殺人
歌野晶午 新装版 動く家の殺人
歌野晶午 密室殺人ゲーム王手飛車取り
歌野晶午 新装版 ROMMY 越境者の夢
歌野晶午 増補版 放浪探偵と七つの殺人
歌野晶午 新装版 正月十一日、鏡殺し
歌野晶午 密室殺人ゲーム2.0
歌野晶午 密室殺人ゲーム・マニアックス
歌野晶午 魔王城殺人事件
内館牧子 終 わ っ た 人
内館牧子 別れてよかった〈新装版〉

講談社文庫 目録

内館牧子 すぐ死ぬんだから
内田洋子 皿の中に、イタリア
宇江佐真理 泣きの銀次
宇江佐真理 晩鐘〈続・泣きの銀次〉
宇江佐真理 虚ろ舟〈泣きの銀次参之章〉
宇江佐真理 室の梅〈おろく医者覚え帖〉
宇江佐真理 涙堂〈琴女《ことじょ》癸酉《きゆう》日記《にっき》〉
宇江佐真理 あやめ横丁の人々
宇江佐真理 卵のふわふわ 八丁堀喰い物草紙・江戸前でもなし
宇江佐真理 日本橋本石町やさぐれ長屋
浦賀和宏 眠りの牢獄
浦賀和宏 時の鳥籠(上)(下)
浦賀和宏 頭蓋骨の中の楽園(上)(下)
上野哲也 五五五文字の巡礼〈魏志倭人伝トーク 地理篇〉
魚住昭 渡邉恒雄 メディアと権力
魚住昭 野中広務 差別と権力
魚住直子 非・バランス
魚住直子 未・フレンズ
魚住直子 ピンクの神様

上田秀人 密封〈奥右筆秘帳〉
上田秀人 国禁〈奥右筆秘帳〉
上田秀人 侵蝕〈奥右筆秘帳〉
上田秀人 継承〈奥右筆秘帳〉
上田秀人 簒《さん》奪《だつ》〈奥右筆秘帳〉
上田秀人 秘闘〈奥右筆秘帳〉
上田秀人 隠密〈奥右筆秘帳〉
上田秀人 刃傷〈奥右筆秘帳〉
上田秀人 召《めし》抱《かかえ》〈奥右筆秘帳〉
上田秀人 墨《ぼっ》痕《こん》〈奥右筆秘帳〉
上田秀人 天下〈奥右筆秘帳〉
上田秀人 決戦〈奥右筆秘帳〉
上田秀人 前夜〈奥右筆外伝〉
上田秀人 軍師の挑戦〈上田秀人初期作品集〉
上田秀人 天主信長〈表〉〈我こそ天下なり〉
上田秀人 天主信長〈裏〉〈天を望むなかれ〉
上田秀人 波乱〈百万石の留守居役(一)〉
上田秀人 思惑〈百万石の留守居役(二)〉
上田秀人 新参〈百万石の留守居役(三)〉

上田秀人 遺臣〈百万石の留守居役(四)〉
上田秀人 密約〈百万石の留守居役(五)〉
上田秀人 使者〈百万石の留守居役(六)〉
上田秀人 貸借〈百万石の留守居役(七)〉
上田秀人 参勤〈百万石の留守居役(八)〉
上田秀人 因果〈百万石の留守居役(九)〉
上田秀人 忖《そん》度《たく》〈百万石の留守居役(十)〉
上田秀人 騒動〈百万石の留守居役(十一)〉
上田秀人 分断〈百万石の留守居役(十二)〉
上田秀人 舌戦〈百万石の留守居役(十三)〉
上田秀人 愚劣〈百万石の留守居役(十四)〉
上田秀人 布石〈百万石の留守居役(十五)〉
上田秀人 乱麻〈百万石の留守居役(十六)〉
上田秀人 要《よう》訣《けつ》〈百万石の留守居役(十七)〉
上田秀人 梟《ふくろう》の系譜〈宇喜多四代〉
上田秀人 竜は動かず 奥羽越列藩同盟顚末 (上)万里波濤編 (下)帰郷奔走編
内田樹 下流志向〈学ばない子どもたち 働かない若者たち〉
内田樹 釈徹宗 現代霊性論
上橋菜穂子 獣の奏者〈I闘蛇編〉

2021年9月15日現在